KB102172

회사원
마스터
Businessman
Master

회사원 마스터 3

에바트리체 장편 소설

초판 1쇄 찍은 날 § 2015년 7월 13일
초판 1쇄 펴낸 날 § 2015년 7월 20일

지은이 § 에바트리체
펴낸이 § 서경석

편집책임 § 이창진

펴낸곳 § 도서출판 청어람
등록번호 § 제387-1999-000006호
등록일자 § 1999. 5. 31
어람번호 § 제2-2173호

주소 § 경기도 부천시 원미구 부일로 483번길 40 서경B/D 3F (우) 420-822
전화 § 032-656-4452 팩스 § 032-656-4453
http://www.chungeoram.com
E-mail § chungeorambook@daum.net

ⓒ 에바트리체, 2015

ISBN 979-11-04-90312-0 04810
ISBN 979-11-04-90281-9 (세트)

FUSION FANTASTIC STORY

에바트리체 장편 소설

회사원 마스터

Businessman Master

3

청어람
도서출판

목 차

제1장

거짓말쟁이 사냥꾼

편하게 보낼 거라 생각했던 주말을 예상외로 굉장히 하드하게 보낸 민철은 일어나자마자 곧장 습관처럼 명상을 한 뒤 출근 준비를 서두른다.

　대한민국의 출근길은 말 그대로 또 다른 전쟁이라 할 수 있다.

　지하철 하나 놓치기라도 한다면 회사에 지각할 수도 있다는 위협이 도사리고 있기에 양복 입은 이들은 지하철에서는 서부의 무법자보다도 더한 무법자가 된다.

　그게 싫어서 민철은 꽤나 이른 아침부터 출근길을 서두른다.

　정장을 차려입고 전철을 타 강남역에서 하차한 뒤 본사를 향해 나아간다.

　사람이 많은 걸 딱히 싫어하는 타입은 아니지만, 그래도 출근 지옥은 굳이 사서 겪고 싶지 않은 게 솔직한 욕심이다.

일찍 일어나는 게 습관처럼 되어 있는데 굳이 출근 지옥길을 스스로 자원해서 갈 필요는 없지 않은가.

"안녕하세요."

로비에서 언제나 맞이해 주는 안내원 아가씨에게 가볍게 인사를 건네는 민철.

"어머, 오늘도 일찍 오셨네요."

"기상 시간이 좀 빠르거든요."

"아침에 일찍 일어나는 새가 벌레를 잡는다고 하더라고요. 민철 씨, 그건 좋은 습관이에요."

"하하, 감사합니다."

그것보다도 민철보다 더 빠르게 회사에 출근해서 벌써부터 일하고 있는 이 여성은 도대체 정체가 뭔지 싶다.

여하튼 사소한 문제는 접어두고 엘리베이터 안에 탑승한다.

버튼을 누르고 앞에서 기다리고 있을 무렵, 익숙한 인물이 말을 걸어온다.

"민철 씨군요."

"안녕하세요, 성진 씨."

청진전자 부사장의 아들, 남성진이 민철을 보자마자 알은척을 한 것이다.

총무과에 배정된 그 역시 입사한 지 얼마 되지 않았지만 우수한 일처리로 좋은 평가를 받고 있었다.

"꽤나 이른 시간에 출근하시는군요."

"기상 시간이 빠른 게 습관화되어 버렸거든요."

안내원 아가씨에게 했던 말을 엇비슷하게 읊은 민철이 이번에는 성진을 바라본다.

"성진 씨도 꽤나 출근이 빠르네요."

"저도 기상 시간이 빠른 게 버릇이거든요."

"하하, 본의 아니게 서로 공통점이 있네요."

"그러게 말입니다."

인사답지 않은 안부 인사를 건네며 나란히 엘리베이터에 탑승한다.

총무과는 홍보팀보다도 상층에 있던 터라 먼저 민철이 엘리베이터에서 내릴 수밖에 없었다.

"그럼 다음 기회에 이번에 청진그룹 본사 입사한 기수들끼리 모여서 술이나 한잔하죠."

"성진 씨가 주도하시는 겁니까?"

"네. 친목도 다질 겸, 그리고 정보 교환도 할 겸이요."

"알겠습니다. 날짜 잡히면 바로 알려주세요."

"예. 그럼 민철 씨도 수고하시길."

부사장의 아들이라 그런가.

벌써부터 무언가를 리드하려는 듯한 느낌이 여과 없이 전해진다.

하지만 성진의 저런 태도는 민철도 좋게 받아들이게 된다.

일 하나를 주도하고 추진하는 그런 재주를 가진 인물이 집단에 한 명씩은 존재해야 한다. 그래야 그 집단 내부의 결속력이 높아지고 오가는 정보력의 양 또한 두터워지기 때문이다.

이들은 신입 사원이다. 신입 사원이기에 더더욱 업무적인 면이라든지 모르는 점이 있으면 서로서로 교환을 해 청진그룹에서 어떻게든 살아남아야 하는 약자 중에서도 약자들이다.

계급이 있는 강자들에게 찍히지 않으려면 약자들끼리 의기투합을 해야 한다.

뭉쳐야 산다는 말이 있지 않은가.

"좋은 말이지."

고개를 끄덕이며 홍보팀 사무실에 잠긴 문의 비밀번호를 누른다.

삐빅 소리와 함께 문의 잠금장치가 해제되면서 서서히 사무실 안으로 들어선다.

예상대로 아무도 없다.

문이 잠겨 있는 순간부터 이미 사무실 내부에 아무도 없을 거라는 생각은 했었지만, 직접 이렇게 눈으로 확인하니 민철은 그제서야 안심을 할 수 있었다.

매번 이른 출근을 하는 그지만, 오늘은 특별한 목적이 있는 출근이기도 하다.

바로 자신의 자리에 미리 마법을 걸어두려는 계획을 실천에 옮기기 위함이다.

"음… 이쯤이 좋겠군."

창가 자리인지라 실제로 서미나 대리가 경고했던 것처럼 차량 소음이 꽤 들려온다.

게다가 창문을 열어놓으면 직접적으로 여름 시기의 뜨거운 바람과 동시에 매연, 그리고 따가운 햇빛에 직접적으로 노출된다.

창가 자리라 해도 다 좋은 게 아니라는 걸 알고는 있었지만, 아무래도 레디너스에서는 차량이라는 운송 수단이 없었기에 설마 이렇게까지 불편함을 느낄 줄은 민철도 예상하지 못했다.

오른쪽 검지 끝에 마나를 집중시켜 창문 위로 서서히 마법진을 그려 넣기 시작한다.

마나를 이용한 문자라서 일반인에게는 잘 보이지 않을 것이다.

푸른 마나의 기운이 민철의 손가락 움직임에 따라 창가에 새겨진다.

채 5분이 걸리지 않는 간단한 작업이지만, 마법진을 새기는 건 정밀한 작업이기도 하다.

그래서 일부러 아무도 없을 때 조용한 환경을 조성해 신경을 집중시켜 마법진을 완성시킨다.

마법진은 그려놓으면 주기적인 마나 소모 없이 자동적으로 근처의 마나를 조금씩 흡수해 마법을 발동시키는 자가발전시스템 같은 역할을 한다.

이곳은 레디너스 대륙에 비해서는 마나의 양이 풍족하진 않지만, 그만큼 마나를 사용하는 마법사의 존재를 한 번도 못 보았다.

따라서 마법사의 마나 사용으로 인한 마나 부족으로 마법진이 작동하지 않을 걱정을 할 필요는 없을 것으로 보인다.

"대충 이 정도면 되려나."

온도 조절과 더불어 공기 필터 기능을 담당하게 될 작은 마법진을 완성시킨다.

더불어 사일런스 마법의 효과도 첨부시켰기에 앞으로 차량의 소음에 고통받을 일도 없을 것이다.

"이렇게 편한데, 왜 이 세계 사람들은 마법을 전혀 사용하지 않는 것일까."

물론 마법을 사용할 줄 모르는 게 가장 큰 이유이긴 하지만, 분명 마나가 존재하는 이상 마법이라는 학문 분야가 한 번쯤은 연구되었어도 이상하지 않다.

"뭐, 어차피 이 세계 사람들이 마법을 모른다 해도 나에게 손해되는 일은 없으니까."

그저 마법의 사용을 비밀리에 해야 한다는 귀찮음만 있을 뿐이지 오히려 민철에게는 많은 득이 되고 있다.

만약 저번 주말에 겪었던 대련처럼 승부가 마법의 존재를 알고 있었다면 그 대련의 향방은 누가 얼마만큼 높은 클래스의 마법을 익혔느냐에 따라 달라졌을 것이다.

마법을 안다는 건 분명 민철에게 도움이 된다.

이 강력한 무기를 쉽사리 남들에게 드러낸다는 건 말이 안 된다.

마법진 작업을 마치고 난 이후에 책상에서 오늘의 업무 일지를 작성하고 있던 민철.

그때 사무실 문이 열리면서 태봉이 모습을 드러낸다.

"안녕하세요, 태봉 씨."

"일찍 왔네요."

출근 시간까지는 아직 30분 전.

그럼에도 불구하고 태봉도 비교적 이른 시간에 회사에 모습을 비춘다.

집이 가깝다는 점도 있지만, 아무리 집이 가깝다 하더라도 회사에 조기 출근을 하고 싶어 하는 사원은 찾아보기 힘들다.

"오자마자 아침에 할 일이 있어서요. 원래 어제 했어야 했는데… 개인적인 약속이 있어서 업무 처리를 아직 안 해둔 게 있어요."

"그렇군요."

"사회인이기도 하지만 동시에 평범한 20대 청년이기도 하니까요. 친구 녀석들과의 교우 관계도 중요하지 않겠습니까."

"네, 저도 그렇게 생각합니다."

컴퓨터를 켜자마자 태봉의 손가락이 바쁘게 움직이기 시작한다.

키보드와 마우스를 다루는 그의 솜씨가 예사롭지 않다.

아마도 꽤나 급한 일인가 보다.

타닥타닥!

키보드 두드리는 소리와 함께 민철도 천천히 오늘의 업무 일지를 작성해 가기 시작한다.

청진그룹 본사 직원들은 기본적으로 금일 자신이 해야 할 업무를 간단한 일지 형태로 파일을 만든다.

그 파일을 출력하거나 혹은 메신저를 통해서 부장급에게 보내 결제를 받게 되어 있다.

1주일 단위도 아니고 하루 단위로 매번 이런 일을 한다는 건 매우 귀찮은 일일지도 모르지만, 하루 계획을 미리 아침에 정리한다는 건 그만큼 이점도 존재하기에 계속적으로 유지하고 있는 시스템이라고 한다.

'오늘의 할 일이라.'

월요일은 주기적으로 팀 단위 회의를 하게 된다.

대개 오전 10시부터 11시 사이.

부장급의 주도 하에 각 팀 사원들이 모여 전반적인 일정 회의, 혹은 업무에 관한 내용을 다루는 회의를 하게 된다.

그 자리에서 서로의 업무가 분배되거나 결정된다.

'일단 회의라고 적어두고, 상세한 업무는 내일 업무 일지에 적어두는 편이 좋겠군.'

아직은 신입이라 그런지 많은 일을 소화하진 못한다.

기본적인 복사 업무라든지 아니면 사무 용품 정리, 혹은 간단한 서류 업무밖에 없다.

사실 업무라고 하기에도 좀 민망한 것들이 많긴 하지만 그래도 그게 어디인가. 월급을 받고 있으니 그거라도 해야 한다.

남의 돈을 얻기란 매우 어려운 일이다.

노동의 대가를 치르고 돈을 얻는 게 바로 월급쟁이의 삶 아니겠나.

태봉이 조금만 늦게 왔다면 마법진이 제대로 작동하는지 확인하고 싶었던 민철이었으나 그럴 수도 없게 되었다.

태봉은 오자마자 업무에 열중하기 시작했지만 민철은 그렇다 하더라도 가급적이면 사람들이 있는 곳에서 마법을 사용하고 싶지 않았다.

물론, 심곡점에서 일할 때 워크숍 사건처럼 사람의 목숨이 왔다 갔다 하는 위기 상황에서는 과감하게 마법을 사용할 의사는 있다.

천천히 사무실 내에 위치한 작은 휴게실로 발걸음을 옮긴 민철이 센스 있게 커피를 두 잔 타 온다.

"모닝 커피 하시겠습니까?"

"아… 고마워요, 잘 마실게요."

태봉이 힘없이 웃으며 커피 잔을 받아 든다.

살짝 잔에 입을 가져다 댄 태봉이 제법 놀란 듯 민철을 바라본다.

"민철 씨, 제가 아메리카노 좋아하는 거 어떻게 아셨어요?"

"커피는 아메리카노 드시는 것밖에 못 봐서요."

"우와, 관찰력 좋네요. 저는 입사 초기 때 사람들 커피 취향이 뭔지 몰라서 고생 좀 했었는데…….."

기억력이 좋은 편에 속하는 민철이 그런 사소한 것을 놓칠 리가 없다.

특히나 이렇게 같은 부서 사람에게 커피를 타줄 때, 그 사람의 취향에 맞게 커피를 타주면 플러스 점수를 얻을 수 있다.

타인이 보기에는 엄청 사소한 일처럼 보일지 모르지만 이 사소한 배려가 어쩔 때는 회식 자리에서 대놓고 자신의 존재를 어필하는 활약을 보이는 만큼의 효과를 선보일 때가 있다.

슬쩍 태봉의 컴퓨터 화면을 응시하던 민철이 말을 걸어본다.

"혹시 저번에 그 클레임 들어온 거와 관련된 겁니까?"

"네, 맞아요. 하아… 그것도 금요일 업무 끝나기 바로 전에 연락이 와서… 덕분에 주말에도 와서 일하느라 애먹고 있어요."

"잘 해결되었나요?"

"전혀요."

태봉이 깊게 한숨을 내쉬며 고개를 절레절레 흔든다.

조만간 오늘 오전에 펼쳐질 회의 때 태봉이 이 안건에 대해서 모두에게 정보를 공개할 것이다.

그때가 기회다.

얼마 전, 이승부에게 호언장담을 했던 그 성과를 이번 클레임을 통해서 거둬들인다.

그와 동시에 민철의 업무 성과까지 취득하면 말 그대로 일석이조(一石二鳥)다.

'회의 때를 노려야겠군.'

민철의 눈빛에서 강한 투기가 발산되기 시작한다.

*　　　*　　　*

출근 시간이 다가오면서 점점 직장인들의 발걸음이 빨라진다.

오늘도 시작된 출근길 지옥.

그리고 엘리베이터 전쟁.

"죄송합니다!"

대민이 억지로 마지막 엘리베이터를 타는 순간, 엘리베이터에서 만원 초과를 알리는 경고음이 들려오기 시작한다.

엘리베이터 안에 탑승하고 있던 이들이 순간 대민에게 어마어마한 협박성 눈길(?)을 준다.

어쩔 수 없이 엘리베이터에서 내린 대민이 남은 4대의 엘리베이터 현재 위치를 파악한다.

"쳇, 그렇다면······!"

몸으로 극복한다!

온갖 노가다 현장에서 전전긍긍하며 보내왔던 대민은 몸 쓰는 일이라면 매우 자신 있어 하는 특기 분야다.

곧장 비상구 계단 입구로 뛰어 간 대민이 빠르게 계단을 박차며 올라가기 시작한다.

말 그대로 수직상승!

인간의 근력이라고는 볼 수 없을 만큼 엄청난 스피드.

얼마나 빠른가 하면 가히 엘리베이터와 비슷한 속도로 목표층에 도착할 정도였다.

현재 시각 오전 8시 59분!

'1분 남았다!'

넥타이를 휘날리며 홍보팀 바로 문 앞까지 도착한 대민이 다급하게 문을 연다!

그와 동시에 마침 사무실 바깥으로 나가려던 여성이 짧게 비명을 지른다!

"어멋!"

"죄, 죄송합니다!"

대민이 식은땀을 훔치면서 놀란 서미나 대리에게 사과한다.

그런 대민을 째려보던 서 대리가 슬쩍 벽에 걸린 시계를 바라본다.

"정시 출근이네요."

"하, 하하······."

"지각보다는 나은 거라고 생각하지만, 그래도 가급적이면 조금 일찍 출근해 줬으면 좋겠어요. 막내라면 말이에요."

"명심하겠습니다!"

군대에 있을 때가 떠오른 모양인지 순간 거수경례를 하려고 손이 움직이던 대민이 다시 평정심을 되찾는다.

책상에 앉자 근처에 있던 민철이 대민의 어깨에 손을 올려놓는다.

"출근하느라 수고 많았습니다, 대민 씨."

"하아, 죽을 맛이었어요, 진짜."

"뭣 때문에 늦으신 겁니까?"

"동생들이 오늘 운동회 있다고 해서요. 도시락 싸주느라 늦었지 말입니다, 하하."

"도시락?"

"네, 싸줄 사람이 저밖에 없어서요."

"……."

복잡한 가정사가 있는 것일까.

민철은 더 이상 프라이버시에 관한 정보를 캐묻는 걸 관두고 차가운 냉커피 한 잔을 내민다.

"이거 드세요."

"아… 감사합니다. 민철 씨도 저랑 같이 막내 사원 입장인데 오히려 저 때문에 이런 고생을……."

"뭐, 커피 한두 잔 더 탄다고 시간을 많이 잡아먹는 것도 아니니까요."

민철의 말에 반사적으로 고개를 돌려 사무실 전반을 훑어보는 대민의 시야에 한 잔씩 커피 잔을 들고 커피를 음미하는 직장인들의 모습이 들어온다.

그러고 보니 아까 서 대리와 마주쳤을 때도 그녀의 손에 커피 잔이 들려 있었다.

"미리 다 준비하신 겁니까?"

"아침에 시간이 좀 남아서요."

"우와… 역시 민철 씨."

게다가 전부 다 개인 취향에 맞게끔 적당히 설탕량을 조절하며 탔다.

인스턴트 커피가 이렇게까지 자신의 취향에 맞을 줄은 몰랐다는 표정으로 커피를 음미하던 구 부장이 민철을 향해 농담식으로 말을 던진다.

"민철이는 여기서 일하는 것보다 바리스타로 일하는 게 더 어울리겠어?"

"칭찬으로만 받아들이는 쪽으로 만족하겠습니다, 구 부장님."

"난 진지하게 제안한 건데."

구 부장의 진담 선언에 마주 앉아 있던 유 실장이 정색을 한다.

"농담이라도 그런 농담은 하지 마세요, 구 부장님. 인사팀하고 영업팀의 견제를 받으며 빼온 우리 슈퍼 루키한테 말이에요."

"하하, 그렇긴 하지."

아직도 그 생각을 하면 차 실장은 자다가도 벌떡 일어난다고 한다.

거래처와의 미팅이 곧 생업이기도 한 영업 1팀과의 협상에서도 승리를 따냈는데, 홍보팀에게는 싸울 기회조차 받지 못하고 패배해 버린 것이다.

디테일한 성격을 지니고 있는 차 실장의 입장에서는 당연히 신경이 쓰일 것이다.

"뭐, 그건 그렇고 다들 업무 일지는 회의 시작하기 전에 내 메신저로 보내놔. 회의는 10시에 시작하자고."

"네, 알겠습니다."

이제야 컴퓨터를 킨 대민이 빠르게 오늘의 업무 일지를 작성한다.

그렇다 해도 민철과 마찬가지로 어제와 그다지 크게 달라질 건 없었다.

드디어 찾아온 회의 시간.

구 부장이 중간 자리에, 그리고 각 사원들이 왼쪽과 오른쪽으로 향해 각각 맞은편에 앉는다.

회의 안건을 담은 프린트물을 가져온 태봉이 빠르게 종이를 돌린다.

민철과 대민의 입장에서는 홍보팀에 입사하고 난 이후로 처음으로 겪게 되는 내부 회의다.

'간단하면서도 틀이 잡혀 있는 느낌이야.'

심곡점에 있을 때에는 매장이라는 시스템이었기 때문에 이렇게 한 팀에 소속되어 있는 사원들이 전부 모여 내부 회의를 하는 경우는 없었다.

심곡점은 끽해봐야 지점장과 과장급 정도 되는 사람들, 그리고 그 팀의 팀장급들이 와서 회의를 하는 것밖에 없었다.

사실 회의도 아니고 지점장이 일방적으로 통보하는 형태였지만 말이다.

"자, 그럼 우선 전반적인 안건부터 소개하지."

구 부장의 말에 모두가 프린트물을 바라본다.

현재 이들에게 가장 시급한 문제는 바로 여름 시기부터 판매될 에어컨 홍보 모델의 발탁에 관한 건수였다.

"얼마 전에 홍보 모델을 담당하던 연예인의 계약 기간이 만료되었다. 물론 그 사람하고 더 이상 계약을 체결할 이유도 없을뿐더러… 아니지, 오히려 계약을 체결하면 안 되지."

구 부장의 말을 보충설명하기 위해 유 실장이 슬쩍 입을 연다.

"몇 달 전에 터졌던 그 마약 사건이죠?"

"뭐… 그렇지."

연예계에서는 심심치 않게 일어나는 사건이기도 하다.

물론 외부로 보여지는 거 자체가 직업이기에 다른 직업에 비해 많은 스트레스를 받는 거라고는 공감할 수 있다.

하지만 손을 데서는 안 될 물건도 엄연히 존재한다.

게다가 한창 잘나가던 걸그룹 여성 아이돌 멤버가 마약 사건과 연루되어 있다는 건 꽤나 충격적인 이야기가 아닐까.

"뭐, 물론 직접적으로 마약 밀매에 관여한 건 아니고, 아주 미약하게 간접적으로나마 연관이 있다는 것 때문인지, 아니면 소속사에서 엄청나게 뒷돈을 많이 줘서 그런지는 모르겠지만 솜방망이 처벌로 끝나긴 했지."

혀를 차면서 말을 이어가던 구 부장이 그때 당시의 상황이 떠올랐는지 다시 한 번 미간을 찡그린다.

"그나마 그 사건이 터진 게 겨울 시즌이라서 다행이지, 우리 입장에서는 한창 에어컨을 팔아야 하는데 여름 시기에 그 사건이 터졌다면 말 그대로 미스 캐스팅이 될 뻔했지."

"불행 중 다행이었지요."

"어쨌든 그런 이유로 계약 연장은 안 할 거다. 대신 다른 홍보 모델을 골라야 하는데 말이지."

홍보 모델에 관해서는 첫 출근을 했을 때 민철과 대민에게 테스트식으로 물어봤던 적이 있었다.

아마 이런 이유에서 그들에게 호감 가는 연예인을 골라보라고 했던 것일지도 모른다.

"여튼 이 안건은 차차 생각해 보기로 하자. 어차피 본격적으로 제품 홍보에 들어가려면 그나마 아직 여유가 있는 편이고. 그렇다고 너무 여유 부리지 않는 것도 좋아. 일이라는 건 말이야. 빨리빨리 처리하는 게 가장 좋은 방법이거든."

"네, 알겠습니다."

"자, 그럼……."

계속해서 연이어지는 홍보팀 회의.

그 속에서 대민은 오늘 아침, 엄청난 에너지를 쏟아내며 출근한 탓인지 졸음이라는 이름의 방문자가 노크를 하기 시작한다.

필사적으로 잠을 참아내는 그와는 다르게 민철은 회의의 분위기에 초점을 맞춘다.

어차피 내용상으로는 아직 제대로 된 업무를 배우지 못했기에 이들이 무슨 이야기를 하는지에 대해서는 정확히 파악할 수가 없다.

하지만 신입들을 일부러 회의에 참가시키는 이유는 명확하게 존재한다.

체험.

그리고 회의의 흐름을 파악한다.

아무것도 모르더라도 회의에 참가시키는 가장 큰 이유는 바로 이 점에 있다.

본래 모르는 영어라 하더라도 계속 듣게 되거나 혹은 많이 접하게 되면 간접적으로 교육이 된다.

마찬가지로 별도로 설명할 필요 없이 저절로 습득하게 되는 만큼 회의처럼 효율적인 교육 방법도 찾아보기 드물 것이다.

"어디 보자… 태봉아."

"예, 부장님."

"이건 혹시 그거냐?"

"아, 네. 저번 주에 그쪽에서 들어온 내용입니다."

프린트물에도 간략하게 적혀 있긴 하지만, 제대로 상황을 파악하고 있는 건 태봉과 구 부장뿐이었다.

그걸 알기에 태봉도 목소리를 가다듬으며 설명에 임하기 시작한다.

"별거 아니긴 합니다만… '미논(Minon)' 이라는 포털 사이트에 관해서입니다."

"아, 그거라면……."

사원 중 한 명이 아는 척을 한다.

굳이 그 사원이 아는 척을 하지 않아도 여기에 있는 모두가 알고 있는 사실이기도 하다.

우리나라에서 원톱을 달리고 있는 포털 사이트가 한 군데가 있다.

그 사이트가 사실상 거의 과반수를 넘기는 점유율을 차지하고 있을 만큼 대중에게 어마어마한 영향력을 자랑하고 있다 해도 무방하다.

그 밑으로는 고만고만한 포털 사이트밖에 없지만, 그중에서도 미논이라 불리는 이 포털 사이트는 그 고만고만한 사이트 중에서도 그나마 가장 인지도와 점유율이 높은 사이트라고 할 수 있다.

"포털 사이트 메인 배너에 저희 상품 광고를 실을까 한번 회의를 했던 적이 있잖아요."

"음, 그렇지."

"아직 계약은 진행되지 않았고, 조만간 미팅 자리를 잡을까 합니다만… 아마도 조금 터무니없는 조건을 내걸 거 같아서요."

"구체적으로 어떤 거지?"

"배너를 걸어주는 데 9천만을 요구하더라고요."

"미쳤구만."

혀를 차면서 손사래를 치는 구 부장이었다.

원톱을 달리는 포털 사이트도 그 정도 요구는 하지 않았다.

실제로 이미 메인 배너가 올라가기로 계약되어 있으며, 금액도 9천보다도 낮게 잡아 계약이 성사되었다.

그런데 그렇게까지 인지도가 있는 사이트도 아니고, 그래 봤자 고만고만한 사이트에서 잘 나가는 사이트에 불과한 쪽이 무슨 메인 배너에 9천을 요구하는 건가.

"간보기군요."

유 실장이 팔짱을 끼며 나지막이 말한다.

미논이 최근 그렇게 배짱을 부릴 수 있는 요소가 전혀 없는 건 아니다.

업계에서는 만년 2위를 기록하고 있지만, 최근 미논이 아주 놀라운 사실 하나를 발표했기 때문이다.

스마트폰에서 높은 점유율을 자랑하는 모 메신저와의 통합이 결정되었기 때문이다.

만약 통합이 실제로 성사된다면 분명 원톱을 달리고 있는 그 포털 사이트를 위협할 만한 세력으로 성장할 가능성이 매우 크다.

아마 그 통합을 믿고 배짱을 부리는 게 아닐까.

"만약 그 통합 정보가 정말 사실이면 확실히 무시할 수는 없을 거야. 포털 사이트와 스마트폰 메신저는 엄연히 분야가 다르니까."

구 부장의 말대로 인터넷과 스마트폰 업계는 분명 각각의 장점이 있다.

전 국민이 이용하고 있다 해도 무방한 메신저에 광고를 뿌리면 그것보다 더 효과적일 수가 없을 것이다.

포털 사이트 메인 배너는 그 해당 사이트에 접속해야만 볼 수 있는 구조로 되어 있다.

그러나 스마트폰 메신저는 채팅방 안에 광고 문구 하나만 직접적으로 쏘아 보내도 그 사람에게 상품의 정보를 다이렉트로 전달해줄 수 있다.

어찌 되었든 그 메신저를 사용하거나 가입이 되어 있는 사람들에게는 광고가 스팸 메일처럼 귀찮은 것으로 치부될 수 있으나 상품을 노출시킬 수 있다는 점은 분명 큰 메리트다.

노출도에 비례해 판매량이 올라간다는 건 광고 업계에선 가히 법칙이나 다름이 없기 때문이다.

"어쨌든 미팅 가서 한번 잘 말해봐."

"네, 알겠습니다."

"서 대리가 같이 가주고. 어차피 우리가 노리고 있는 사이트는 실질적으로 계약이 되었으니까 사실 미논과의 계약은 어찌 되어도 상관없어. 말 그대로 계륵 같은 곳이니까 영 안 되겠다 싶으면 그냥 발을 떼도록."

"네."

서 대리 역시 고개를 끄덕이면서 대답한다.

본래대로라면 외근 업무는 대개 유 실장이나 아니면 구 부장이 전담을 맡고 있다.

그러나 이번에는 어차피 별로 중요한 건수도 아니기에 서 대리와 태봉의 경험도 쌓게 할 겸 이들로만 미팅 자리를 주선해 보려고 지시를 하는 구 부장이었다.

"아, 그리고……."

슬쩍 민철과 대민을 바라보던 구 부장이 서 대리에게 말한다.

"우리 신입들도 데려가도록. 경험도 쌓게 할 겸 말이야."

"알겠습니다."

"민철이하고 대민이는 우리가 상대방과 미팅 자리를 할 때 대략 어떤 식으로 대화가 오고 가는지 잘 관찰하도록 해. 굳이 자네들이 나서서 미팅을 성사시키려고 노력하지 않아도 돼. 어차피 아무것도 모르는 신입이니까. 그저 '접대'라는 게 어떤 것인지 잘 보고 배우라고."

"명심하겠습니다."

접대라는 건 영업팀만이 하는 전유물이 아니다.

인사팀이라든지 감사팀, 총무팀 등 각 부서도 자신들이 맡고 있는 업무에 '접대'라는 두 글자가 빠지지 않는 때가 있다.

홍보팀 역시 마찬가지다.

이들도 전혀 영업 업무를 안 하는 것이 아니다. 상대방과 만나서 미팅 자리를 가져 보다 더 효율적이고 청진그룹 입장에서는 좋은 조건으로 계약을 체결하는 것이 바로 이들의 몫이기도 하다.

"그럼 회의는 여기서 마치도록 하고⋯ 태봉아."

"네, 구 부장님."

"미논 쪽이랑 미팅 자리 잡아둬라. 이번 주 안으로."

"알겠습니다."

구 부장과의 말이 끝나자마자 곧장 책상으로 가 내선을 통해서 미논 기획팀과 연결을 시도한다.

한편, 자리로 돌아온 대민은 긴장한 표정으로 민철에게 말을 걸어온다.

"민철 씨, 미팅이란 게… 혹시 여자하고 하는 그 미팅 아니겠죠?"

"하하, 그거랑은 달라요."

이 사람은 정말 회사 업무와 동떨어진 생활을 해왔다는 생각밖에 들지 않는 발언이었다.

*　　　*　　　*

미논 기획부 팀장, 한서진이 통화를 끊으며 긴 한숨을 내쉰다.

"하아……."

"어디서 온 전화입니까?"

옆자리에서 슬쩍 통화에 귀를 기울이던 사원의 말에 서진이 쓴웃음을 지으며 대답해 준다.

"청진그룹 홍보팀."

"우왓… 기어코 왔네요."

"뭐, 우리가 터무니없는 제안을 한 건 사실이니까."

배너 걸어주는 데 9천만 원이면 솔직히 너무한 게 맞긴 하다.

게다가 미논이 국내 포털 사이트 점유율로 따지자면 1위도 아니고 격차가 많이 나는 2위에 불과하다. 그런 이들이 9천만 원을 제안한 것은 청진그룹 입장에서는 말 그대로 노할 노릇이긴 하다.

하지만 이들에게는 이럴 만한 사정이 있다.

바로 대국민 메신저, 까메오톡과의 통합 소식 때문이었다.

비록 2위 포털 사이트라 하더라도 메신저 점유율 1위인 까메오톡과 연계하면 분명 엄청난 지각변동을 일으킬 것이다.

그러나 문제가 있다면 다른 쪽에 있을 것이다.

"그 통합 결정 건수가 사실 확정된 게 아니잖아요."

"……."

"그런데 막 질러도 될까요?"

이들은 최대한 통합 소식이 업계에서 널리 퍼졌을 때 최대한 이득을 많이 보기 위해서 이 소문을 이용하기로 했다.

청진그룹 제품의 홍보 메인 배너를 걸어주는 데에도 9천만 원을 요구한 이유는 바로 그 점에 있다.

괜히 나중에 통합이 무산되면 청진그룹을 비롯해 다른 러브콜들도 전부 다 무산이 될 것이다.

물론 통합이 무산된 것도 아니다.

하지만 그렇다고 확정된 것도 아니다.

"후우……."

기획팀으로서 상당히 골치 아픈 상황에 오게 된 서진이었으나, 사장의 지침 사항 때문에 어쩔 수 없이 확정된 정보인 양 연기를 해야 한다.

"잘 기억해 두라고, 이 친구야."

서진이 천장을 바라보면서 의자에 몸을 묻는다.

"회사원이라는 건 말이야. 때로는 거짓말쟁이가 되어야 할 각오가 필요한 법이야."

"…그런 건가요?"

"사람을 속이는 건 물론 나쁜 짓이야. 하지만 거짓말을 해서 우리 회사가 먹고살 수 있다면 그건 과연 나쁜 거짓말이라고 해야 할까? 물론 상대방의 입장에서는 기분이 나쁠지도 모르지. 실질적으로 물질적인 손해도 발생할지 몰라. 그러나 그 덕분에 이 회사에 종사하는 사원들은 월급이 밀리지 않은 채 제때 돈을 받으면서 일을 하게 되겠지."

"결국 제로 섬 게임(Zero sum game : 한쪽의 이득과 다른 쪽의 손실을 더하면 제로가 되는 게임)이라는 뜻이네요."

"그래. 누군가 손해를 보면 누군가는 이득을 보게 되지. 우리는 우리 입장을 생각하면 돼. 거짓말쟁이가 되더라도 좋아. 미안하지만 우리도 먹고살아야 하니까."

회사 생활을 하면서 그 역시 많은 거짓말을 해왔다.

당연한 말이겠지만 상대방으로부터 원망도 많이 들었다.

그러나 그게 현실이다.

"법적 대응으로 사기꾼까지 몰리지만 않으면 돼. 우리는 저들에게 아직 확정되지 않은 정보를 흘린 것뿐이지, 저들이 스스로 확인도 해보지 않고 러브콜을 보내온 거라고. 우리 쪽 과실도 있지만 청진그룹 과실도 인정하지 않을 수가 없을 거야."

말은 그렇게 하지만, 그래도 기분은 그리 좋진 않은 모양인지 서진이 담배를 꺼내 들며 사무실 바깥으로 나선다.

오늘만큼은 사무실 내 흡연 금지라는 문구가 매우 마음에 들지 않게 느껴졌다.

미팅 일자는 이번 주 목요일 오후 3시로 잡히게 되었다.

그동안 태봉은 자료 조사를 더불어 파일로 프린트물을 제작하는 데 힘쓰고 있으며, 그의 부사수인 민철도 태봉을 도와 사무적인 업무를 해결하고 있었다.

서 대리는 태봉에게서 미논에 관한 정보를 얻음과 동시에 어떻게 미팅을 유리하게 이끌어갈지 고민을 해본다.

사실 이들에게는 그다지 손해 보는 미팅이 아니다.

애초에 반드시 성사시켜야 한다는 그런 목적을 가지고 임하는 게 아니었기에 심적으로 부담은 없을 것이다.

그러나 서 대리나 태봉이나 둘 다 구 부장과 유 실장 없이 거래처와 미팅을 직접 주도하는 건 처음 일이다.

그 점 때문에 긴장감이 더더욱 올라오기 시작한다.

게다가 4명 중에서 서 대리가 가장 직급이 높고 계급도 높다.

여성이라는 점이 다르긴 하지만, 그래도 경력상으로는 서 대리가 모범을 보여야 한다.

"대민 씨! 이 부분은 내가 수정하라고 했잖아요!"

"죄, 죄송합니다!"

오늘도 어김없이 대민의 실수가 이어진다.

그리고 기다렸다는 듯이 서 대리의 잔소리가 콤보로 들어온다.

이제는 홍보팀의 일상이 되기도 한 이 모습에 구 부장이 늘어지게 하품을 하면서 지나가듯 말한다.

"너무 그렇게 머리에 열 내지 마, 서 대리. 그러다가 잘 해결될 일도 해결 안 되는 법이라고."

"그치만 구 부장님……."

"네가 아무리 부하 직원에게 화를 낸다 하더라도 달라지는 건 없어. 수정 사항이 생기면 어떻게 수정해야 더 효율적인지를 먼저 고민해. 우리는 회사원이라고 일일이 타인에게 화를 내면서 스트레스를 발산할 생각조차 가지면 안 돼. 그런 생각보다 업무를 보다 효과적으로 할 수 있는 방법을 고려하라고. 그게 정신 건강에도 더 도움이 될뿐더러…….”

구 부장의 표정이 순간 진지함을 머금기 시작한다.

“회사에서 오래 살아남는 길이니까 말이야.”

“…….”

“뭐, 아무튼 잘 주도해 보라고. 너무 그렇게 부담 가지지 마. 욕만 안 먹을 정도만 하면 돼. 우리의 목적은 5천만 원 선에서 거래를 성사시키는 것. 만약 조금이라도 그 상한선을 넘어선다면 계약은 무조건 파기야. 단순하게 생각하라고.”

“…네, 알겠습니다.”

“거의 2배 가격을 낮추는 힘든 미팅 자리일지 모르겠지만, 깔끔하게 포기하는 것도 방법 중 하나야. 그러니까 잘 생각해 봐.”

포기하면 편하다는 말도 있지 않은가.

사실 구 부장은 이들에게 그다지 많은 기대를 걸고 있지 않다.

어디까지나 가장 큰 목적은 후임 사원들의 경험을 쌓게 하는 것이 목적이기에 결과는 크게 신경 쓰지 않을 것이다.

이미 구 부장과 유 실장이 점유율 1위 포털 사이트의 메인 배너 계약을 따냈으니 말이다.

‘될 리가 없겠지.’

그렇게 생각하며 구 부장은 다시 자신의 자리로 돌아가 잠시 눈을 감는다.

어제 하루 종일 잠을 못 잤기에 오늘은 짧게나마 새우잠을 청하기 시작한다.

미논 본사 앞.

운전이 가능한 민철의 차량을 통해서 본사에 도착한 이들이 건물을 올려다본다.

청진그룹에 비해서는 작은 빌딩이긴 하지만, 그래도 제법 큰 규모에 속하는 건물이 아닐까 싶다.

"그럼 전 잠시 차를 주차시키고 오겠습니다."

"로비에서 기다리고 있을 테니까 곧장 오세요."

"네, 알겠습니다."

운전대를 돌리며 서미나 대리의 말에 고개를 끄덕여준다.

주차장으로 진입한 민철.

차량에서 내리며 건물 위쪽을 바라보기 시작한다. 그러더니 이내 짧은 호흡을 내쉬며 두 눈에 마나를 집중시킨다.

'인사이트(Insight)!'

우우웅!

푸른 마나의 기운이 두 눈에 서리면서 민철의 시야를 기하급수적으로 상승시킨다.

건물 지하에서 위쪽으로 올려다보자, 건물의 벽면이 마치 투명한 유리창 벽처럼 보이기 시작한다.

건물의 내부가 훤히 들여다보이기 시작하자 민철이 이번에는 마나를 흩뜨린다.

인사이트를 해제한 민철이 가볍게 한숨을 내쉰다.

"역시 여기는 공간이 너무 많아."

빌딩 건물이라는 거 자체가 워낙 많은 사람들이 여기저기 뭉쳐 있기 때문에 민철이 원하는 정보를 얻기는 힘들어 보인다.

"어쩔 수 없지."

차량의 문을 닫고 로비로 향하는 민철의 발걸음은 결코 가볍지 않았다.

회사 내부를 투시하면 뭔가 정보를 얻을 수 있을 거라 생각했지만, 역시나 그건 힘들었다.

로비로 도착하자마자 곧장 엘리베이터를 타고 4층으로 향하는 이들.

기획팀에 도착하자, 한서진 팀장이 이들을 맞이해 준다.

"회의실에 들어가 계시면 됩니다."

"알겠습니다."

서 대리를 필두로 4명의 홍보팀 인원들이 각자 자리에 앉는다.

뒤이어 한서진과 또 다른 여사원이 자리를 잡는다.

"이쪽은 사이트 관리 업무를 담당하고 있는 오하나 씨라고 합니다."

"잘 부탁드려요."

젊은 여사원의 인사에 홍보팀 사원들도 고개를 살짝 숙이는 것으로 답변을 대신한다.

"자, 그럼 시작을 해볼까요…….."

"아, 우선 먼저 확인해 보고 싶은 게 있는데 혹시 괜찮을까요?"

서 대리가 미팅 시작 전에 기습 펀치를 날리기 위해 말을 꺼낸다.

"혹시 까메오톡과 미논이 통합한다는 정보가 사실입니까?"

초반부터 이렇게 직설적으로 질문이 들어올 거라고는 서진도 예상하지 못했다.

그러나 언젠가는 이와 비슷한 질문을 할 거란 예상 정도는 충분히 하고 있었다.

"제가 들은 바로는… 아마 99% 이상의 확률로 가능하지 않을까 싶습니다."

그 말을 듣는 순간.

민철의 눈이 매섭게 빛나기 시작한다.

'저 남자……'

다른 사람의 눈은 속일 수 있어도, 레이폰 더 데스사이드의 눈은 속일 수 없다.

'거짓말쟁이로군.'

사람은 거짓말을 하게 되면 평소와 다른 신호를 보내게 된다.

예를 들어 심장의 고동 횟수가 변한다든지, 얼굴이 빨개진다든지.

하지만 그것만으로는 민철이 서진의 거짓말을 눈치챌 수가 없다.

왜냐하면 민철은 서진과 예전부터 알고 지내던 그런 사이도 아니기 때문이다.

외형적인 변화는 기존에 친분이 있는 지인 사이가 아니고서는 그다지 쉽사리 눈치를 챌 수 없는 게 보통이다.

그렇기 때문에 민철은 서진의 말 한마디로 그가 거짓말쟁이일 수도 있음을 깨달았다.

'만약 확신한다면 굳이 99%라는 확률 수치를 언급하진 않았겠지.'

까메오톡과의 합병이 확실한 정보라면 1%의 일말의 여지를 언급할 이유가 없다. 100% 확률이 아닌 이상 분명 불안 요소는 존재하기 때문이다.

그러나 그는 99%라는 수치를 언급했다.

즉, 확신처럼 보이는 불확실한 정보라는 것을 대놓고 어필한 것이다.

99%란 수치는 참으로 좋은 수치라고 할 수도 있다.

타인에게 어느 정도 적당량의 신뢰성도 던져 주면서 동시에 그 일이 실패로 돌아간다 하더라도 1%를 운운하면 되니까 말이다.

즉, 서진은 간을 보고 있는 것이다.

물론 이와 같은 사실은 민철뿐만이 아니라 서미나 대리도 어느 정도는 직감을 하고 있었다.

"100%는 아니네요."

"그치만 거의 확실시되고 있습니다. 그 증거로 청진그룹뿐만이 아니라 다른 기업들도 러브콜이 적극적으로 들어오고 있으니까요."

"으음……."

일명 신용 돌려막기.

거짓 정보를 흘리면 그 정보에 분명 낚이는 기업이 존재한다. 그럼 그 기업의 사례를 다른 기업에게 언급한다. 더불어 계속해서 그런 식으로 다수의 기업들을 포섭하면, 그 자체만으로도 신용의 증거가 된다.

남들이 하니까 우리도 괜찮을 거다.

가장 위험한 군중심리가 아닐까 싶다.

"서 대리님도 아시겠지만, 행여나 우리 쪽에서 정식으로 합병 뉴스가 나오면 지금 요구한 금액보다 훨씬 더 많은 수치가 나올 겁니다. 물론 그건 잘 아시리라 생각합니다만."

"네, 그거야 뭐……."

"까메오톡의 영향력은 실로 무섭습니다. 스마트폰 보급으로 인해 우리나라 산업의 판도가 완전히 뒤바뀌고 있는 상황에서 청진그룹도 단순히 미디어 홍보만이 아니라 적극적으로 스마트폰 메신저를 통해서 홍보 효과를 거두는 게 좋지 않을까요? 게다가 덤으로 저희 배너도 걸 수 있습니다. 결코 손해 보는 조건은 아니라고 생각합니다만."

"9천만 원을 지급하면 메신저를 통한 광고도 넣어주시겠다 이 뜻입니까?"

"물론 거기서 추가적으로 요금을 더 주셔야 합니다만, 그리 비싸게 받진 않겠습니다. 만약에 이번 계약을 체결하신다면 말이죠."

"……."

확실히 스마트폰 메신저를 통한 광고는 메리트가 있다.

그 메리트를 살리는 게 바로 홍보팀의 사명 아니겠는가.

"음……."

서 대리가 고민을 하기 시작한다.

태봉 역시 이번 미팅의 소식통 역할을 하고 있지만, 그 또한 일개 사원이기에 마땅히 결정 권한은 없다.

물론 서미나 역시도 마찬가지다.

그렇기 때문에 구 부장은 일부러 이들에게 기준선을 정해준 것이다.

5천만 원 이상과 이하.

단순히 생각하라는 그의 말이기도 하지만, 만약 이 정보가 사실이라면 9천만이라는 가격이 오히려 싸게 먹힐지도 모른다는 생각을 품게 된다.

고민하기 시작하는 서 대리를 보던 서진이 빙그레 웃으면서 말한다.

"다른 분들하고 상의하실 시간이 필요하시다면 여유 기간을 좀 더 둘 수도 있습니다만."

"……."

민철 입장에서는 현재 가장 좋은 선택지라 함은 바로 여유 기간을 가지는 거라고 생각한다.

저들의 말에는 진실이 느껴지지 않는다.

하지만 서 대리는 민철과는 다르게 경험이 없다.

레디너스 대륙에서 수많은 협상 테이블 자리에 앉았던 민철이다.

그는 9천만 원이라는 현금보다 더 값어치가 있는 영토를 걸고서 다른 나라와 외교 담판을 벌였던 적도 있다.

괜히 그가 달변가라 불리는 게 아니다.

다른 사람들이 캐치하지 못하는 빈틈을 정확히 꼬집고 그 약점을 철저하게 공략한다.

그러기 위해서는 상대방의 정보가 진실인지, 거짓인지 정도는 그 자리에서 어느 정도 가늠할 수 있어야 한다.

진실, 혹은 거짓임을 밝혀내는 것은 그리 어려운 일이 아니다.

상대방의 목소리 떨림의 변화, 눈동자의 움직임, 손가락과 발의 동작 등.

그 모든 것을 관찰한다.

거짓말이라는 것은 타인을 속이는 일이다. 들키면 그 자리에서 2배가 넘는 타격을 되돌려 받을 수 있는 위험천만한 행동이라 할 수 있다.

그런 리스크 높은 행동을 하는데 사람이 초조하지 않을 수가 없을 것이다.

거짓말을 초조함을 동반하는 행동이다. 그 초조함을 캐치하게 되는 순간 민철은 상대방의 말이 진실인지 거짓인지를 판별하게 된다.

현재 30분 동안 진행되는 미팅 안에서 그가 본 서진의 초조함의 증거만도 벌써 10가지가 넘어간다.

'일단 흐름을 한 번 끊어야겠군.'

이대로 가다가는 서진의 말에 서 대리가 농락당해 그대로 계약을 체결하게 될지도 모른다.

물론 계약서를 작성하거나 그런 건 아닐 테지만, 구두만으로도 암묵적으로 계약 체결을 입에 담는 순간 그건 청진그룹 홍보팀의 패배나 다름이 없다.

민철이 테이블 밑으로 스마트폰을 빠르게 꺼낸다.

이윽고 자신의 통화음이 울리게끔 조작을 하기 시작한다.

따리리리링!

단순한 음색이 회의실을 순식간에 채워간다.

그와 동시에 민철이 당황하는 척 연기를 하면서 자리에서 일어선다.

"죄송합니다. 제가 진동으로 바꿔놓는다는 걸 깜빡해서……."

"민철 씨, 그런 건 신경 좀 써주세요."

서 대리가 살짝 짜증 섞인 목소리로 민철에게 경고한다.

"죄송합니다."

다시 통화음을 끊은 민철이 자리에 앉으며 재차 사과를 한다.

갑작스러운 연출로 인해 서 대리가 머릿속으로 생각하던 흐름이 일시적으로 단절되었다.

그것만으로도 족하다.

서 대리가 만약 어느 정도 생각이 있는 사람이라면, 지금 이 순간 그 생각의 흐름을 끊고서 이 회의 결과를 미뤄야 한다.

민철의 수고스러움이 빛을 발한 것일까.

"이 안건에 대해서는 부장님하고 다시 상의를 해볼게요."

"어쩔 수 없죠. 9천만 원이 애완동물 이름도 아니니까요."

서진이 살짝 입맛을 다시면서 말을 이어간다.

"그래도 밀려 있는 광고 순번이 있으니까 가급적이면 빨리 말씀해 주세요. 일단 로테이션 순번에는 추가시키는 걸로 해도 될까요?"

"네. 제품 홍보 들어가면 바로 배너 걸 수 있게끔 해주시면 감사하겠습니다."

"알겠습니다. 그럼 이 친구한테 말해둘 테니 좋은 결과 기다리고 있겠습니다."

홈페이지 관리 업무 담당 여성을 가리키며 말한 서진이 손을 내민다.

"다음 미팅은 가급적이면 기간을 앞당겼으면 좋겠네요. 오래 끌 이유는 없다고 생각합니다만."

"네… 다음 주 수요일 정도가 어떨까요?"

"좋죠. 월요일은 다들 월요병 때문에 좀 그러니까요. 하하."

너털웃음을 터뜨리며 서 대리와 마주 악수를 하는 서진이었다.

그 순간, 미묘하게 대민이 살짝 인상을 찡그리지만 민철은 짐짓 못 본 척을 하면서 시선을 돌린다.

'남자의 질투란……'

회사로 다시 돌아온 미팅 원정대.

"구 부장님."

사무실로 돌아오자마자 구 부장을 찾는 서 대리였지만, 이미 그는 자리를 비운 지 오래였다.

초코맛 아이스크림을 먹고 있던 유 실장이 오른손을 살랑살랑 흔들면서 자리를 비운 구 부장의 행방을 말해준다.

"외근 나가셨어."

"언제요?"

"방금 전."

"…타이밍이 안 좋았네요."

곧장 와서 상담을 요청하려 했지만 오는 길에 마주치지 못한 모양인가 보다.

가볍게 한숨을 내쉬는 서 대리를 응시하던 유 실장이 슬쩍 다가와 묻는다.

"잘 안 풀렸나 보구만."

"글쎄요. 잘 안 풀렸다기보다는… 조금 고민해 봐야 할 점이 생겨서요."

"흐음, 그런가."

유 실장이 자리에 돌아와 서 대리를 바라본다.

깐깐하기로 유명한 서 대리다. 게다가 구 부장이 명확하게 금액의 기준점도 일러줬다.

그런데도 고민의 여지가 생겼다는 뜻은…….

'상대방도 보통 입담을 가진 사람이 아닌가 보구만.'

다시 한 번 아이스크림을 입에 문 유 실장의 생각이었다.

상대방을 고민하게 만드는 것도 결코 쉬운 일이 아니다.

더욱이 현재 위치에서 유리한 고지를 차지하고 있는 건 다름이 아닌 청진그룹이다.

이들은 이미 유명 1위 포털 사이트와의 메인 배너 계약도 따낸 상태다.

그런데 미논은 이런 청진그룹에게 생각의 시간을 부여한 것이다.

'구 부장님한테 말해서 내가 직접 나서야 하나… 아니지, 그건 이번 업무의 취지에 벗어나는 일이야. 구 부장님이나 내가 없을 때에는 서 대리가 대신 외부 업체 인사를 맞이해야 하는데 그러려면 아직 경험이 너무 부족해. 실무만 잘 한다고 회사 생활이 끝나는 건 아니니까.'

유 실장도 정이 많아서 가급적이면 도와주고 싶지만, 차마 그러지도 못한다.

이것이 다 서 대리와 태봉을 위한 일이다.

조금의 답답함도 없지 않아 있겠지만, 이것도 다 참아내야 한다.

한편, 민철은 자리에서 일어서며 사수인 태봉에게 자신의 행방을 알린다.

"잠깐 휴게실 좀 갔다 올게요."

"어… 다녀와요."

태봉도 서 대리와 마찬가지로 미래의 기대 이익이나 현재 가치 등 많은 비교 자료들을 일일이 검토하며 살피느라 정신이 없었다.

유유하게 사무실에서 나온 민철이 향한 곳은 바로 회사 건물 구석에 위치한 휴게실이었다.

투명한 유리로 장식되어 있어 아래의 절경을 내려다보기 좋은 자리 중 하나이기도 하다.

"웃차."

휴게실 문을 열며 안으로 들어서자, 익숙한 인물이 커피 한 잔을 기울이고 있었다.

"민철 씨군요."

"성진 씨 아닙니까. 잠시 머리 좀 식히시고 있었나 보네요."

"뭐, 그렇죠."

양복바지 주머니에 한 손을 넣고 다른 한 손으로 커피를 음미하며 밑의 도시 풍경을 내려다보고 있던 성진이 뒤늦게 민철에게 한 가지 사실을 고지해 준다.

"얼마 전에 말씀드렸던 동기들끼리 회식 자리를 주최하는 거 말입니다."

"네."

"다음 주 주말 정도가 어떨까 싶습니다만."

"다음 주 주말이라……."

마침 미팅은 다음 주 수요일로 예정되어 있다.

이 흐름대로 간다면 아마 수요일에 모든 결판이 나지 않을까.

"상관없을 듯합니다."

"그럼 대민 씨에게도 그렇게 전해주세요."

"네."

할 말만 마치고 바깥으로 향하는 성진.

그러나 잠시 뒤, 발걸음을 멈추고 민철을 바라본다.

"혹시 심곡점을 다시 되살린 게 민철 씨입니까?"

"무슨 뜻인지 잘 모르겠군요."

"갑자기 카페 머메이드에게 전적으로 냉방 설비 계약을 따낸 유능한 인제가 심곡점에 있다고 들어서요. 혹시나 민철 씨인가 싶었죠."

"그건 그냥 모두가 다 같이 얻은 성과입니다. 저는 그저 인턴에 불과해서요."

"…그렇군요."

휴게실 문을 닫고 복도로 나온 성신이 마지막으로 휴게실 방향을 바라본다.

그가 보여준 것은 거짓말…….

아니, 다르게 표현한다면.

"겸손인가."

자신의 성과를 절대로 겉으로 드러내지 않는다.

견제를 당하지 않기 위한 일종의 위장이다.

그러나 저런 부류가 오히려 더 무서운 법이다.

그 사실을 성진도 잘 알기에 다시 한 번 민철의 무서움을 깨달으며 발걸음을 옮긴다.

한편, 성진이 사라지자마자 민철은 스마트폰을 꺼내 특정 인물의 번호를 누른다.

뚜, 뚜.

신호음이 끝나자마자 들려온 반가운 목소리.

―어이쿠, 민철이 아닌가!

"오랜만입니다, 지점장님. 실은 여쭤볼 게 있습니다만……."

심곡점 지점장에게 전화를 건 민철의 통화는 한동안 계속되었다.

* * *

청진전자 심곡점.

사무실 안에서 한동안 민철과 통화를 주고받던 지점장이 옅은 한숨을 내쉬며 드디어 통화를 끝낸다.

옆에서 이야기를 듣고 있던 경리직의 태희가 귀를 기울이며 묻는다.

"지점장님. 방금 민철 씨랑 통화하셨어요?!"

"귀 하나는 좋구만. 그래, 민철이랑 통화했다."

"왜 전화했대요?! 심곡점에 무슨 볼일이라도……."

"음, 볼일은 볼일이긴 한데."

팔짱을 낀 채 의자에 몸을 묻은 지점장이 쓴웃음을 지어 보인다.

"민철이한테는 좀 미안한 이야기가 되었어."

"미안한 이야기요?"

"그래."

지점장이 옅은 한숨을 내쉰다.

민철과 카페 머메이드의 관계를 뒤늦게나마 눈치챈 지점장은 민철이 심곡점에게 얼마나 많은 도움을 줬는지 알 수 있었다.

하지만 민철이 직접적으로 바라는 도움을 곧장 내놓을 수가 없었다는 점에서 지점장의 심기가 불편해진 것이다.

"미논에서 일하는 관계자를 알고 있는지 없는지를 묻더군."

"미논이라면… 포털 사이트잖아요? 최근에 까메오톡이았나, 거기와 합병설이 돌고 있어서 주가가 엄청 오른 곳 아닌가요?"

"맞아. 뭔가 계약 건수에 대해서 미논과 주고받는 게 있는 거 같은데, 정황상으로는 정보가 더 필요한 거 같더군. 그래서 나에게 물어본 게 그거야."

"지점장님, 아시는 분 안 계세요?"

"내가 아무리 발이 넓다고는 하지만 아무래도 미논 쪽이랑은… 그다지 연관도 없고 말이야."

하기사.

생각을 해보면 발이 넓기로 소문난 심곡점 지점장이라 하더라도 이 계열과 전혀 연관이 없는 미논과 알고 지내는 게 오히려 더 이상할 것이다.

"민철이에게 도움을 못 줘서 미안하구만."

"그러게요……."

"그렇다 하더라도 내 쪽에서도 최대한 수소문을 해보겠다고 말했으니까. 적어도 노력은 해야지. 민철이가 우리를 살렸는데 못 본 척은 할 수 없지 않은가!"

"저도 지점장님 말씀이 맞다고 생각해요. 민철 씨 덕분에 심곡점이 다시 살아나게 되었잖아요."

"바로 그거야! 일단 다른 사원들한테 물어봐야겠군! 최대한 연줄이란 연줄은 다 동원하는 거다!"

지점장이 기운차게 사무실 문을 박차고 나선다.

마침 사무실로 들어오는 중이었던 서 과장이 오랜만에 기운이 넘치는 지점장의 뒷모습을 보며 혼잣말을 중얼거린다.

"술 약속이라도 잡히셨나?"

"아니요, 그것보다 더 기쁜 일이에요."

"기쁜 일?"

사무실 안에 없었기에 그간의 사정을 모르는 서 과장이 태희에게 재차 질문한다.

"모처럼 은혜를 갚을 방도가 생겨났으니까요."

"은혜라니?"

"그것보다 서 과장님. 혹시 미논에 아는 사람 없으세요?"

민철이 배풀고 간 은덕은 벌써부터 작은 곳을 시작으로 본격적인 힘을 발휘하기 시작했다.

업무를 보고 있던 민철의 스마트폰이 바쁘게 울리기 시작한다.

퇴근 시간 직전에 걸려오는 전화. 슬쩍 눈치를 보던 민철이 사수인 태봉이에게 말한다.

"잠깐 전화가 와서… 받고 오겠습니다."

"네, 다녀오세요."

서 대리나 태봉이나 둘 다 미팅을 코앞에 두고 한창 예민한 시기다. 사수라고는 하지만 사실 민철을 잘 신경 써줄 틈이 없었다.

무사히 사무실 바깥으로 빠져나온 민철의 귓가에 실로 오랜만에 듣는 인물의 목소리가 들려온다.

─여보세요?

'이 목소리는……'

잊을 리가 없다.

민철에게 기습으로 뽀뽀했던 바로 그 여성, 오태희 아니겠나.

"태희 씨군요. 무슨 일이신가요?"

—제 전화번호 지운 줄 아셨는데, 그래도 남겨두셔서 다행이에요.

"하하, 지울 리가 없지 않습니까."

—그것보다 미논 관계자를 찾고 계셨죠?

"네. 지점장님이라면 워낙 인맥이 넓으시니 건너 건너 아는 사람이 있지 않을까 부탁했습니다."

—그렇다면 부탁할 상대방이 잘못되었어요, 민철 씨.

이건 또 무슨 소리인가.

의구심에 가득 찬 민철에게 태희가 옅은 웃음소리를 내면서 말을 이어간다.

—찾았어요.

"누구를요?"

—민철 씨가 애타게 찾고 있던 미논 관계자를요.

예상치 못한 곳에서 도움의 손길이 들어오고 만 것이다.

평온한 주말 오전.

본래대로라면 늦잠, 혹은 채린과 데이트를 즐겼어야 할 주말이지만 오늘은 선약이 잡혀 있었다.

"어디 보자……."

가볍게 차 키를 챙기고 바깥을 나서려던 민철이 잠시 전신 거울 앞에 서본다.

매번 평일에는 양복을 입었지만, 오늘은 드물게 평상복이다.

그러나 평상복이라 하더라도 정장에 비슷한 느낌이라고 할까. 최대한 단정하게 차려입은 뒤 문 바깥을 나선다.

차를 끌고 도착한 곳은 신도림역.

근처에 차를 주차시킨 뒤 1번 출구로 향하자, 먼발치에서 민철의 모습을 먼저 발견한 모양인지 손을 흔들면서 민철의 이름을 부르는 한 여성이 눈에 들어온다.

"민철 씨, 여기에요! 여기!"

걸음을 보다 빠르게 하며 민철의 이름을 부르는 태희 앞으로 다가간다.

그녀의 곁에는 그다지 익숙하지 않은 여성이 서 있었다.

그렇다 하더라도 초면은 아니다.

"안녕하세요. 얼마 전에 뵀었죠? 오하나입니다."

"안녕하세요. 다시 인사드립니다. 이민철이라고 합니다."

그녀는 얼마 전, 미논에서 한서진과 함께 동석해 홍보팀인 민철의 일행들과 미팅을 가졌던 홈페이지 관리자 중 한 명이다.

꽤나 젊은 나이처럼 보이길래 사실 그리 직급이 높은 사람은 아닐 거라 생각했는데, 실무적인 면에서는 나름 비중도 있는 업무를 차지하고 있다고 들은 바가 있다.

직책은 팀장. 경력도 예상외로 긴 편이다.

태희에게 사전에 들은 정보에 의하면, 그녀와 고등학교 동창이라고 한다.

그렇다면 나이도 그리 많지는 않을 것이다.

그럼에도 불구하고 하나는 고등학교에 졸업을 하자마자 곧장 미논에 취직해서 일을 해왔기 때문에 나이가 어림에도 생각보다 경력이 많았던 것이다.

"어디 가서 이야기 좀 할까요?"

민철이 먼저 자리 이동을 주장한다.

"신도림역 근처는 그다지 괜찮을 만한 장소가 없는데……."

"우선 카페에서 시간 좀 보내다가 저녁 먹고 그러면 되지."

하나의 말을 태희가 곧장 커트하면서 그녀와 팔짱을 낀다.

오랜만에 만난 고등학교 동창생이라는 점에서 기쁘다는 감정도 있었지만 동시에 태희에게는 하나에게 감사하게 생각해야 할 요소가 더 있었다.

바로 그녀와의 친분 덕분에 이렇게 사적으로 민철과 만나게 되었으니까 말이다.

사실 태희는 민철에게 좋아한다는 감정을 표현한 이후로 딱히 사적으로 자리를 주선했다거나 아니면 만나자는 제안을 받은 적이 없다.

민철도 연수 때문에 바쁘기도 했고, 그리고 여자 입장에서 더 이상 적극적으로 어필하기에도 모양새가 좀 그렇다고 태희 본인은 생각했기 때문이다.

그래서 민철이 보고 싶음에도 불구하고 계속해서 속으로 끙끙 앓고만 있어야 했던 이 상황에서 고맙게도 하나라는 존재가 등장한 것이다.

게다가 민철에게 들은 바에 의하면, 그녀는 미팅 자리에도 참석하는 최중요 인물이라고 하지 않던가.

'공짜는 없을 줄 아세요, 민철 씨.'

눈빛 교환을 통해서 태희가 각오 단단히 하라는 식으로 주의를 준다.

민철도 눈치가 없는 사람은 아니기에 살짝 고개를 끄덕여 주
는 것으로 답변을 대신한다.

"그럼 우선 이동하죠. 제가 좋은 장소를 알고 있습니다."

개인 차량을 소지하고 있다는 건 이럴 때 장점으로 작용한다.

민철의 에스코트와 함께 두 여성이 손쉽게 발걸음을 옮긴다.

누가 보면 양손에 꽃이라는 형태처럼 보일지 모르지만 실상
은 이것도 업무의 일환이다.

주말에도 영업을 해야 하는 건 회사원으로서 어찌 보면 당연
한 숙명일지도 모른다.

"어머, 맛이 괜찮네요."

카페 머메이드 구로점에 도착한 이들.

마침 하나도 머메이드의 커피는 입맛에 맞는 모양인지 그리
나쁘지 않은 평을 들려주고 있었다.

그러나 심기가 불편한 이도 있었다.

"왜 하필 여기에……."

"그야… 태희 씨는 잘 알잖아요?"

"흥."

머메이드는 민철의 애인이기도 한 체린의 회사 중 하나다.

그 사실 덕분에 태희는 머메이드 말고 다른 카페에 가는 횟수
가 많아졌다.

그런데 기어코 이 카페에 오고 만 것이다.

늘어지게 한숨을 내쉬던 태희였지만, 지금 그녀의 심경 변화
보다 민철의 입장에서 우선시해야 할 일이 따로 있었다.

"이렇게 만나기로 한 건 다름이 아닙니다."

민철이 슬슬 본격적인 이야기를 꺼내기 위해 간을 보기 시작한다.

"까메오톡과 미논과의 합병이 얼마만큼 진행되고 있는지 궁금해서요."

"그거라면… 저번에 들으셨던 그대로예요. 99% 정도요."

"과연, 그렇군요."

하나가 진실을 말해주지 않을 거라는 건 민철도 예상하고 있었다.

태희와 하나가 친구 관계라 하더라도 민철과 하나가 특별한 관계에 놓인 것은 아니다.

어떻게 보면 완벽한 타인에 불과한 민철에게 회사의 기밀을 함부로 흘릴 리가 없지 않겠는가.

"그걸 물어보기 위해서 절 불러낸 건가요?"

"아니요, 그럴 리가 없죠."

민철이 가볍게 잔을 기울인다.

절대로 그녀에게 업무상의 목적이 있다는 사실은 언급해서는 안 된다.

"실은 말이죠."

민철이 슬쩍 눈치를 주자, 이번에는 태희가 고개를 끄덕인다.

그리고 민철의 말을 받으며 하나에게 알려준다.

"실은 우리 둘, 아직 솔로잖아."

"응, 그렇긴 하지."

"지금이야 뭐 여름 시기라고는 하지만, 겨울 되면 크리스마스도 있을 테고. 그리고 너, 지금까지 남자친구 한 번도 사귄 적이 없다며?"

"그야 일이 바쁘니까. 나도 바쁜데 상대방도 직장인이면 더 만나기 힘들잖아. 그래서 못 만나면서 가슴 졸일 바에야 그냥 혼자 지내는 편이 더 편하기도 하고."

커피 한 모금을 들이켠 하나가 눈을 흘기며 태희를 노려본다.

"설마 너, 혹시 이 자리……."

"2 대 2 데이트, 어때?"

"어휴, 정말……."

태희가 민철에게 관심이 있다는 건 하나도 들어서 알고 있다.

게다가 민철에게 나이 차이가 있는 연상의 여성이 애인으로 딱 달라붙어 있다는 점 또한 태희를 통해서 들은 적이 있다.

태희의 목적은 어디까지나 민철에게 좀 더 자신의 호감도를 높이고자 하는 일이고 하나는 민철과 만나기 위한 수단에 불과하다.

그래도 고등학교 때에는 친한 친구로 지냈던 태희였기에 그녀의 연애 인생에 도움을 주고 싶다는 건 하나의 솔직한 심정이기도 하다.

그리고 사실 하나는 평생 솔로로 지내겠다는 독신주의자도 아니다. 그저 회사 업무가 너무 바빠서 애인을 사귈 시간조차 없던 것이지, 그녀 또한 듬직한 남자친구를 곁에 두고 싶어 하는 건 당연하다.

"마침 너한테 딱 적합한 남자도 있는데."

"그 남자분이 누군데?"

하나의 말이 끝나자마자 머메이드에 모습을 드러내는 한 남성이 눈에 다크서클이 잔뜩 낀 채 두리번거리기 시작한다.

이윽고 민철의 모습을 발견한 남성이 손을 들며 외친다.

"야, 이민철. 도대체 뭐 때문에 날 여기까지 부른 거냐."

"왔어? 형, 서 있지 말고 여기 와서 앉아. 오느라 수고했으니까."

"나 참, 도대체 뭐가 그리 급하길래 주말에 시간을 내달라는 거야. 안 그래도 마감 때문에 정신이 없는데……."

힘없는 발걸음으로 민철에게 다가오는 남자.

그는 바로 민철과 같은 스터디 그룹에서 공부하던 판무협 작가, 최수빈이었다.

*　　*　　*

"도대체 왜 날 부른 거냐?"

"그야 형의 도움이 필요해서요."

"내 도움?"

옆에 앉은 수빈에게 이것저것 이야기를 하기 시작하는 민철.

반면, 하나가 슬쩍 태희를 바라보며 작은 목소리를 유지하며 묻는다.

"2 대 2 데이트라면… 내가 저 남자를 상대해 줘야 한다는 뜻이야?"

"응."

"하아, 태희야. 아무리 해도 그러지, 딱 봐도 허름하기 짝이 없는 남자랑 뭘 하려고. 그것보다 네가 민철 씨한테 관심이 있다고 해서 이렇게 시간 내서 와주긴 했지만, 이런 식으로 나오면 곤란하지."

"네가 좋아할 만한 사람일 거야. 분명히."

"난 저런 타입 싫다고. 수염도 대충 깎았고, 옷 입는 센스도 완전 꽝이잖아. 저건……."

옅은 한숨을 내쉬는 오하나가 한심하다는 듯 수민을 바라본다.

그도 그럴 것이 한참 마감에 열중하느라 제대로 다듬지도 않은 수염 하며 머리카락은 말 그대로 이성에게 최악의 첫인상을 심어주기에 충분하다.

그러나 민철이 굳이 수민을 선택한 것은 다름이 아니다.

"하나 씨, 사실은 이 형이 말이죠."

민철이 강제적으로 수민을 끌고 와서 앉히며 이렇게 말한다.

"요즘 출간 중인 현대 판타지 소설 '제왕의 일지'를 쓰고 있는 형님입니다."

"제… 뭐라구요?!"

연이어 불만을 토로하던 하나가 대뜸 자리에서 벌떡 일어나 외친다.

주변 사람들의 시선이 절로 모아지자 태희가 대신 사과하면서 강제적으로 하나를 자리에 앉힌다.

제왕의 일지.

그건 최근, 하나가 입에 침이 마르도록 극찬을 하며 친구들에게 적극적으로 권장하고 있는 현대 판타지 장르소설이다.

태희에게도 오랜만에 연락이 닿자마자 제왕의 일지를 읽어보라며 침을 튀기면서까지 이야기하는 것을 3시간 동안이나 들어줬다.

그런데 알고 보니 그 소설의 원작자가 바로 최수민이었던 것이다.

'우연도 이런 우연이 없지.'

그 점에 대해서는 민철도 사실 놀랄 수밖에 없었다.

우연인지 아니면 의도된 필연인지.

물론 이와 같은 정확한 이유는 고차원적 존재만이 알고 있겠지만, 지금은 그게 중요한 게 아니다.

하나의 약점을 파악했다. 그렇다면 두말할 필요도 없이 이용하는 것이 바로 민철의 수법이다.

"마, 말도 안 돼요. 그치만 그런 대작가님이 어째서 여기에……."

"아니, 대작가까진 아닌데요."

수민이 스스로 자신을 너무 과대평가한다는 식으로 이야기를 한다.

이제 막 3질째 책을 내고 있는 초보이기에 이런 말을 하는 것이다.

그러나 하나의 입장에서는 그렇지 않은 모양인가 보다.

"말도 안 돼요! 대작가님이시라구요! 세상에… 설마 바로 그 최수민 작가님일 줄이야… 아무리 대한민국 땅덩어리가 좁다고는 하지만 이런 우연이……."

이쯤 되면 최수민도 슬슬 민철이 왜 자신을 불렀는지 알 수 있었다.

수민도 전혀 눈치가 없는 사람은 아니다.

아니, 오히려 작가 일을 하고 있기에 민철이 무슨 의도로 수민을 필요로 하는지 충분히 감을 잡을 수 있었다.

"민철아."

"예, 수민이 형."

"나중에 술, 비싼 걸로 사라."

"잊지 않을게요."

이것으로 교섭 성립.

수민은 깊은 한숨을 내쉬며 하나에게 자신의 작품에 관한 본격적인 뒷이야기를 시작해 준다.

태희의 연줄과 수민의 활약 덕분에 하나로부터 중요한 정보를 빼 오게 된 민철은 월요일 아침에 출근하자마자 자신의 의자에 몸을 묻으며 천장을 올려다본다.

까메오톡과 미논의 합병.

그것은 사실 확률이 그리 높지 않다고 한다.

기껏 해봐야 30%라고 할까.

"역시 그렇군."

까메오톡은 애초에 처음부터 포털 사이트 1위를 달리고 있는 업계와 먼저 접촉을 시도했다.

지금도 조율 중이라고는 하지만 미논과의 합병이 먼저 거론된 이유는 우선 까메오톡 입장에서 그 포털 사이트와의 거래를 원만하게 하기 위해 만든 일종의 허세 소문에 불과했다.

간단하게 요약하면 '너희들이 합병해 주지 않으면 우리는 미논과 할 수도 있다' 라는 경고 문구를 건넨 것과 다름이 없다.

미논은 그저 그 둘의 세력 싸움에 살짝 몸을 담근 것에 불과하다.

그러나 미논은 이 기회를 틈타 재빠르게 다수의 기업들로부터 이득을 챙기려 한 것이다.

"거짓말쟁이도 그런 거짓말쟁이가 따로 없군."

물론 한서진 팀장의 마음도 이해는 한다.

기업이란 본래 영리를 추구하는 집단.

이득이 될 만한 점이 있다면 불필요한 소문도 과대포장해 업계에 퍼뜨리면 자연스럽게 하이에나들처럼 몰려들 것이다.

그리고 실제로 그 하이에나 중 하나로 청진그룹이 미끼를 문 것이다.

그러나 청진그룹은 다른 기업과는 달리 입장이 미묘한 차이점을 보이고 있다.

이미 청진그룹 홍보팀은 다른 포털 사이트와의 배너 계약을 체결했다. 즉, 미논과는 아쉬울 게 없다는 뜻이다.

하지만 민철은 이 기회를 그대로 날려 보내고 싶지 않았다.

"거짓말쟁이를 사냥해 보러 갈까."

곧 다가오는 수요일.

민철은 하루라도 빨리 그 수요일이 오기만을 간절히 기원할 뿐이었다.

미논 빌딩 내부에서 열리게 된 2차 미팅.

역시 참가자는 마찬가지로 서 대리를 포함해 강태봉, 그리고 이민철과 김대민이었다.

상대측 역시도 전과 같게 한서진 팀장과 오하나가 자리를 잡는다.

하나가 슬쩍 민철의 눈치를 보지만 민철은 그저 걱정하지 말라는 식으로 가볍게 눈웃음을 짓는다.

"어떤 대답을 가져오셨는지 우선 들어볼 수 있을까요?"

한서진의 제안에 서 대리가 침을 살짝 삼킨다.

구 부장과 이야기한 결과, 6천만 원 선에서 대략 합의를 보기로 했다.

만약 이것도 안 된다면.

이 거래는 무산이다.

"저희는 6천만 원을 제시할 생각입니다."

"6천이라… 3천이나 줄었군요. 이러시면 곤란합니다만."

예상했던 반응이다. 서 대리는 다시 한 번 침을 꿀꺽 삼키면서 말을 이어간다.

"그 이상도, 이하의 금액 협상도 없습니다. 저희는 딱 6천이면 됩니다."

"과연……."

한서진이 슬쩍 눈을 흘기면서 서 대리를 바라본다.

"나중에 후회하실지도 모릅니다."

"후회……?"

"네. 저희 미논과 까메오톡이 합병하게 된다면 분명 사회에 큰 영향을 미칠 만한 영향력을 자랑할 텐데, 여기서 청진그룹이 발을 뗀다고 하면 저희도 청신그룹을 좋게 생각하지 못하겠군요."

"그, 그건……."

"괜찮습니다. 물론 나중에 더 많은 금액을 제시해 주신다면 거절할 의사는 없지만, 그 액수는 완전 터무니없는 액수일 겁니다. 제가 보증하죠."

서진의 화법은 말 그대로 '강압'이었다.

거짓말쟁이는 함부로 자신의 빈틈을 드러내지 않는다.

그러기 위해서는 상대방을 절벽으로 몰아붙여야 한다.

뒤도 돌아보지 못하게끔 압박을 심어놓는 것이다.

서 대리는 미팅 경력이 사실상 별로 없는 초보이기도 하다. 강태봉을 포함해 대민도 마찬가지다.

그러나 서진이 생각하지 못한 복병이 입을 뗀다.

"제가 듣기로는."

모두가 민철을 주목한다.

방금 전까지 얌전히 있던 민철이 드디어 행동을 개시한 것이다.

"미논과 까메오톡과의 합병 이야기가 다른 세력권에 어부지리로 업혀 나온 소문이라고 들었는데요."

"그게 무슨 뜻이지요?"

"예를 들자면 이런 거죠. 고래 싸움을 이용하기 위한 교활한 새우 같은 존재가 있을지도요."

"……"

"적자생존이란 그런 겁니다. 약자가 있다면 최대한 자신이 이용할 수 있는 모든 것을 이용하는 게 당연지사 아닐까요."

민철이 무슨 이야기를 하는지 서 대리와 태봉, 그리고 대민은 어벙한 표정을 지으며 그를 바라보고 있었다.

반면, 유일하게 표정 변화가 심한 인물이 있었다.

바로 한서진 팀장이었다.

"재미있는 말씀을 하시는군요."

그러나 그 역시 쉽게 물러서지 않는다.

다시 포커페이스를 유지하면서 민철을 노려본다.

"그 새우가 진짜 작은 새우인지, 아니면 거대한 고래일지는 확인하기 전까지는 모를 거라고 생각합니다만."

"그럼 이건 어떨까요? 덩치 큰 고래처럼 보이지만 사실은 그 고래의 정체는 작은 새우에 불과하다는 소문을 다시 바다에 널리 퍼뜨리는 겁니다."

"소문……."

"네, 소문 말이죠."

"그 소문이 거짓이라면?"

"한서진 팀장님께서 말씀하신 말이 거짓일 가능성은 과연 없을까요?"

"저희 계약은 거의 99% 확실시……."

"그럼 전 1%의 거짓말을 퍼뜨리도록 하겠습니다."

"……."

순간 한서진이 입을 다문다.

그는 민철이 하고자 하는 말이 무엇인지 알고 있다.

그리고 민철이 그에게 '협박'하고 있다는 사실 또한 잘 알고 있었다.

"사람이란 존재는 긍정적인 소문보다는 부정적인 소문에 민 감한 법입니다. 까메오톡과 미논의 합병. 확률은 99%. 하지만 거짓말일 확률은 몇이나 되죠?"

"그건 일이 진행됨에 따라 다를 겁니다."

"아니요, 저는 그 남은 1%의 잔여 확률만으로도 충분히 99% 를 뒤집을 수 있습니다. 회사란 말 그대로 영리를 추구하는 집 단. 조금이라도 부정적인 소문이 발생한다면 그 소문은 업계 전 반에 퍼질 테고, 회사 사정이 불안한 쪽은 이 제안을 철수하려 들겠죠."

"……."

"전부가 아닐지는 몰라도, 하다못해 미논과 접촉하려던 회사 중 일부는 분명 이 계약 건을 물릴 겁니다. 1%를 무시하시지 마 시길. 그 확률이 곧 바이러스처럼 퍼져 결국 99%의 확률을 역전 시킬 겁니다."

"사람들이 그 말을 믿을 거라 생각합니까?"

"까메오톡 관계자를 통해서 녹취한 내용이 있습니다. 들어보 시겠습니까?"

"……!"

민철의 손에 들려져 나온 작은 녹음기.

그 모습을 본 서진이 말도 안 된다는 표정으로 녹음기를 바라 본다.

"까, 까메오톡에 어떻게……!"

"아는 사람을 통해서 입수했습니다. 죄송합니다만 미리 이

음성 파일은 제가 혹시 몰라 청취해 봤습니다만⋯ 합병 소문이 그리 좋은 의도로 진행되고 있는 건 아니더라고요. 듣자 하니 업계 1위 포털 사이트와의 접촉을 위해 협박성으로 미논을 거론했다는 것에 불과한 내용이었습니다."

"큭⋯ 불합리하게 녹음까지⋯⋯."

모든 전모를 빤히 알고 있다는 것은, 민철이 손에 쥐고 있는 USB 녹취 내용이 진실임을 가리키는 것을 뜻한다.

왜냐하면 전혀 외부인에 불과한 민철이 이 모든 진실을 알 수는 없지 않은가.

어디서 구해 왔는지는 모르겠지만, 한서진의 현재 심정은 오로지 저 USB를 없애야 한다는 생각뿐이었다.

"애초에 과대포장으로 계약을 따내려고 한 여러분들이 잘못했다고 생각합니다만."

놀란 건 서진만이 아니었다.

홍보팀 일원들 역시 민철을 바라보며 묻기 시작한다. 도대체 어떤 경로를 통해 입수했는지, 왜 민철이 이 USB를 가지고 있는지 등등에 대해서 캐묻는다.

"그, 그런 게 있으면 진작에 좀 알려줬어야죠!"

"죄송합니다, 서 대리님. 하지만 우선 이 거래를 끝내야겠죠?"

민철이 녹음기를 올려놓자, 서진이 거칠게 책상을 쾅! 내려친다.

"⋯원하는 게 뭡니까?"

1%의 확률이 99%의 확률을 역전시키는 순간이었다.

결국 배너 계약은 3천만으로 하향 조정되었다.

더불어 민철은 홍보팀 몰래 개인적으로 서진을 만나 녹취 내용을 제거하는 대신 카페 머메이드의 배너 또한 약속받게 되었다.

이후 녹음 내용이 담긴 작은 USB를 매만지던 민철에게 서 대리가 다가와 손을 내민다.

"줘보세요."

"USB 말씀이십니까?"

"네. 무슨 내용이 녹음되어 있는지 직접 확인해 봐야겠어요."

"실망하실 텐데요."

"그건 제가 판단합니다."

USB를 낚아챈 서 대리가 자신의 컴퓨터에 연결해 녹음 파일을 클릭한다.

사무실에 있던 몇몇이 옹기종기 모여 녹취록에 귀를 기울이지만……

―청산~~ 아라리오~~ 강변 살다 가련다~~

"이건……."

"파, 판소리?! 아니지… 트로트인가?"

놀란 사원들이 민철을 바라본다.

녹취 내용은 온데간데없고 웬 듣도 보도 못한 가요가 튀어나오는 것인가.

그러자 민철이 별거 아니라는 식으로 말한다.

"가짜입니다."

"가짜?"

"잠깐, 그럼 민철 씨는 어떻게 이걸 가지고……."

"간단합니다. 제가 모든 사건의 전모를 사실대로 털어놓으니까 한서진 팀장은 이 녹취록 안에 담긴 파일이 진짜 녹음 파일이라고 믿은 거죠."

녹음 파일을 통해서만 알 수 있는 사건의 진실.

그 진실을 거론한 순간부터 이미 한서진은 USB가 진짜임을 믿게 된 것이다.

그러나 사실은 오하나와의 모종의 거래를 통해서 모든 사건의 전모를 들은 것일 뿐, 실제 이 USB 파일은 말 그대로 허세용이었다.

"그런데 민철 씨는 어떻게 그 내용을 알고 있던 건가요?"

태봉의 질문에 민철은 그저 어깨를 으쓱해 보인다.

"그냥 아는 사람한테 들었습니다."

"……."

"그리고 거짓말쟁이를 사냥하려면 거짓말로 맞대응해 주는 게 정석이니까요."

제2장

동기 모임

주말 오전.

민철은 아침에 일어나자마자 예상치 않은 집 안 청소를 시작하게 되었다.

사실 청소라고 할 것도 없고, 간단한 물품 정리에 불과하다.

"이 정도면 되려나."

가전제품을 포함해서 원룸 내부에 위치한 물건들을 한쪽으로 치운 민철은 고개를 끄덕이며 말끔하게 치워진 어느 한 공간을 내려다본다.

벽쪽 모서리에 위치한 작은 공간.

사람 한 명이 서면 딱 좋을 법한 그런 아담한 공간 위에서 민철이 예전부터 눈여겨보고 있었다는 듯이 공간 전반을 훑어보기 시작한다.

"외부에 노출되는 일도 없고, 이 정도면 딱 적당하겠군."

6서클을 마스터하게 된 민철은 이제 슬슬 본격적으로 자신의 마법을 시험해 볼 기회를 노리고 있었다.

그러나 애초에 공격 마법은 이 현대 사회에서 쓸모가 없었다. 고작해야 어두울 때 인위적으로 빛을 생성시키는 라이트 마법이라든지, 혹은 저번처럼 워크숍에서 떨어지는 회사 동료를 구하기 위해 뛰어드는 용도의 마법을 사용할 일이 없다면 사실 그다지 마법이 효용성이 없다.

그래도 마법이 효율성을 발휘할 때는 전혀 없진 않다.

민철이 사무실에 걸어놓은 창가의 마법진들을 포함해서 또 한 가지 용도로 마법을 사용해 볼까 생각하던 중이었다.

바로 순간이동이다.

"제대로 성공한다면, 굳이 출근 지옥을 겪지 않아도 회사로 단박에 텔레포트를 할 수 있을 텐데."

거리가 거리인지라 많은 양의 마나를 요구하지만, 마법진을 그려놓으면 그다지 많은 양의 마나를 소모하지 않아도 텔레포트가 가능하다.

그리고 행여나, 혹시나 민철이 늦잠을 자는 경우가 생길지도 모른다.

저번처럼 알코올 중화 마법을 걸지 않았을 경우에는 민철도 일반인들과 엇비슷한 주량을 보유하게 된다.

그 상황에서 술을 사발로 마시면 제아무리 민철이라 하더라도 정신을 잃고 쓰러질 수밖에 없다.

레이폰 더 데스사이드는 굉장한 애주가로도 유명했지만, 현실 세계의 이민철이라는 인간은 애주가도 아니다. 그저 평범한 인간에 평범한 주량을 보유하고 있는 청년이기 때문이다.

때로는 레이폰 본인의 육체가 그리워질 때가 있다. 하지만 이민철의 육체가 레이폰의 육체에 비해 독보적으로 좋은 점이 있다면 바로 '젊음'이다.

"젊음이라는 건 그 어떠한 신체적인 조건보다도 좋은 요소라 할 수 있지."

나이 든 레이폰의 육체를 바라느니, 차라리 이민철로 살아가는 게 더 좋다고 생각한 그는 슬슬 마나의 기운을 손가락 끝에 맺히게끔 집중한다.

오늘은 체린이 방문할 일도 없다. 그러니 오늘같이 한가한 주말 오전에 이렇게 미리 마법진 작업을 조금씩이라도 해두는 편이 좋을 것이다.

문제가 있다면 회사 어느 부근에 마법진을 그려놓을지 그게 걱정이다.

"한번 찾아보는 수밖에."

최대한 인적이 드문 장소를 찾아내야 한다.

그건 내일 회사에 출근하면서 천천히 확인해 보면 될 일이니까.

한참 그렇게 마법진을 그리기 위해 마나의 기운을 손가락에 집중시키고 작업을 시작하려던 찰나였다.

띠리리링!

문자 착신음이 들리자 민철도 모르게 손가락 끝에 맺혀 있던 마나가 마치 바람에 날리는 모래마냥 흩어진다.

현대 과학의 산물은 다 좋은데 이렇게 인간의 집중력을 흐트러릴 때가 있다.

가볍게 한숨을 내쉰 민철이 스마트폰을 들고 문자를 보내온 사람의 정체를 확인한다.

체린일 가능성이 매우 크다고 생각했던 그였지만, 문자를 보내온 상대는 그의 예상 밖의 인물이기도 했다.

남성진.

"부사장의 아들이?"

문자 내용을 확인하자마자 민철이 왜 그가 문자를 보냈는지 충분히 납득했다는 듯이 무의식적으로 고개를 끄덕인다.

"그랬었지. 잊고 있었어."

원래대로라면 저번 주, 엄밀히 말하자면 이번 주 주말에 본사 입사 동기들끼리 회식을 가지기로 했었다.

그런데 제각각 급한 일이 터지는 바람에 본의 아니게 불참하게 된 인원들이 기하급수적으로 늘어 날짜를 변경하게 된 것이다.

그 변경 일자를 다시 알려주기 위해 남성진이 동기들의 스마트폰으로 전체 문자를 보내왔다.

"이런 점은 꼼꼼하군."

과연 리더의 자질을 가지고 있는 인물이라서 그런 것일까.

주말에도 자신의 역할을 인지하고 할 일을 해내는 점은 대단하다 칭찬하고 싶을 정도였다.

"하지만……."

변경된 약속 일자는 바로 월요일 저녁.

"하필이면 월요일이라니."

남성진은 다 좋지만, 약속 잡는 날짜 센스는 그다지 좋지 않은 것으로 판단된다.

"……."

한가로운 주말의 오후를 만끽하고 있던 한경배 회장이 흔들의자에 앉아 저택의 정원을 지그시 바라본다.

정원 관리는 그의 취미 중 하나.

본래대로라면 정원사를 따로 고용해 관리를 하지만, 저택의 정원만큼은 제아무리 바쁜 일이 있다 하더라도 본인이 직접 관리를 한다.

그 정원의 계단을 통해 서서히 한경배 회장에게 다가오는 한 젊은 여성이 눈에 들어온다.

갈색의 긴 머리카락.

끝이 살짝 웨이브가 들어간 머리를 찰랑이며 순백의 원피스를 입은 젊은 여성이 정원과 묘한 조화를 이루며 한경배 회장에게 가볍게 인사한다.

"저 왔어요."

"…그래. 늦었구나."

"친구들하고 이것저것 일 좀 하느라요. 그것보다 더운데 그늘에 계시지 않고……."

"허허. 나이가 드니까 왠지 햇빛을 좀 더 만끽하고 싶어서 말이다."

"그러다가 열사병 걸려요. 자, 안으로 들어가요."

젊은 여성의 안내에 한경배 회장이 얌전히 호의를 받아들인다.

저택 안으로 들어오자, 미리 가동되어 있던 시원한 에어컨 바람이 여성과 한경배 회장을 맞이한다.

소파에 앉자마자 기다렸다는 듯이 중년 여성이 커피를 타 와 테이블 위에 내려놓는다.

"그래. 공부는 잘되어가고 있느냐?"

"음… 배워야 할 게 아직 더 많은 거 같아요."

"하긴, 그렇지. 네 나이 또래에는 아직 한참 배워야 할 것투성이니까."

"그래도 나름 노력하고 있어요. 돌아가신 아버지, 어머니를 위해서라도 제가 좀 더 확실하게 정신을 차리지 않으면 안 되니까요."

"어린것을 이렇게까지 고생시키다니… 아들 내외 녀석들도 참……."

과거의 참사가 떠오른 모양인지 한경배 회장의 얼굴에 주름이 더더욱 깊게 파이기 시작한다.

"그런 표정 짓지 마세요, 할아버지. 그래도 전 할아버지가 있으니까 괜찮아요."

"허허허… 벌써 철이 다 들었구나."

"말씀 드렸죠? 제가 정신 차리지 않으면 안 되니까요."

"그렇구나."

젊은 나이임에도 불구하고 확실하게 정신연령이라든지 일하는 모습을 보면 나이에 걸맞지 않게끔 어른스러운 면모가 더 느껴진다.

그러나 그렇게 보여도 이 여성의 나이는 고작해야 20대 초반에 불구한 23살이다.

아직까지는 친구들과 한참 놀러다니면서 청춘을 보내야 할 풋풋한 나이지만, 그녀는 이미 이른 나이 때부터 자신의 진로를 인지하고 이른 나이부터 회사라는 전쟁터에 뛰어들었다.

그게 한없이 미안하기만 할 뿐인 한경배 회장.

"진구 녀석에게 대리직을 부탁하긴 했지만… 나란 남자는 주변 사람들에게 피해만 입히는 그런 사람이로구나."

"너무 그런 말씀 하지 마세요, 할아버지. 지금까지 혼자서 청진그룹을 지탱해 오셨잖아요? 이제는 쉬셔도 돼요."

"……."

"나머지는 걱정 마시구요."

사실 한경배 회장으로서 더 이상 청진그룹을 지탱하는 건 힘든 일이다.

그래서 자신만의 세력을 기르기 위해 차후 독립적인 분과를 설립할 예정이다.

그 시간을 벌기 위해 서진구를 회장 대리직으로 임명했고, 거기에 내정될 인재들도 몇몇 직접 자신의 손으로 골랐다.

그리고 그들은 혼쾌히 승낙의 의사를 밝혀왔다.

아마 그들이 앞으로의 청진그룹을 이끌어갈 것이다.

대기업으로서 철저한 갑(甲)의 입장이 아닌 다른 이들의 곁에 함께 서 갑보다도 더 힘이 있는 을(乙)이 될 것이다.

그것이 바로 한경배 회장이 추구하는 청진그룹의 이상이다.

청진그룹의 이상을 지향하기 위해서는 청진그룹이라는 이름의 배를 움직이게 할 다수의 항해사들과 선원들이 필요하다.

무한의 바다로 나아가야 하기 위해 필요한 인재들이 바로 이 상향에 도달하기 위한 원동력이 될 것이다.

그 이상점에 필요한 인물.

그리고 젊은 인재들.

그 인재들을 모으기 위해 한경배 회장이 직접 최종 면접에 참가하기도 했으며, 서진구 회장 대리를 2차 면접에 배치했던 것이다.

이제 자신들의 그 고생을 보답으로 받아야 할 차례가 된 셈이다.

"아, 그러고 보니……."

커피를 한 모금 음미하던 여성이 얼마 전에 겪었던 경험담을 들려주기 시작한다.

"할아버지께서 말씀하셨던 그 사람 있잖아요. 그… 이민철 씨?"

"그랬지."

"그 사람, 전에 워터파크에서 본 적이 있는 거 같아요."

"…워터파크?"

"네. 놀러온 거 같은데… 정확히는 못 봤구요. 근데 여자랑 같이 있었어요."

"허허, 젊은이니까 여자친구 한두 명 정도는 있는 게 당연하지."

"한두 명이 아니라구요. 한 명이에요, 한 명. 두 명 이상은 바람피우는 거잖아요."

여성이 퉁명스럽게 말을 하자, 한경배 회장이 너털웃음을 터뜨린다.

"그래, 그래. 알았다, 아가야. 화내지 말거라."

"정말… 할아버지도."

한경배 회장의 손녀딸인 한예지가 살짝 볼을 부풀리며 못마땅하다는 시선으로 한경배 회장을 바라본다.

"월요일에 바쁘지 않다면 저녁이나 먹자꾸나."

"아, 월요일은 좀……."

"무슨 일이라도 있는 거냐?"

"특별한 일이라기보다는, 아마 그때는 동기들끼리 저녁 식사를 할 거 같아요."

"오호. 동기들끼리 식사라……."

"할아버지도 알고 계시죠? 남성진 씨 말이에요."

"우진이 녀석의 아들이군."

"네. 그 사람이 주도해서 이번에 동기들 회식하기로 했어요."

"근데 아가야, 넌 공채가 아니라 특채일 터인데……."

"그래도 입사한 시기는 비슷하니까요. 저도 같이 가기로 했어요."

"흐음……."

일말의 불안감을 느낀 한경배 회장이 다시 한 번 강조하듯 말한다.

"가서 사고치지 말고, 특히 네 신분을 밝혀서는 안 된다."

"저도 알고 있어요. 회사 내에서도 제가 할아버지 손녀딸이라는 걸 아는 사람은 진구 아저씨밖에 없을 걸요?"

한경배 회장은 어쩌면 이 회사를 물려받을지도 모르는 예지의 입장을 고려해 자신의 손녀딸의 존재를 철저하게 숨겨왔다.

심지어 그와 오랫동안 일해온 다수의 간부들조차 한예지의 존재를 정확하게 알지 못한다.

그만큼 사전에 정보 통제를 철저하게 해왔다. 자신의 손녀딸 신변이 걸려 있는데 그 정도도 못할까.

글로벌 대기업의 총수라 하더라도 손녀딸을 애지중지 아끼는 할아버지의 입장이 되면 무엇이든 할 수 있다.

더욱이 아들 내외가 남긴 유일한 혈육이라는 점을 따지면 세상 그 어떠한 보물보다도 더 소중한 존재이기도 하다.

"부디 조심하거라. 여차하면 평소 가지고 다니는 그 경보기 버튼을 눌러라. 그러면 1분 이내에 보디가드들이 출동할 게야."

"에이, 너무 걱정하지 마세요, 할아버지."

과도한 걱정에 예지가 손사래를 친다.

동기 모임.

처음 겪는 행사에 예지는 자신도 모르게 기대치가 상승하고 있었다.

*   *   *

월요일 아침.

출근하자마자 대민은 오늘도 기운차게 서 대리로부터 엄청난 욕설을 먹고 있었다.

"그러니까… 이휴~"

이제는 더 이상 혼낼 기운도 없는 모양인지 그저 늘어지게 한숨을 내쉰다.

저러다가 서 대리의 주름살이 더 늘어나는 게 아닐까 싶을 만큼 걱정이 되는 때도 있다.

게다가 대민은 서 대리에게 관심이 있다고 했다.

그럼에도 불구하고 매번 저렇게 혼나는 게 좋은 현상인가?

아니, 결코 좋다고 말할 수 없다.

적어도 이성에게 호감을 심어주기 위해서는 저런 식으로 악의를 품게 해서는 안 된다. 그러나 그게 뜻대로 된다면 회사 생활이 참으로 편해질 것이다.

일을 잘해도 혼이 나는 경우도 더러 있다.

그러나 지금 대민이 혼나는 건 일을 잘했음에도 혼나는 게 아니었다.

그냥 모르면 물어보면 되는데 물어보지도 않고 멋대로 일 처리를 하다가 서 대리에게 또다시 잔소리를 듣게 된 것이다.

저것이 대민이 서 대리에게 혼나는 일반적인 패턴이기도 하다.

'물어보지 않는 이유는… 역시 남자의 자존심인가.'

쓸모없다고 생각하는 민철이었지만 그래도 사람마다 개성이라는 게 존재하기에 그가 이해하지 못하는 대민의 심정도 고려해 봐야 한다.

민철의 기본적인 마인드는 '지식'이다.

아는 만큼 원활하게 말을 할 수 있다.

그러나 민철도 인간이기에 더러는 모르는 경우가 종종 발생한다.

그럴 때는 간단하다. 물어보면 그만이다.

하지만 타인에게 물어본다는 행위는 상당히 많은 의미를 내포한다.

내가 모르는 걸 너는 알고 있다. 그러니 나에게 너의 정보를 전수해 줬으면 좋겠다.

깊게 파고 들어가면, 상대방의 위치가 갑(甲)으로 상승하고 자신의 위치가 을(乙)로 내려감을 뜻한다.

그래서 더러 타인에게 쉽게 질문을 하지 않는 사람이 존재한다.

게다가 더욱이 상대방이 좋아하는 이성이라면, 그리고 그 당사자가 남자라면 자존심이 있어 쉽게 물어보지 못하는 사람이 있다.

그게 바로 김대민이다.

"후우."

깊은 한숨을 내쉬며 자리로 돌아온 대민.

근처 책상에서 업무를 처리하고 있던 민철이 슬쩍 손짓한다.

신입인 이들만의 수신호로서 의미는 '휴게실 어떻습니까?'라는 의미를 내포하고 있다.

민철의 수신호를 보자마자 대민이 고개를 끄덕인다.

자연스럽게 두 사람이 자리에서 일어서자 태봉이 이들의 행태를 눈치채고 묻는다.

"휴게실 가는 거예요?"

"네. 잠깐 잠 좀 깨려고요. 선배님도 커피 한잔 어떻습니까?"

"좋죠. 잠깐만요."

작업하던 것을 잠시 내려놓은 태봉이 민철과 대민과 함께 휴게실로 향한다.

젊은 사원 3명의 행동을 바라보던 구 부장이 늘어지게 하품을 하면서 부럽다는 식으로 말한다.

"나도 휴게실 가서 잠이나 잘까."

"부장님은 그 서류 결재부터 먼저 해주세요."

서 대리의 잔소리는 대민 하나한테만으로 끝나지 않았다.

"뭐… 서 대리님은 요즘 한창 민감한 시기니까요."

태봉의 말에 대민이 시선을 돌려 의아함을 표시한다.

"어째서요? 분명 미논과의 계약 건은 잘 해결되지 않았습니까? 그런데도 왜 민감하다고 해야 하는지……."

라고 말하던 도중, 대민이 자신의 입을 막으며 앗차 싶은지 주변을 둘러본다.

그러면서 꺼낸 말은 다음과 같았다.

"혹시 마법에 걸린 날……."

"아니, 그건 아닐 겁니다."

민철이 더 이상 대민이 쓸모없는 말을 못하게 사전에 미리 차단하기에 성공한다.

"아마도 저 때문이겠지요."

"민철 씨 때문에요?"

"네. 대충 짐작은 하고 있었습니다만."

민철 스스로도 자각을 하고 있었다는 말에 태봉이 짐짓 놀란 얼굴로 묻는다.

"어떻게 아셨나요?"

"그냥저냥요."

"흐음……."

둘만의 대화가 오가자 대민이 살짝 답답함을 느꼈는지 이들의 대화에 참가한다.

"무슨 이야기인지 도통 모르겠습니다! 속 시원하게 말해주시면 안 되나요?"

"간단합니다."

대민을 위해서 민철이 알기 쉽게 풀어서 설명해 준다.

"서 대리님이 저에게 경계심을 가지게 되었으니까요."

"경계심?"

"네. 이번 미논과의 배너 계약 건은 전적으로 서 대리님의 일이었습니다. 태봉 선배라든지 저나 대민 씨는 말 그대로 경험을 쌓기 위해 참가했을 뿐이죠. 서 대리님 또한 경험을 쌓기 위해 이번 계약 건을 맡게 되었지만 동시에 우리들 중에서도 가장 경력이 오래된 회사원이기도 합니다. 그런 상황에서 제가 이번 계약 건을 해결했지요. 무슨 뜻인지 아시겠습니까?"

"아……."

제아무리 눈치 없는 대민이라 하더라도 민철이 무슨 말을 하고 싶은지 충분히 이해할 수 있었다.

아무것도 모르는 신입이 한 팀장의 거짓말을 거짓말로 응수하면서 격파시킨 것이다.

자연스럽게 계약은 체결되었고, 그 공로는 전부 민철에게로 향하게 되었다.

그럼 서 대리의 입장은?

말 그대로 난감하다는 표현밖에 답이 없다.

"그래도 민철 씨가 전부 다 해냈다고 봐도 무방한데, 굳이 서 대리님이 경계심을 느낄 이유는……."

"회사 생활이라는 것은 본래 그런 거예요."

태봉이 남은 커피의 마지막 방울까지 입안에 털어 넣으며 말을 이어간다.

"자신보다 유능한 부하 직원은 업무 처리 능력, 즉 실무로서는 좋지만 반대로 말하자면 세간의 시선을 받기에는 부적합한 관계죠. 상관보다도 일 잘하는 부하 직원, 그것을 역으로 해석하면 그 상관은 부하 직원보다 능력이 없다는 뜻이 되니까요."

"서 대리님이 능력이 없다구요?! 말도 안 됩니다! 얼마나 꼼꼼하신 분인데!"

"저도 그건 알고 있습니다. 이번 계약 건은 솔직히 말해서 민철 씨가 너무 이례적으로 잘 풀어냈을 뿐이에요. 미논과 까메오톡 관련 정보를 어디서 입수했는지 모르지만… 어쨌든 결과는 나왔습니다. 민철 씨의 공이고, 서 대리님은 아무것도 할 수 없었죠."

"……."

"결국 이번 미팅의 승자는 홍보팀도 아니고, 바로 민철 씨입니다. 제가 보기에는 그래요."

평소에는 그다지 적극적으로 나서지 않는 태봉이지만, 보는 안목은 확실했다.

민철은 속으로 예상외로 넓은 그의 식견에 감탄할 수밖에 없었다.

'제법이군.'

정확하게 지적했다.

사실 미논이 금전적으로 피해를 봤다면, 서 대리는 정신적으로⋯ 아니, 대리라는 직위를 달고 있는 회사원의 입장에서 피해를 본 셈이다.

"이것도 회사원으로서의 숙명이니까요."

태봉이 어쩔 수 없다는 듯이 가볍게 한숨을 내쉬면서 먼저 휴게실 바깥으로 나선다.

"저 먼저 사무실로 들어가 볼게요."

"네. 저희도 곧 따라가겠습니다."

태봉이 자리를 비우자마자 대민이 심각한 표정으로 민철을 바라본다.

"정말입니까?"

"대부분은요."

"서 대리님, 생각 외로 그런 약한 면을 가지고 계셨군요⋯⋯."

"약한 면이 아니라 본래 인간이란 그런 겁니다. 직급이라는 게 사람을 만든다고 하잖아요? 일반 사원보다 대리가 지니고 있는 업무량과 부담감은 더 무거운 법이지요. 그리고 그에 따르는 책임도 져야 하고요."

"회사란 참으로 어렵군요."

"적응하게 되면 당연하다는 듯이 인식하게 될 겁니다."

회사는 능력이 있어야 높은 자리로 치고 올라갈 수 있다.

제아무리 인맥이 있다 하더라도 그 자리에 어울리는 능력을 갖추지 못하면 남들에게 추월당할 수 있기 때문이다.

추월당하지 않으려면 능력을 길러야 한다.

서 대리의 입장에서는 이번 미논 계약 건이 자존심에 많은 상처를 입힌 사건으로 기록될 것이다.

'나도 서 대리에게 잔소리 받지 않게끔 조심해야겠군.'

왠지 모르게 대민의 입장이 공감되는 순간이었다.

서 대리에 대한 문제도 있지만, 그보다도 큰 행사가 이들을 기다리고 있었다.

바로 동기 모임!

"그럼 먼저 들어가 보겠습니다."

퇴근 준비를 서두르는 두 사람을 바라보던 유 실장이 손을 흔들며 말한다.

"좋겠다~ 정시 퇴근도 하고."

"하, 하하하……."

"농담이야, 농담. 너무 그렇게 심각하게 받아들이지 말라고. 크큭."

초코맛 아이스크림을 음미하면서 말하는 유 실장의 발언에 대민과 민철이 어색하게 웃어 보인다.

사실 퇴근 시간이 명시되어 있음에도 불구하고 눈치를 보게 되는 것은 대한민국 회사원이라면 당연한 현상이 되어버렸을지도 모른다.

어느 모 커뮤니티에서는 정시 퇴근이 '뻔뻔함'이라고 치장될 정도로 사회의 풍조는 야근을 당연하게 강요한다.

물론 청진그룹의 경우에는 야근을 하는 만큼 수당을 주긴 하지만 다른 중소기업들은 그런 것도 없다.

그저 사원들을 갈아 넣는 형식으로 성과를 쥐어 짜낼 뿐이다.

기계보다도 사람을 너 굴리는 게 바로 대한민국의 현실이다.

그럼에도 불구하고 월급은 쥐꼬리인 데다가 물가는 점점 오른다. 서민들이 살기 힘들어지는 나라임과 동시에 살고 싶지 않은 나라에 대한민국은 언제나 순위권에 포함되어 있다.

"동기 모임이 있다고 했었나?"

"네, 그렇습니다."

구 부장이 키보드를 두드리며 시선은 모니터에 고정시킨 채 묻는다.

동기 모임을 주도하는 건 청진전자 부사장의 아들, 남성진이다.

그 정보는 건너 건너 이미 입수한 모양인지 주최자가 누구인지까진 묻지 않는다.

"그래, 잘 다녀오라고. 동기들끼리의 정보 교환이라든지 공유도 좋은 현상이니까."

"예. 그럼 수고하시기 바랍니다."

"잘 다녀오고. 술 취해서 괜히 우리들에게 데리러 오라는 전화는 없었으면 한다."

"하하, 알겠습니다."

민철이 구 부장의 농담에 맞장구를 쳐 주며 사무실 바깥으로 향한다.

그때, 마침 사무실 안으로 들어오던 서 대리와 마주치게 된다.

"퇴근하는 건가요?"

"네. 동기 모임이 있어서 먼저 자리를 비우게 되었습니다."

"…잘 다녀오세요."

"네. 그럼 먼저 가보겠습니다."

서 대리의 따가운 눈총을 받으며 민철은 사무실 바깥으로 나선다.

동기 모임이라는 방패가 있다 하더라도 역시 정시 퇴근이 눈치 보이는 건 어쩔 수 없는 것인가 보다.

본사 근처의 어느 한 고깃집.

미리 예약을 잡아둔 남성진이 가장 먼저 도착해 사장과 예약석을 다시 한 번 확인해 본다.

"그러니까… 총 15명 정도라고요?"

"예. 추가적으로 더 올 수 있으니 옆에 붙은 테이블 하나도 비워주시면 감사하겠습니다."

"그러도록 합죠. 그나저나 많이 오는구려. 어디서 오셨수?"

"청진그룹에서 왔습니다."

성진의 말에 주문을 받던 아주머니가 화들짝 놀라 외친다.

"어머나!! 청진그룹이라고?!"

"네."

"세상에, 세상에! 완전 엘리트들이구마잉! 아따, 시방 가게 통째로 비워줘야 하는 거 아닌감?!"

"하하, 괜찮아요. 그렇게 많은 사람들이 오는 것도 아닙니다."

"아니긴!! 출세한 인재들이 이 가게에 다 모이다니… 여보, 우리 장사 내년에 대박나겠수!!"

청진그룹에 대한 인지도는 사람들 사이에서도 나쁘지 않은 편이다.

대기업이면서도 잦은 사회봉사 활동과 더불어 언제나 겸손함을 유지하는 자세가 국민들의 마음을 사로잡았기 때문이다.

한경배 회장의 경영 방침이 제대로 먹혔다고 보지만, 그렇다고 남성진은 이 방침이 100% 마음에 든다고는 할 수 없었다.

때로는 '힘과 권력'을 보여줄 필요가 있다.

큰 덩치에도 몸을 사리는 게 성진의 입장에서는 바보 같다고 느껴졌기 때문이다.

*   *   *

하나둘씩 차례차례로 청진그룹 동기들이 모습을 드러내기 시작한다.

먼저 와 있던 남성진이 들어오는 차례대로 동기들을 자리로 안내한다.

이미 부사장의 아들이라는 사실이 회사 전역에 퍼진 터라 남성진의 이런 친절이 오히려 동기들에게는 불편하게 다가오고 있었다.

그러나 남성진 본인은 정작 그런 건 별로 신경 쓰지 말라는 식으로 편하게 말을 놓는다.

"이래저래 말해도 우리는 동기니까. 동기들끼리 뭉치면 힘든 회사 생활도 분명 잘해낼 수 있을 겁니다."

"그, 그렇군요."

서서히 가게에 입장하는 이들.

그때, 민철과 대민도 자리에 들어선다.

"우리가 제일 마지막인가 봅니다."

"그러게요."

나름 일찍 왔다고 생각을 했었는데 자리 배치를 보아하니 가장 구석 쪽에 몰려 있다.

남성진이 온 순서대로 앉혔다고 파악한 민철은 자신들이 가장 늦게 왔음을 추측할 수 있었다.

그러나 이들의 대화를 들은 것일까.

성진이 대화에 참가하며 이들의 말을 부정한다.

"아직 한 명 안 왔습니다."

"한 명이라니… 숫자상으로는 다 온 거 같습니다만?"

"우리가 공채로 합격하기 전에 특채로 합격한 사람이 한 사람 더 있더군요."

"아, 특채."

공채가 있으면 특채가 있게 마련이다.

물론 민철은 특채의 존재까지는 특별하게 염두에 두고 있지 않았다. 공채 인원들만 체크하고 있었기에 당연히 민철은 이들을 마지막으로 전부 다 참석한 줄 알았기 때문이다.

이 동기 모임의 가장 큰 목적은 바로 '모든 동기의 집합'이었다.

그 집합 덕분에 동기 모임을 다음 주로 미루는 수고까지 거친 것이다.

그런데 여기서 결석자가 나오면 좀 그렇지 않은가.

"우선 좀 앉죠."

"네."

대민과 민철이 구석에 있는 테이블에 자리를 한다.

테이블 당 4명씩 앉게 되어 있는 구조였지만, 민철과 대민은 참석에 늦은 탓에 테이블이 남자 2명이 전부였다.

나중에 특채로 올 사람까지 포함하면 3명이 되겠지만 말이다.

"사장님, 여기 주문 좀 받아주세요."

"네, 갑니다요~!"

성진의 말에 서빙을 담당하는 아주머니가 빠르게 다가온다.

대규모 손님 집단이기도 하고, 더욱이 청진그룹에 입사한 신입 사원이라는 말 덕분인지 특히나 이 모임에 신경을 안 쓰려야 안 쓸 수가 없었다.

미래의 인재들에게 괜히 안이한 태도를 보이면 무슨 꼴을 당할까.

물론 과도한 걱정일지 모르지만, 그만큼 청진그룹이 지니고 있는 인지도와 이미지는 대한민국 내에선 상위권 중에서도 상위를 차지하고 있었다.

"회비는 나중에 적당히 걷을 테니까 우선 마음껏 먹도록 하죠. 자기소개는 다들 왔을 때 하겠습니다."

"네."

성진의 말에 모두가 찬성하듯 고개를 끄덕인다.

회사에서 공식적으로 지원해 주는 것도 아니고, 남성진 개인이 알아서 모은 모임이다.

제아무리 부사장의 아들이라고는 하지만 혼자서 이렇게 많은 식비를 부담하게끔 할 수는 없다.

게다가 이들의 월급도 그리 적은 편이 아니다.

인턴 생활을 벗어나 본격적으로 정규직 월급을 받고 있기에 다른 신입 사원에 비해서는 제법 풍족한 월급을 받고 있다 할 수 있다.

각종 세금, 국민연금 등을 다 제외하고도 받는 금액을 보면 역시 대기업이라는 소리가 절로 나올 정도였다.

술을 마시지 못하는 사람들은 탄산음료로, 그리고 술을 원하는 테이블에는 자연스럽게 소주와 맥주가 세팅되기 시작한다.

지금 당장으로써는 단둘밖에 없는 민철과 대민의 테이블에는 당연하다는 듯이 소주와 맥주가 모습을 드러낸다.

반사적으로 잔을 든 대민이 자연스럽게 민철에게 묻는다.

"민철 씨, 당연히 소맥이지 말입니다."

"하하……."

대민도 술을 엄청 좋아하는지라 민철에게 같이 소맥을 주장한다.

홍보팀 자체적으로도 회식을 할 때 봤지만, 대민은 일반인에 비해서 술을 확실하게 좋아하는 타입이다.

그리고 주량도 일반인 기준으로 본다면 그리 적은 편이 아니다.

하지만 자기 조절이라는 게 없어서 회식이나 술자리에 가면 대부분 취하는 편에 속하는 인물이 바로 김대민이다.

'내가 알아서 커트해 주는 수밖에 없겠군.'

괜히 대민을 집까지 바래다주는 상황은 맞이하고 싶지 않은지 민철이 속으로 그렇게 생각을 하며 잔을 받는다.

하나둘씩 잔이 채워져 갈 무렵이었다.

"늦어서 죄송해요!"

허겁지겁 가게 내부로 들어온 젊은 여성이 대뜸 사과하며 동기 모임이 주최되고 있는 큰 방 문을 연다.

살짝 탈색된 긴 머리카락. 끝에 들어간 웨이브 형태가 찰랑이며 젊은 여성의 아름다움을 강조한다.

고생이라고는 전혀 모르고 자란 법한 그런 고운 자태의 여성이 등장하자마자 남자 사원들의 시선이 절로 그녀에게 향한다.

"아닙니다. 이제 막 시작하려던 참이었거든요. 저쪽 빈 테이블에 자리하시면 됩니다."

"아… 네!"

성진의 에스코트에 여성이 얌전히 테이블로 향해 걸어간다.

마주 앉은 대민과 민철을 바라보던 여성이 이내 민철을 알아보더니 대민의 옆자리가 아닌 민철의 옆자리를 택한다.

"이민철 씨죠?"

"네. 그보다 누구신지……."

"아, 죄송해요. 아는 사람을 통해서 민철 씨 일화를 워낙 많이 들은지라… 경영지원팀의 한예지라고 해요."

경영지원팀에 이렇게까지 예쁜 사람이 있었나.

남자 사원들의 시선은 이미 예지에게 고정된 지 오래였다.

하기사.

이들과 같이 정규직으로 들어온 것도 아니고 특채에서 먼저 근무를 하고 있었다면 이들이 충분히 모를 만도 했다.

그런데 성진은 어떻게 예지의 존재를 알고 그녀를 이 파티에 참석시킨 것일까.

자연스럽게 그런 궁금증이 드는 순간, 성진이 잔을 들고 테이블을 방문한다.

"인사팀에서 협력해 준 탓에 명단을 받았습니다."

"명단?"

"잊으셨습니까? 대민 씨하고 민철 씨도 잘 아는 사람이 인사팀에서 근무 중이더군요."

"잘 아는 사람이라면……."

이들이 살짝 의문을 표할 때, 익숙한 얼굴이 모습을 드러낸다.

"접니다, 이영진."

"아, 영진 씨!"

이제야 기억이 난 듯 대민이 손뼉을 강하게 치며 외친다.

서울대 출신이기는 하지만, 열등감을 느끼며 특출난 모습을 보여주지 못했던 바로 그 남자다.

게다가 영진은 1차 면접 때 민철과 대민에게 커다란 은혜를 입은 적이 있다.

바로 면접 직전에 화장실을 가기 위해 자리를 비운 순간 면접이 시작된 것이다.

민철과 대민의 활약 덕분에 그도 무사히 면접을 치르게 되었고, 결국 이렇게 청진그룹의 입사 동기가 되었다.

"자, 여기 잔 받으세요."

"아… 감사합니다."

예지가 고개를 꾸벅 숙이면서 성진으로부터 잔을 받아 든다.

비록 인사팀에서 일하고 있는 영진에게 도움을 받았다고는 하지만, 사실 성진은 예지가 한경배 회장의 손녀딸인지 모르고 있는 상태다.

공식적으로나 비공식적으로나 손녀딸의 존재를 철저하게 감춰온 한경배 회장이었기에 제아무리 부사장의 아들이라 하더라도 예지의 정체를 알고 있을 수는 없었다.

예지도 자신의 정체를 숨기기 위해 필사적으로 연기를 할 예정이다.

이미 그녀도 남성전이 부사장의 아들이라는 사실을 잘 알고 있기에 짐짓 평범한 일반인처럼 행동하며 잔을 받아 든다.

"그럼……."

자리에서 일어선 남성진이 자신의 잔을 들어 올린다.

"우선 건배부터 하도록 하죠. 모두 잔을 들어주세요."

성진의 말에 모두가 잔을 들어 올린다.

리더에게는 절대적으로 갖춰야 할 자질이 있다.

바로 카리스마다.

남성진은 이미 그 카리스마를 보유하고 있었다.

10명이 넘어가는 동기들을 한 자리에 집합시킨 것도 그렇고, 아직까지는 별다른 무리 없이 서로가 서로에게 충돌이 발생하지 않게끔 조율도 잘하고 있었다.

본래 사람이 모이는 장소에는 항상 트러블이 발생하게 마련이다.

특히나 동기들끼리 모이는 모임에서도 예외는 없다.

서로가 같은 입사 동기라고는 하지만, 오히려 그렇기 때문에 회식 자리에서 트러블이 많이 발생할 수 있다.

'우리는 최대한 몸을 사리는 편이 좋겠군.'

벌써부터 잔에 가득 찬 소맥을 반짝거리는 눈동자를 통해 바라보기 시작하는 대민을 바라보며 민철이 스스로 주의하자는 다짐을 한다.

반면, 예지는 머뭇거리더니 탄산음료와 알코올음료 사이에서 갈팡질팡하는 모습을 선보인다.

술? 탄산?

둘을 놓고 고민한다는 것 자체가 이미 술이 약함을 뜻하는 증명을 보이는 셈이다.

"맥주만 따라두시고, 정 못 마시겠다 싶으시면 나중에 잔을 따로 가져와서 탄산만 마시는 것도 나쁘진 않을 거 같군요."

"가, 감사합니다."

당황한 예지가 고개를 끄덕끄덕 하며 민철의 말대로 우선 맥주를 잔에 따른다.

첫 잔의 중요성은 예지도 잘 알고 있기에 우선 채워놓기용,

혹은 장식용(?)으로 술로 잔을 채운다.

"자, 그럼 동기들의 진한 우정을 위하여, 건배! 라고 외치면 여러분들은 다 같이 '건배!' 를 힘차게 외쳐 주시면 감사하겠습니다."

"네."

"어흠."

목소리를 가다듬은 성진이 자연스럽게 선창 역할을 도맡는다.

"동기들의 진한 우정을 위하여, 건배!!"

"건배에!!"

짜안!!

유리잔들의 마찰음과 동시에 민철과 대민이 벌컥벌컥 술을 입 안으로 털어 넣는다.

굳이 알코올 중화 마법을 사용하지 않아도 이런 가벼운 첫 잔 정도는 가볍게 소화할 수 있었다.

첫 잔을 원샷으로 마무리한 민철이 잔을 내려놓자, 대민이 엄지손가락을 추켜올리며 민철을 극찬한다.

"크아! 역시 민철 씨! 회식 분위기가 뭔지 잘 압니다요!"

"하하… 감사합니다."

눈치를 보던 예지가 대민의 말을 듣자마자 내려놓은 잔을 다시 기울인다.

두 눈을 질끈 감고 벌컥벌컥.

'그래도 못 마시는 편은 아니군.'

구석에서 알코올과 씨름(?) 중인 예지를 눈치챈 민철이 속으로 그녀의 주량을 평가해 본다.

못 마시기 때문에 안 마시고 있던 게 아니라 조심하기 위해서 일부러 자제를 하고 있는 듯한 그런 모습이었다.

'하긴. 본인을 노리고 있는 늑대 같은 남자들이 많이 보이는데 함부로 과음할 이유는 전혀 없지.'

여기저기에 보이는 수컷들의 눈빛.

아마 예지도 전혀 그걸 눈치채지 못했을 리는 없을 것이다.

외형으로 봐도 이미 예전부터 남자들에게 꽤나 많은 고백을 받아봤을 법한 모습을 하고 있는데 그녀가 스스로 자신의 몸을 책임지지 않는다면 누가 책임을 지겠는가.

괜히 술로 인해 원치 않은 첫날밤을 가지는 것보다 차라리 분위기에 잘 어울리지 않는다는 소리를 들어도 스스로 알코올을 조절하는 편이 현명하다.

어려 보임에도 불구하고 나름 현명한 술자리 대처 방식에 민철은 속으로 작은 감탄을 보내본다.

하지만 때로는 이런 그녀의 노력을 무력화시키는 불한당들이 존재하게 마련이다.

"합석 괜찮습니까?"

건배사를 마치자마자 두 남자가 자연스럽게 테이블로 끼어드는 게 아닌가.

4명이 앉을 수 있는 테이블임에도 불구하고 벌써부터 두 명의 굶주린 수컷들이 다가오기 시작한다.

'이런……'

민철이 살짝 미간을 찡그린다.

분위기로 보아선······.

아무래도 그저 마음 편히 놀고 마시는 편안한 동기 회식으로 끝날 거 같지 않은 기분이 민철의 심정에 불안감이라는 감정을 심어주기 시작한다.

*　　　*　　　*

동기 모임.

어찌 보면 직장 생활에서 비슷한 처지끼리 모인 집단이기 때문에 마음이 잘 맞고 편안한 자리가 될 거라는 예상을 할지도 모른다.

그러나 사람들이 모이면 트러블은 늘상 발생하게 마련이다.

그게 설사 동기 모임이라 하더라도 말이다.

"······."

"······."

타이밍 좋게 두 남자가 우연히(민철이 생각했을 때는 우연을 가장한 필연처럼 보였지만) 테이블에 합석하고자 하는 의사를 보이며 비집고 들어오기 시작한다.

초면에 차마 대뜸 예지의 옆자리를 차지하는 건 이들도 그다지 선호하지는 않는 모양인지 대민이 있던 맞은편 자리에 앉기 시작한다.

본래 2명이 앉아야 적합한 자리에 남자 3명이 끼기며 앉으니 대민의 표정이 찌그러질 수밖에 없었다.

'이것들이 왜 여기에 앉아?

대민은 아직까지 이 남자들이 예지에게 관심을 보이는 사실을 눈치채지 못한 모양인가 보다.

그러나 민철은 너무나도 빤히 보이는 수컷들의 본능에 절로 한숨을 내쉴 뿐이었다.

"반갑습니다. 저는 감사팀에서 일하게 된 송진오라고 합니다."

"감사팀… 괜찮은 부서에 들어가셨네요."

예지가 형식적으로 말을 받아주는 식으로 대답해 준다.

그러자 진오라 소개한 남자가 어깨에 조금 힘이 들어간 것인지 더더욱 목소리를 높인다.

"하하하! 뭔가 어려운 일이라든지 그런 게 있으면 언제든지 말만 해주세요."

"오, 그럼 저도 부탁드려도 될까요?"

능청스럽게 민철이 대화 사이에 치고 들어온다.

대놓고 예지에게 흑심을 보이며 말하던 진오의 인상이 살짝 찡그려지지만, 이내 표정 관리에 들어간다.

"무, 물론입니다."

"그럼 앞으로 잘 좀 부탁드리겠습니다. 아, 홍보팀의 이민철입니다. 여기는 같은 팀에서 일하고 있는 김대민 씨고요."

"잘 부탁드리겠습니다."

대민도 어영부영 인사를 시도한다.

진오는 자신의 지위를 과시하기 위해 자기소개를 한 것이었지만 졸지에 이들의 뒤를 담당하게 될 든든한 보험가 위치가 되어버리고 말았다.

키득키득 웃던 다른 남자가 말끔하게 정장의 옷깃을 다듬으며 자기소개에 임한다.

"전 저기 남성진 씨와 같이 총무과에서 일하고 있는 한주오라고 합니다. 남성진 씨 아시죠? 청진전자 부사장님의 아드님."

"아… 네."

"제가 성진 씨… 아니, 성진이하고 친구 먹기로 했거든요. 부사장님의 아들과 친구를 먹었으니 아마 제가 진오 씨보다도 더 뒤를 잘 봐줄 수 있을 겁니다."

누가누가 더 예지에게 실무적으로 도움이 되나 서로 경쟁하는 게 너무 눈에 빤히 보인다.

그나저나 부사장의 아들과 친구를 먹는다 하더라도 정작 당사자인 남성진은 아마 주오라는 인물에게는 크게 신경도 안 쓸 것이다.

그저 우연히 같은 팀에 근무하게 된 동기일 뿐, 그 이상도 이하도 아닐 게 분명하기 때문이다.

적어도 남성진이라는 인물의 인격을 따져 보면 말이다.

주오가 주장하는 건 한마디로 억지 인맥.

'가장 최악의 인맥이기도 하지.'

이름하야 자기 과시용에 불과하다.

허세라고 할 수 있는 억지 인맥을 주장하며 예지의 마음속에 자신의 존재감을 어필하고자 하는 발버둥이 민철의 입장에서는 너무나도 우습게 보였기 때문이다.

"이렇게 만났으니 우리, 건배라도 더 하죠. 어이쿠, 잔이 비었네요!"

진오가 맥주병을 찾아 예지의 잔을 채우기 시작한다.

방금 그 첫 잔도 겨우겨우 넘겼던 예지의 입장에서는 실로 난처할 수밖에 없었다.

낯선 남자가 채운 잔이 바로 앞에 놓이자, 예지가 당황한 모습을 보이기 시작한다.

어느새 진오와 주오, 두 남자는 예지에게 술을 먹이기 위해 합심을 하면서 '원샷! 원샷!'을 연호한다.

바로 그때였다.

"이럴 때 흑기사라는 게 필요한 거 아니겠습니까?"

자연스럽게 술잔을 가져간 민철이 말릴 틈도 없이 벌컥벌컥 마시기 시작한다.

저들이 원한 그대로 원샷.

잔을 내려놓은 민철이 빙그레 웃으며 말한다.

"자, 이제는 주오 씨하고 진오 씨 차례군요."

"……."

"동기 모임인데 다 같이 즐기자구요. 여성분에게만 술을 마시게 하면 대민 씨나 저나 섭섭하지 않습니까?"

"맞습니다, 맞아요."

대민도 민철의 말에 공감하듯 고개를 끄덕인다.

"아, 물론 예지 씨는 술을 잘 못 마시는 거 같으니까 제가 대신 마시도록 하겠습니다."

스스로 2인분의 술을 마시겠다고 주장하는 민철.

그 말을 듣자마자 주오와 진오가 눈빛 교환을 한다.

민철을 잠재우면 이 둘은 손쉽게 예지에게 작업을 걸 수 있을 것이다.

그 생각에 서로 일시적인 동맹을 맺은 뒤 고개를 끄덕인다.

"그럼 한번 갈 때까지 가보죠!"

"마시자, 마셔!"

분위기가 무르익자 민철이 빙그레 웃는다.

그의 미소는 단순히 분위기에 맞춘 미소가 아니었다.

감히 누구에게 주량 대결을 걸어오는 것인가.

'어리석은 녀석들이로다.'

민철은 아직 젊은 패기에 제대로 된 이성을 찾지 못하는 두 젊은이를 보면서 속으로 혀를 찰 뿐이었다.

*   *   *

구석쪽 테이블에 뭔가 수상한 점을 눈치챈 남성진의 시선이 살짝 틀어지기 시작한다.

다른 누구도 아닌 남성진 본인이 주최한 동기 모임이다.

여기서 트러블이 발생하게 된다면 자신의 이력에 흠이 갈지도 모른다.

괜히 동기들끼리 문제를 일으켜 봤자 좋을 것은 하나도 없다. 여기서는 동기들끼리의 협력 체제로 가기 위한 단결력을 다지자는 목적만이 존재할 뿐이지, 서로 싸우자고 만나는 그런 모임이 아님을 다시금 깨달아야 한다.

그런데 구석 쪽 테이블의 분위기가 심상치 않게 돌아감을 눈치챈 성진이 자신도 모르게 구석 테이블과 가까운 테이블 쪽으로 자리를 옮긴다.

"안녕하세요."

"아, 성진 씨! 여기 앉으세요, 여기!"

테이블에 합석하자 기다렸다는 듯이 동기들이 자리를 비켜준다.

여성 사원 2명과 남자 사원 2명이 있는 테이블.

특히나 여성 사원들은 오히려 남성진이 합석하자마자 기다렸다는 듯이 자리를 비켜준다.

남자 사원들 역시 여자 사원들과 비슷한 태도였다.

부사장의 아들이라는 후광이 남성진의 존재를 유독 돋보이게 만들고 있었기 때문이다.

동기임에도 불구하고 동기 같지 않은 사람.

그게 바로 남성진이라는 남자의 존재였다.

"회사 생활에 문제는 없죠?"

"하아, 없긴요. 실은 말이죠……."

안 나오려야 안 나올 수 없는 직장에 대한 불만.

이건 대기업이든 중소기업이든 어느 회사든 다 똑같다고 봐도 무방할 것이다.

제아무리 대우가 좋고 근무 환경이 좋은 곳이라 하더라도 사람이란 존재는 욕망에 지배당하는 생물이다. 서 있으면 앉고 싶어지고, 앉아 있으면 눕고 싶어지는 게 바로 인간의 습성이기 때문이다.

회사 생활에 대한 불만이 나오기 시작하지만, 남성진의 귀는 이들의 불만에 치우쳐 있지 않았다.

바로 옆의 테이블에서 들려오는 대화에 청각을 고정시켜 뒀기 때문이다.

'…과연, 그렇군.'

대충 어떠한 상황인지 눈치를 챈 성진.

한예지라는 여자를 두고 흑심을 품은 두 남자가 접근을 해왔지만, 그 두 남자를 막아선 것이 바로 이민철이라는 정의의 흑기사인 셈이다.

두 불한당이 흑기사를 제치고 공주를 차지하기 위해서는 가장 편한 방법이 있다.

바로 흑기사를 쓰러뜨리면 된다.

그 쓰러뜨릴 수 있는 수단이 '술'이라는 게 문제이긴 하지만, 아무럼 어떠랴.

현대 사회에서는 총 대신 말이, 그리고 칼 대신 사람의 시선이 무기가 되는 그런 시대가 되어버렸다.

술이라고 무기가 되지 말란 법은 없다.

더욱이 회식 자리에서 가장 강한 사람은 바로 주량이 센 사람이다.

즉, 정신을 말짱히 차리고 있는 사람이 회식의 왕(王)이라는 칭호를 받을 수 있다.

'어디 한번 지켜보도록 할까.'

아직까지는 본격적으로 트러블이 발생하지 않았다.

동기들끼리 주먹다짐을 하는 최악의 경우가 발생하게 된다면 남성진이 직접 말릴 예정이다.

만약 괜히 이 자리에서 문제가 발생하면 분명 이 사건은 회사 내부로도 퍼질 가능성이 있기 때문이다.

소문이라는 건 매우 무서운 법이다.

동기 모임의 이미지가 하락하는 건 남성진도 원치 않은 현상이기 때문이다.

엘리트의 길을 걸어온 그에게 있어서 무엇이든 항상 완벽해야 한다. 그런데 그 완벽에 흠이 가는 일이 발생하게 된다면, 남성진은 자신의 재량으로 문제를 일으킨 문제아들에게 철퇴를 가할 의사도 충분히 있었다.

더불어 지금 이 기회는 어찌 보면 중요한 순간일지도 모른다.

바로 이민철이라는 남자의 주량을 시험할 수 있기 때문이다.

자신이 인정한 유일한 라이벌, 이민철은 분명 자신의 지위를 위협할 정도까지 올라올 것이다.

그걸 대비해 최대한 이민철이라는 사람에 대해 많은 정보를 습득해야 한다.

겉으로는 동기들의 고민 상담을 들어주는 척을 하면서 속으로는 이민철의 수완을 평가한다.

'편안한 마음가짐으로 주최했건만, 이보다도 더 불편한 동기 모임은 없겠어.'

남성진도 이 상황에 그저 혀를 찰 뿐이었다.

한편, 남들보다 2배는 많은 술을 소화하기 시작하는 민철은 여전히 멀쩡한 모습으로 계속해서 술을 마신다.

반면 주오와 진오, 두 사람은 벌써부터 기진맥진한 모습을 보인다.

이들이 각자 마신 1인당 음주량은 소주 1병.

대민보다도 약한 주량에 민철은 조금 어이가 없을 정도였다.

'그렇게 호기를 부리더만, 술은 더럽게 약하군.'

굳이 알코올 중화 마법조차 사용할 가치가 없었다.

마법을 사용하지 않아도 민철은 소주 2병 반 정도까지는 충분히 소화할 수 있었다.

그 이상부터는 마법을 사용해야 하지만 말이다.

털썩!!

결국 감사팀의 진오가 가장 먼저 아웃이 되어버렸다.

술에 취한 인간의 말로는 너무나도 뻔했다.

"어이쿠, 이 친구! 그러니까 왜 그리 퍼마셔 댔는지 모르겠네."

대민이 진오의 등을 두드려주며 화장실로 안내하기 시작한다.

동기 회식이 시작된 지 1시간도 안 돼서 일어난 일이었다.

진오와는 다르게 주오는 나름 좀 버틸 능력이 있는지 히끅 딸꾹질을 하면서도 계속해서 술을 마신다.

민철이 나서서 말릴까 하는 순간.

"많이 취하셨군요."

남성진이 먼저 나서는 게 아닌가.

성진의 등장에 주오가 또다시 딸꾹질을 연발하며 손가락으로 그를 가리킨다.

"엇?! 나의 베스트 프렌드 아닌가! 하하하!"

"베스트 프렌드라."

단어를 되새기던 성진이 주오에게 다가가 남들에게는 들리지 않을 만큼 작은 목소리로 속삭인다.

"전 동기 모임에서 술주정을 부리는 친구를 둔 기억은 없습니다만."

"……!!"

"더 이상 문제 일으키기 전에 스스로 자제하는 편이 좋겠군요. 제 말, 무슨 뜻인지 알았다면 스스로 알아서 행동하길."

두 사람 간의 속삭임이었지만, 순간적으로 민철은 마법으로 청각을 상승시켜 이들이 무슨 대화를 주고받는지 다 듣고 있었다.

'무서운 사람이군.'

한숨을 내쉬며 물을 찾기 시작하는 민철.

그때, 예지가 냉수를 담은 컵을 내민다.

"여기요."

"아, 감사합니다."

"…죄송해요. 괜히 저 때문에……."

"하하, 아닙니다. 평화롭게 끝났으니까 다행이죠."

사실 민철도 동기 모임에서 괜히 여자 문제로 트러블이 발생하는 걸 원치 않았다.

그래서 일부러 흑기사를 자처해 예지의 방패 역할을 도맡은 것이다.

남성진도 민철의 의도에 맞춰주는지 알아서 스스로 불순분자를 커트해 주는 모습을 선보였다.

의도치 않았지만, 원활한 동기 모임을 위해 두 사람이 예상치 못하게 합작을 이뤄낸 셈이었다.

물론 그 중간에는 한예지라는 존재가 있었다는 걸 잊어서는
안 된다.

*　　　*　　　*

술 취한 두 사람을 일찌감치 돌려보낸 뒤, 성진이 동기들의
시선을 모은다.

"자, 공식적으로는 여기서 모임을 끝내겠습니다. 오늘은 월
요일 저녁이기도 하니까요. 그치만 여기서 끝내면 아쉬울 거 같
다고 생각하시는 분은 개별적으로 모여서 마셔도 됩니다."

금요일 저녁, 소위 말해서 불타는 금요일이었다면 아마 2차
까지 추진을 했을 것이다.

그러나 역시 월요일 저녁이라는 날은 직장인에게 있어서 불
안한 날이라 할 수 있다.

내일 출근도 해야 하고, 업무가 가장 밀려 있는 날이 월요일
이기 때문에 성진이 설사 2차를 추진한다 하더라도 불참할 사람
들도 있을 것이다.

그리고 진오와 주오처럼 이미 술에 떡이 되어 먼저 집으로 간
사람들도 몇몇 나왔기에 여기서 슬슬 모임을 접으려고 한다.

성진의 의도를 알아차린 민철도 그의 말에 찬성을 표한다.

"그렇네요. 오늘 정말 즐거웠습니다. 나중에 회사 내에서 만
나면 인사라도 하죠."

"그럽시다!"

동기들이 기운차게 대답한다.

별다른 문제를 일으키지 않고 잘 넘어갔다는 생각에 성진은 속으로 안도의 한숨을 내쉴 수밖에 없었다.

사실 구석 쪽 테이블이 조금 위험하긴 했지만 결과적으로 따지면 잘 해결되지 않았는가.

한 가지 마음에 들지 않는 점이 있다면 그 해결한 당사자가 바로 민철이라는 점일 것이다.

한두 명씩 가게 바깥으로 나오기 시작한다.

가게를 나서기 전, 신발을 신고 있는 민철에게 어느 한 중년 남성이 슬쩍 다가오며 묻는다.

"동기 회식은 괜찮게 끝났나 보구만."

가게 브랜드가 적혀 있는 앞치마를 두른 채 말을 걸어오는 인상 좋은 중년 남성.

그의 모습에 민철이 쓴웃음을 지어 보인다.

"언제부터 보고 계셨습니까? 그보다 오늘은 이 가게로 순찰을 오실 예정이었나 보군요."

"순찰이라니! 직원들이 들으면 크게 노할 이야기로구만. 허허."

민철과 동기들이 오늘 식사를 한 가게 이름, '돈냥'이라고 적혀 있는 글자가 앞치마에 커다랗게 새겨진 옷차림으로 너털웃음을 터뜨리는 중년 남성, 주오석.

한창 위세를 떨치고 있는 고깃집 브랜드 돈냥의 대표이다.

겉으로 보기에는 친절하고 상냥한 이웃집 아저씨처럼 생겼지만, 그는 그 어떤 누구보다도 야심가다.

직접 자신의 체인점 가게를 돌며 숯을 준비하거나 궂은일을 도맡는 일을 하면서 직원들에게 평판도 좋다.

대표라는 직함을 가지고 있으면서도 늘상 그는 그렇게 자신의 브랜드, 돈냥이라는 두 글자가 걸려 있는 고깃집을 이렇게 매번 순회하면서 직접 일손을 자처하기도 한다.

그러나 그 속에는 어마어마한 야망이라는 이름의 불꽃이 피어오르고 있었다.

사업 확장.

그리고 대박 인생!

이 모든 것을 노리는 그의 눈빛을 읽을 수 있는 사람은 과연 몇이나 될까.

그의 정체성을 알아차린 몇 안 되는 사람 중에는 이민철이라는 인물도 포함된다.

"분위기가 조금 안 좋았던데, 자네가 앉았던 테이블 쪽 말이야."

"하하, 잘 보셨군요."

"남녀문제라는 게 본래 그런 거지. 아름다운 여성이 있으면 자연스럽게 자신의 힘을 과신하려 드는 게 바로 남자의 본능이니까. 하지만 괜히 그런 일 때문에 회식 자리에서 분위기를 망치는 경우도 더러 있는 법이지. 생각을 해보게. 직장 상사와 부하 직원끼리 회식을 하게 되면 이성 간의 문제보다는 평소 상사에 대한 불만이 술기운에 무의식적으로 튀어나와 분위기를 흐리게 되겠지. 하지만 동기 모임은? 그런 게 전혀 없지 않나. 전부 다 같은 입장에서 별다른 문제가 될 건 없다고 보이지만, 오히려 동기 모임에서 문제가 발생하는 쪽이 더 많은 법이야."

주오석의 말에 민철이 잠시 생각에 잠긴다.

사람이 많이 보이는 집단에서 문제가 발생하지 않는 법은 없다.

사람이란 제각각 개성을 갖추고 있기 때문에 분명 타인과 맞지 않는 부분이 있다.

그 부분이 마찰을 일으켜 트러블을 발생시키고, 결국 회식 분위기를 망치게 된다는 결과가 나오게 된다.

"자네뿐만이 아니라 이 모임을 주최한 것으로 보이는 청년도 제법 한몫하더군."

"남성진 씨군요."

"듣자 하니 청진전자 부사장의 아들이라고 하던데. 허허, 그 친구도 그렇고 자네도 그렇고. 청진그룹이 갈수록 무서워지는구만."

젊은 인재들 앞에서 두려움을 가지지 않을 기성세력은 없을 것이다.

물론 주오석 대표도 마찬가지다.

"전 대표님의 편입니다."

민철이 저번에 나눴던 대화의 연장선으로 말을 다시 한 번 꺼내본다.

돈냥과 청진그룹의 모종의 관계.

그 중간자 역할을 할 사람이 바로 이민철이다.

주오석도 혹시나 하는 마음으로 이민철이라는 이름의 보험을 들어두기 위해 일부러 그와의 관계를 유지하고 있는 것이다.

나쁘게 보면 간을 보고 있다 표현해도 무방하다.

그러나 사업 파트너란 본래 그런 것이다. 그 사실을 민철도 잘 알고 있기에 딱히 주오석 대표에게 악감정은 들지 않았다.

서로가 서로를 이용하는 건 이 시대의 상황에선 당연한 일이기 때문이다.

"잘 먹었습니다."

"다음에 또 친구들이랑 자주 와주게."

"알겠습니다."

민철이 자리에서 일어서며 바깥으로 향한다.

이미 계산을 마치고 바깥에서 남은 동기들이 나오기를 기다리고 있던 남성진이 마지막으로 민철이 나오는 것까지 확인을 마치자 목소리를 높인다.

"그럼 다들 좋은 밤 보내시고, 내일 출근 시간에 늦지 않기를 바랍니다."

"수고하셨습니다!"

동기들이 기운차게 서로가 서로에게 외친다.

아슬아슬했던 동기 모임은 이렇게 무사고로 끝을 맺게 된다.

동기들과 헤어진 민철은 잠시 회사 주변을 둘러보기로 한다.

집 안에 새겨둔 마법진과 연결할 마법진을 그릴 장소를 찾기 위함이다.

대낮보다는 밤이 인적이 드물기 때문에 돌아다니기는 편하다.

최대한 사람들이 없는 장소에 마법진을 그려놓고, 앞으로 혹시나 무슨 일이 발생할 경우에는 텔레포트를 이용할 생각이다.

전철을 타지 못하거나 아니면 민철이 늦게 일어나는 경우에는 순간이동 마법진을 이용하면 되니까 말이다.

마법을 알고 있으면 마법을 써먹는 게 바로 마법에 대한 예의 아니겠는가.

남들이 가지지 못한 비기를 가지고 있지만 그걸 써먹지 않으면 비기라는 명칭이 울 것이다.

"…여기면 될까."

구석진 골목.

라이트 마법을 발동시켜 주변의 환경을 둘러본다.

수북하게 쌓인 먼지가 그동안 사람의 손을 타지 않았음을 알려주는 증거와도 같은 역할을 하고 있었다.

불을 밝히는 순간 몇몇 고양이들이 놀라 달아나는 것 빼고는 제법 괜찮은 골목 구석으로 보인다.

"여기에 마법진을 그려놓으면 되겠군."

라이트 마법을 유지시키며 동시에 손가락에 마나의 기운을 집중시킨다.

천천히.

세밀하게 마법진을 완성시켜나가는 민철.

집에서 했던 작업에 비해 아무래도 외부 지역이다 보니 시간이 좀 더 걸린다.

대략 10분 정도의 시간이 흐르고 나서 민철이 마법진 작업을 완성시킨다.

"혹시 모르니까……."

이매진 마법까지 걸어놓기로 한 민철이 마법을 발동시킨다.

골목 구석에 벽돌로 쌓아둔 이미지를 형상화시킨다.

막힌 길처럼 보이지만, 사실은 허상에 불과하다. 물리적인 면까지는 재현할 수 없지만, 시각적인 환각만으로도 충분할 것이다.

애초에 사람들이 오지 않는 골목길이다. 이 정도만으로도 충분하다고 생각한 민철이 근처에서 아직도 그를 경계하고 있는 고양이들에게 가볍게 손을 흔든다.

"잠을 방해해서 미안하다."

골목길에서 나온 민철이 전철을 타기 위해 지하철역으로 향한다.

그러던 도중이었다.

"…곧장 신호를 보냈으면 저희가 해결했을 겁니다."

'음?'

회사 근처에서 모여 있는 두 명의 검은 양복 차림의 남성.

겉보기에도 뭔가 수상쩍어 보인다.

잠시 몸을 숨긴 민철이 시각과 동시에 청각 능력을 상승시킨다.

남성들에게 둘러싸인 인물에게 유독 시선이 가기 시작한다.

민철도 잘 알고 있는 인물이었다.

"저 사람은……."

같은 테이블에서 다수의 남성들에게 구애를 받은 탓에 곤란하던 참이었던 한예지였다.

남성들과는 대조적으로 밝은 계통의 옷을 입고 있었기에 그녀의 존재가 눈에 잘 들어왔다.

하지만 저 인원 구성은 뭔가가 어색하다.

'납치인가? 아니, 하지만 그것치고는 말투가 너무 정중한데.'

심지어 태도 역시 이상하다.

한예지를 납치할 생각이었다면 애초에 검은 정장 따윈 입지 않았을 것이다.

그리고 예지의 표정이 무엇보다도 중요하다.

"그 정도까진 아니었다니까요."

"그치만 아가씨⋯⋯."

"됐어요. 괜히 회식 분위기 망치려고 하지 마세요. 아무리 할아버지의 명령이라 하더라도 이건 제가 용서 못 해요."

"⋯⋯."

민철이 자신의 귀를 의심해 본다.

아가씨? 할아버지?

'뭔가 못 볼 것을 보게 된 거 같군.'

하지만 여기서 멈출 수는 없다.

민철은 좀 더 자신의 모습을 감추고자 투명 마법을 건 뒤에 장소를 이동한다.

남자들과 예지가 서 있는 장소에서 채 3미터가 되지 않는 장소까지 도달한 민철이 마법을 유지하며 조금 더 저들의 대화에 귀를 기울인다.

"동기 모임을 망친다 하더라도 아가씨의 신변이 최우선입니다. 회장님께서도 그렇게 말씀하셨습니다."

"어쨌든 별다른 문제 없었잖아요. 그리고 제 정체가 밝혀진다면 오히려 앞으로의 신변이 더 위험해질 텐데요?"

"그치만……."

"할아버지는 너무 걱정이 많으신 거예요. 저도 제 한 몸 책임질 수 있으니까요."

"……."

"그러니까 너무 과도한 보호는 피해주세요. 아셨죠?"

"…알겠습니다."

한숨을 푹푹 내쉬는 남성들.

그러나 예지는 그런 남성들의 태도가 이제는 익숙해진 모양인지 차량을 향해 걸어간다.

남자 2명 중 한 명은 운전석으로, 그리고 한 명은 뒷좌석에 앉아 예지의 옆자리에 탑승한다.

이윽고 차량이 출발하자, 민철이 모든 마법을 해제한다.

"그렇군."

어둠 속에서 모습을 드러낸 민철이 머릿속에 축적된 방금의 상황에 대한 정보들을 하나둘씩 정리하기 시작한다.

평범한 신입 사원이 보디가드로 보이는 남자들과 함께 동행하지는 않을 것이다.

그렇다면 최소한 한예지는 어느 정도 신분이 있는 상위 집안의 자제라는 뜻이 된다.

그런데 어째서 그런 공주님 같은 여성이 고작해야 청진그룹의 신입 사원으로 입사해 일하고 있는 건가?

게다가 공채도 아니고 특채다.

한예지.

그녀의 정체는…….

"한경배 회장의 손녀딸인가."

단박에 한예지의 정체를 눈치챈 민철이었다.

한경배 회장에게 유일하게 남은 손녀딸이 있다는 것 정도는
이미 들은 바가 있다.

하지만 그 손녀딸이 누구인지에 대해서는 그 누구도 추정할
수 없을 만큼 철저하게 존재를 숨겨왔다.

청진그룹에 특채로 입사한 점.

그리고 같은 성씨.

할아버지라는 존재에 대한 언급.

이 모든 것이 퍼즐처럼 맞춰지면서 민철은 한예지가 한경배
회장의 손녀딸임을 눈치챌 수 있게 되었다.

"생각지도 못한 기밀급 정보를 접하게 될 줄이야."

사실 친목 이외에는 거의 아무런 소득이 없을 거라고 예상했
던 동기 모임이었으나.

민철은 이번 동기 모임에서 그 누구보다도 커다란 소득을 챙
겨 갈 수 있었다.

제3장

치명적인 실수

아침에 일어나자마자 민철은 습관처럼 하는 명상과 마나 순환을 끝낸 뒤 구석에 있는 마법진을 바라본다.

평범한 일반인에게는 그저 아무것도 없는 빈 공간처럼 보일지 모른다.

그러나 민철의 시야에는 그 아무것도 없는 빈 공간의 바닥에 푸른색의 아우라와 함께 새겨진 마법 문양진이 비춰지고 있었다.

"오늘은 한번 마법진으로 출근을 해볼까."

어제저녁에 그려둔 마법진이 제대로 작동하는지 알아볼 필요가 있다.

인적이 드문 곳에 마법진을 그려뒀으니 타인에게 들킬 염려는 없다. 혹시나 해서 이매진 마법까지 걸어두었기 때문에 설사 그 근방에 사람의 시선이 있다 하더라도 민철이 마법을 사용하는 모습을 직접 보는 건 거의 불가능에 가까울 것이다.

"하지만 그전에 출근 준비는 끝내두는 편이 좋겠지."

정장에 서류 가방까지 완벽하게 출근 모드에 돌입한 민철.

이윽고 마법진 위에 똑바로 선다.

실내에서 구두를 신은 채 집 안 바닥에 서는 민철의 모습을 본다면 아마 체린이 무슨 미친 짓이냐며 잔소리를 늘어놨을 게 틀림없다.

"텔레포트."

가벼운 시동어를 외치자, 민철의 모습이 희미하게 사라진다.

흐릿해지는 한 사람의 형상이 완벽하게 모습을 감춘다.

이윽고 옅은 푸른색의 빛과 함께 민철의 형상에 다시 제 모습을 갖추기 시작한다.

살며시 감았던 눈을 뜨자, 민철을 보고 놀란 고양이들의 시선이 가장 먼저 그를 맞이한다.

"또 놀래켜서 미안하다."

아마도 여기는 고양이의 집이 아닐까 의심된다.

괜히 민철이 텔레포트를 통해 이동하면서 고양이의 위에 이동될 수 있을 가능성도 크니, 우선은 고양이들이 접근하지 못하게끔 다시 마법진 문양을 새겨둔다.

"동물이 접근 못 하게끔 마법진을 그리는 일은 별로 없었지."

레디너스 대륙에서도 사냥꾼이나 아니면 야생동물 관련 직종이 아니라면 그다지 이런 마법진을 그릴 일이 없었을 것이다.

그래도 고양이들의 생명은 소중하니까.

인간이든 동물이든 살아숨쉬는 그 모든 것들은 소중한 생명의 불꽃이라 할 수 있다.

그다지 어려운 마법진 작업이 아니었기에 간단하게 마무리를 한 민철이 넥타이를 살짝 졸라맨다.

"그럼 출근을 서둘러 볼까."

구두 굽 소리와 함께 민철이 골목길 입구를 나선다.

역시 지하철 출근보다는 텔레포트 출근이 훨씬 더 좋다.

시간적으로, 그리고 붐비는 출근길 지옥을 겪지 않아도 된다는 정신적인 안정감도 최고다.

"자주 애용해야겠군."

그 말을 끝으로 민철은 어느새 회사의 로비에 다다르게 된다.

같은 시각.

이른 아침 사무실에 나와 있던 이승부는 자신의 딸인 체린의 보고에 귀를 기울인다.

"…민철 씨의 말대로 이벤트를 건 행사 효과와 더불어 미논의 배너 홍보까지 더해지니 확실히 매출이 전반적으로 오르긴 했어요."

"음……."

미논이 비록 업계 만년 2위라 하더라도, 결국 2위는 2위다.

1위와의 격차가 크지만, 이제 막 성장세에 접어든 카페 머메이드의 입장에서는 미논의 배너 또한 매우 귀중하다 할 수 있다.

게다가 배너를 올리는 데까지 들인 수고비도 그리 비싼 것도 아니었다.

오히려 승부의 입장에서는 거의 공짜라고 봐도 무방할 정도로 싼 가격에 배너 입성에 성공한 것이다.

미논 포털 사이트의 배너에 카페 머메이드의 이름이 올라가는 순간, 기획팀은 때마침 준비하고 있던 이벤트도 곧장 시행하게 되었다.

내용으로 따지자면, 매장 주문 5회 이상 시 아메리카노 한 잔을 공짜로 준다는 단순한 이벤트였지만 역시 홍보 효과 덕분이라고 할까. 아메리카노 한 잔이 공짜로 나갔음에도 불구하고 매출은 더더욱 크게 상승했다.

"결국 민철 씨는 자신의 공약을 지켰네요."

"……."

"아빠는 어떻게 생각하세요?"

신흥 강자에게 홍보란 매우 중요하다.

사실 가격은 둘째 치고 대기업의 횡포 속에서 살아남으려면 자신들의 브랜드를 더더욱 사람들에게 알릴 필요성이 있기 때문이다.

제아무리 카페 머메이드가 많은 지지율과 함께 매서운 성장세를 보이고 있다 하더라도 아직까지는 이제 막 사업이 번창하는 초기 단계에 불과하다.

그 초기 단계에 보여준 민철의 도움의 손길은 분명 도움이 되었다.

"어떻게 배너를 걸게 되었는지는 모르겠지만……."

승부가 자신의 턱을 쓰다듬기 시작한다.

"단순히 말만이 아니라 직접 행동으로 보여준다는 것만큼은 인정해야겠군."

"그 사람은 본래 그래요. 한다면 하는 사람이거든요."

"그 녀석이 꽤나 마음에 드는가 보구나."

"결혼할 생각까지 하고 있으니까요."

"민철이가?"

"제가요."

"……."

딸이 직접 대놓고 낯선 남자와 결혼하겠다고 말하면 순수하게 기뻐할 아버지는 아마 거의 드물 것이다.

"흐음……."

그래도 승부의 입장에서는 민철이 싫지만은 않다.

분명 능력도 있고, 좋은 녀석이다.

다 좋지만.

"난 개인적으로 말을 기가 막히게 잘하는 녀석은 싫다."

"어째서요?"

체린이 고개를 갸우뚱하며 되묻는다.

말을 잘하면 오히려 좋은 거 아닌가?

그러나 승부는 장난인지 아니면 진담인지 모를 말을 내뱉는다.

"내가 말을 못하니까 남이 말을 잘하면 오히려 열이 받더구나."

오전 10시.

업무 일지를 작성한 뒤 한창 업무를 보고 있던 민철의 귓가에 예상치 못한 잔소리가 들려오기 시작했다.

"하필이면 그 미팅 자리에서 참고 자료를 잊어버리면 어쩌자는 거냐! 어?!"

유 실장이 드물게 목소리를 높이며 다른 누군가를 갈구기 시작한다.

상대방은 바로 민철의 사수이기도 한 강태봉이었다.

"…죄송합니다."

"죄송하면 다냐?! 회사 생활 한두 번 해봐? 상대측이 그나마 어영부영 넘어가 줘서 다행이지, 만약 다른 거래처였다면 분명 박살 났을 거다. 알겠냐?"

"……."

"어휴, 이 답답한 녀석아! 너도 이제 2년 차 아니냐? 그런데 중요한 참고 서류를 빼먹으면 프레젠테이션을 어떻게 하라는 거냐."

"……."

그저 고개를 푹 숙인 채 유 실장의 잔소리를 곧이곧대로 듣는 강태봉이었다.

민철이 알고 있는 사항으로는 분명 어제저녁에 유 실장을 따라 태봉도 같이 판촉물 관련 제작 미팅에 참가했던 것으로 알고 있다.

아마 그 미팅에서 트러블이 발생한 게 아닐까 싶다.

"어이, 유 실장."

의자에 앉은 채 통화를 마친 구 부장이 유 실장을 향해 말한다.

"애 갈구는 건 좋지만, 그런 건 사무실 바깥에서 하라고."

"…알겠습니다."

"괜히 사무실 분위기 흐리게 만들지 말고. 강태봉, 너도 실수한 건 인정하고 이제부터 정신 똑바로 차려라."

"네, 죄송합니다."

유 실장이 다 보는 앞에서 강태봉을 갈군 이유는 하나밖에 없을 것이다.

군기 잡기.

구 부장은 부하 직원에게 딱히 뭐라고 하는 체질은 아니다. 오히려 서 대리가 깐깐한 타입이라서 대부분의 잔소리를 담당하지만, 대리가 쓴소리를 하는 것과 실장이 쓴소리를 하는 것은 위력 자체가 다르다.

신입인 민철과 대민도 있으니 이들에게 본보기를 보여줄 겸, 그리고 니들도 이렇게 갈굼을 당할 수 있으니 조심하라는 간접 경고의 의미도 갖추고 있다.

구 부장도 유 실장의 의도를 파악하고 있었기에 지나친 정도까지 가지 않는 적정선에서 커트를 해준 것이다.

자리로 돌아온 강태봉이 깊은 한숨을 내쉰다.

무거워진 사무실 분위기.

서 대리도 차마 여기서는 뭐라 할 수 없는 모양인지 그저 구 부장과 유 실장의 눈치만 살핀다.

"자자, 다들 업무에 집중하라고."

구 부장이 분위기 전환을 위해 팀원들을 격려한다.

유 실장은 아직도 화가 안 풀린 모양인지 씩씩거리며 자신이 좋아하는 초코맛 아이스크림을 찾기 위해 발걸음을 옮긴다.

민철은 유 실장이 왜 아이스크림을 많이 먹나 싶었는데 아마도 저런 식으로 화를 차갑게 식히기 위해 그런 게 아닐까 하는 생각을 품는다.

점심시간.

보통 같이 식사하는 멤버들로는 민철과 대민, 그리고 태봉 이렇게 셋으로 구성되어 있다.

가끔 가다가 구 부장과 유 실장이 포함되기도 하지만, 공교롭게도 이 둘은 점심 때 미팅 약속이 잡힌지라 먼저 자리를 비우게 되었다.

서 대리도 있긴 하지만 아무래도 여자 혼자서 남자들 사이에 끼어 먹는 것보다 같은 여자 사원들과 먹는 게 더 편한 모양인지 이들의 점심 인원 명단에 자주 포함되어 있지는 않다.

"힘내세요, 선배님! 까짓것 그런 일도 있잖아요!"

대민이 나름 위로를 해준답시고 말을 꺼냈지만, 오히려 태봉의 한숨은 더더욱 깊어질 뿐이었다.

"하아. 요즘 제가 진짜 정신이 없나 봐요. 샘플 자료를 두고 오다니……."

"결국 해결은 잘 되었나요?"

민철의 질문에 태봉이 머쓱하게 머리를 긁적인다.

"해결이라고 해야 할까요. 황 부장님 덕분에 어찌 저찌 잘 넘어가긴 했어요."

"황 부장님이요? 그 영업 1팀의?"

"네. 그 미팅 자리가 저하고 유 실장님, 그리고 황 부장님 세 명이서 참가했거든요. 마침 영업팀 쪽 업무도 관련되어 있었으니까요."

"황 부장님이라……."

영업팀은 기본적으로 말을 잘하는 사람들로 구성되어 있다.

계약을 따내야 하는 게 그들의 업무이기에 적어도 다른 부서에 비해 화술 능력이 높은 인원들이 많이 분포되어 있다.

그중에서도 영업 1팀의 황 부장이라고 한다면 아마 무난하게 잘 해결되지 않았을까 싶다.

"여러모로 신세를 져서 참 뭐라고 해야 좋을지······."

태봉이 더더욱 자신감을 잃은 채 고개를 숙인다.

"선배님. 제가 이런 말을 해도 될지 모르겠지만, 사람은 누구나 실수를 한다고 하잖아요. 실수를 하는 건 좋지만, 그 실수를 통해서 배워가는 것도 많이 있다고 생각합니다."

"그럴까요?"

"네. 선배님도 이번 실수를 실패라고 생각하지 마시고 경험이라고 생각하세요. 경험을 통해 한 걸음 더 성장한다는 배움의 자세를 취하신다면 좋지 않을까요."

민철이 하는 말을 경청하던 태봉이 작게 탄식을 내뱉는다.

"역시 민철 씨. 계속 듣다 보면 저도 모르게 민철 씨한테 설득되는 기분이라니까요."

"하하. 그렇습니까?"

"황 부장님도 그런 식으로 저에게 좋은 말씀을 해주셨어요. 실수를 하되 절망은 하지 말라고요."

자신감이 유독 부족한 태봉에게 있어서 가장 적합한 말이라고 생각한다.

"고맙습니다. 민철 씨하고 대민 씨 덕분에 기운이 좀 나는 거같네요."

"그렇다면야 다행입니다."

민철이 물 한 잔을 들이켠다.

말은 그럴싸하게 했지만, 사실 민철은 태봉에 대한 불안감을 지울 수가 없었다.

직장이라는 건 자고로 잡소리가 많은 장소다.

태봉에 대해 안 좋은 소리를 수군거리는 직장 동료들도 꽤나 많이 접했다.

하도 실수를 많이 해서 잘릴 가능성도 크다느니, 아니면 실력도 없으면서 어떻게 입사를 했는지 모르겠다는 둥.

이런저런 뒷담화가 많이 들려오는 게 바로 회사라는 곳이다.

그런 말들이 아마 태봉의 자신감을 점점 더 갉아먹는 게 아닐까.

"조만간 유 실장님이랑 미팅 한 번 더 있지 않습니까?"

"네. 민철 씨가 그걸 어떻게……."

"지나가다가 얼핏 들었습니다. 그때 만회하면 될 겁니다. 선배님도 충분히 할 수 있다는 걸 보여주세요."

"노력해 볼게요."

태봉의 입가에 실로 오랜만에 미소가 어린다.

그러나 세상은 결코 호락호락하지 않다고 했던가.

쉽게 풀릴 일 따위는 없는 법이다.

＊　　　＊　　　＊

식사를 마치고 사무실로 가는 길.

회사 건물 내부에 있는 백반 식당에서 점심식사를 마친 이들이 엘리베이터를 타기 위해 기다리고 있는 중이었다.

"오, 홍보팀 막내 3인방."

황고수 부장이 이들을 발견한 모양인지 반갑게 인사를 건넨다.

엘리베이터에서 대기하고 있던 이들도 황 부장에게 가볍게 고개를 끄덕이면서 인사를 받아준다.

"안녕하세요, 황 부장님."

"이제 막 식사 마치고 가는 건가?"

"네. 황 부장님도요?"

태봉이 능숙하게 질문을 건넨다.

홍보팀과 영업팀은 미묘하게 업무상 맞물리는 일이 많아서 서로 이렇게 안면을 자주 익히는 사이다.

게다가 태봉의 경우에는 얼마 전 황 부장으로부터 큰 도움을 받기도 했으니 말이다.

"나야 뭐 그렇지. 그나저나 유 실장한테 오늘 잔소리 좀 들었겠구만."

"하하… 제가 실수한 거니까요."

"다음부터는 실수하지 말고. 참고 서류를 깜빡한 것은 둘째 치고 행여나 계약서라도 잊어봐. 그때는 잔소리로 안 끝날걸?"

황 부장이 농담 아닌 농담을 건네자, 태봉이 살짝 온몸에 소름이 돋음을 느낀다.

중요한 미팅에서 계약서를 잊고 온다는 것은, 그 계약을 위해 투자한 시간과 노력이 전부 허사로 돌아갈 수도 있음을 가리킨다.

"아무튼 난 먼저 간다."

"들어가세요, 황 부장님."

막내 3인방이 허리를 숙여 황 부장을 먼저 보낸다.

외근을 마치고 돌아온 구 부장이 다급하게 태봉을 찾기 시작한다.

"태봉아!"

"네, 구 부장님."

"저번에 그 내가 미리 뽑아놓으라고 했던 계약서 어디 있냐?"

"아, 그거 여기 있습니다!"

태봉이 갈색 서류 봉투를 내밀자, 그것을 받아든 구 부장이 내용물도 확인하지 않고 곧장 사무실 바깥으로 발걸음을 재촉한다.

"요 근처에 거래처 상대방이 잠깐 볼일 있다고 이쪽으로 온다고 하더라. 나 잠깐 거기에 갈 테니까 그리 알아둬라. 유 실장은 조금 이따가 들어올 거야."

"예, 알겠습니다."

서 대리가 잠깐 자리를 비운 동안에는 태봉이 서 대리 다음으로 경력이 많은 사원이다.

구 부장의 말을 자연스럽게 기억해둔 태봉이 고개를 끄덕이면서 자리에 앉는다.

허겁지겁 바깥으로 뛰쳐나간 구 부장.

그 모습을 보던 대민이 한숨을 푹 내쉰다.

"회사원은 진짜 엄청 바쁜 종족인가 봅니다."

"하하, 뭐, 그렇죠."

"그보다 무슨 계약 건수인가요?"

"저번에 프레젠테이션 했었던 판촉물 광고 관련 계약이에요. 사실은 곧장 그 자리에서 계약을 하려고 했었는데, 거래처가 일이 생기는 바람에……."

그 말을 하던 태봉의 행동이 갑자기 정지한다.

무슨 일일까.

대민과 민철의 시선이 태봉에게로 향한다.

"크, 큰일 났다……!"

태봉이 식겁한 표정으로 다급하게 사무실 바깥을 향해 뛰쳐나가는 게 아닌가.

갑자기 왜 저런 싶은 대민이 고개를 갸우뚱하는 순간, 민철이 반사적으로 태봉의 책상 위에 놓인 또 다른 갈색 서류 봉투를 바라본다.

"혹시나 하는 생각이 들지만……."

내용물을 확인하기 시작하는 민철.

그의 예상 그대로, 갈색 서류 봉투에는 두 장의 계약서가 들어 있었다.

"아무래도 태봉 선배가 서류 봉투를 착각한 모양인가 보다."

"뭐?!"

놀란 대민이 자신도 모르게 새된 비명을 내지른다.

그래서 저렇게 다급하게 뛰쳐나간 것인가.

"일 났구만."

민철이 혀를 차면서 서류 봉투를 집어 든다.

이것까지 포함하면 태봉이 저지른 실수는 총 2회. 중요한 것은 횟수가 아니다. 바로 같은 거래처에게 똑같은 실수를 반복한다는 점에 있을 것이다.

제아무리 태평양같이 넓은 마음을 지니고 있는 거래처라 하더라도 두 번의 실수는 용납하기 힘들다.

청진그룹이 절대 갑의 입장에서 계약을 하는 것도 아니고, 어디까지나 협력 파트너로서 계약을 제안한 것으로 알고 있다.

그럼에도 불구하고 이번에는 계약서가 잘못 전달된다면?

"상상하기도 끔찍하네."

"어, 어떻게 할 겁니까?! 민철 씨!"

"어떻게 하긴요. 대신 전달해 주는 수밖에 없죠."

엄밀히 말하자면 태봉에 관련된 일이긴 하지만, 홍보팀 전반으로 피해가 가는 일이 될 수도 있다.

냉랭한 사무실 분위기보다는 그래도 화기애애한 사무실 분위기가 더 일하기 좋지 않겠는가.

"일단 제가 나가보겠습니다. 대민 씨는 서 대리님에게 이 사실은 비밀로 해주세요."

"아, 알겠습니다."

당황한 기색이 역력한 대민의 표정을 보고 과연 눈치 빠른 서 대리에게 안 들킬 자신이 있는지가 더 걱정이었다.

멍하니 엘리베이터를 바라보고 있는 태봉.

그때, 민철이 빠르게 그에게로 다가온다.

"구 부장님은……."

"벌써 차 타고 나가셨다고 합니다……."

"이런."

혀를 차며 타이밍이 좋지 않음을 한탄한다.

조금이라도 빠르게 알아차렸다면 좋았을 텐데. 아니, 그보다
도 뒤늦게나마 알아차린 것이 다행이라고 할까.

"어, 어떻게 해야……."

태봉의 멘탈이 무너지기 시작한다.

한 번도 아니고 두 번째다.

자신이 저지른 명백한 실수. 만약 이런 실수가 계속 반복되고
쌓이기라도 한다면 말 그대로 회사에서 잘릴 명백한 이유가 성
립된다.

청진그룹이 원하고 있는 인재는 주변에 널리고 널렸다.

태봉과 같은 사원은 언제라도 대체 가능한 소모품에 불과한
것이다.

그런 소모품이 다른 바퀴들과 제대로 맞물리지 못해 기계가
돌아갈 수 없다면 그 부품을 갈아 끼우는 수밖에 없다.

잔혹하게 들릴지도 모르지만, 회사란 본래 그런 것이다.

"구 부장님이 어디로 가신다는 말을 하셨습니까?"

"아니요… 전혀……."

"알겠습니다. 이 서류 봉투는 제가 책임지고 전달하겠습니
다. 그러니까 태봉 씨는 안심하시고 최대한 구 부장님과 연락을
취해서 어느 곳에 계신지 저한테 폰으로 알려주세요."

"미, 민철 씨가 어떻게……."

"저는 신경 쓰지 않으셔도 됩니다. 위치만 알면 곧바로 전달

할 수 있으니까요.”

그러면서 민철이 빠르게 계단으로 향한다.

엘리베이터는 너무 느리다. 차라리 헤이스트를 발동시켜 옥상 계단으로 향하는 것이 더 빠를 거라 판단한 민철이었다.

다다다닥!!

계단을 박차며 순식간에 옥상으로 올라간 민철.

옥상 문을 열고 고층 빌딩의 난간에 선다.

구 부장이 어디로 갔는지 알 수가 없다. 게다가 이런 넓은 대도시에서 구 부장의 행방을 찾기란 여간 쉬운 일이 아닐 터.

게다가 워낙 바쁜 모양인지 구 부장과의 연락도 제대로 되지 않는다.

“막 회사 바깥을 나갔으니까 그리 멀리 가진 못했을 거야.”

마나를 시신경에 흘려보낸다.

얼마 전, 미논과의 미팅이 있을 당시 지하 주차장에서 잠시 시도했던 투영 마법을 시전한다.

“흐읍!”

짧은 기합 소리와 함께 천리안이 발동된다.

청진그룹 본사 건물 자체가 이 주변 일대에서 가장 높은 고층이라는 점은 분명 천리안 마법에 도움이 되고 있었다.

차량을 타고 나갔다는 것까지는 태봉한테서 확인을 했다.

그렇다면 구 부장의 차량을 찾으면 된다.

청진그룹 본사 근처에서 움직이고 있는 구 부장의 차종과 같은 차량은 총 3대.

‘조금만 더……!’

거리가 그리 멀지 않다.

높낮이의 차이만 있을 뿐이지, 실질적으로 투영 정도는 가능하다.

3대 중 1대는 여성 운전자.

남은 확률은 2분의 1이다!

"저거군!"

실루엣의 형태로 구 부장을 판단한 민철이 마치 활을 당기는 듯한 모션을 취한다.

매직 애로우의 끝에 마나 덩어리를 담아 그대로 쏘아 보낸다.

휘우우우웅!!

일반 화살이 아닌 마나 화살이기에 바람의 영향을 거의 받지 않으며 그대로 표적(구 부장의 차량)에 적중한다.

마나 덩어리를 묻혀둔 민철이 곧이어 두 다리에 마나를 집중시킨다.

'점프(Jump)!'

옥상의 지면을 박차며 다른 고층 건물을 향해 건너 뛰어간다.

마치 영화 스파이더맨을 보는 듯한 고층 빌딩을 이용하는 이동 방법.

다만 차이점이 있다면 스파이더맨은 거미줄을 밧줄 형태로 만들어 타고 다니지만, 민철의 지금 상태는 말 그대로 고층 건물을 발판으로 삼아 그대로 고공에 점프, 점프를 하는 방식이다.

'누가 보기라도 한다면 할 말이 없겠군.'

입맛을 다시면서 계속 이동을 재촉하는 민철이었다.

한편.

"늦어서 죄송합니다, 하하."

카페 머메이드에 도착한 구 부장이 어색하게 웃으며 거래처 상대방에게 인사한다.

중년 신사라 불릴 정도로 느긋한 얼굴 표정이 인상적인 남성.

맞은편에 앉자마자 구 부장이 간략하게 안부를 묻는다.

"중요하신 일이라도 있으신가 보군요. 굳이 여기까지 직접 오실 줄이야……."

"외근이라는 게 다 그렇지요. 그리고 회사에서 눈칫밥 먹느니 차라리 이렇게 외근을 나오는 게 더 속이 편할지도 모릅니다."

"하하하, 어느 정도 공감이 되는 말이군요."

가볍게 농담조로 말을 꺼낸 구 부장이 서류 봉투를 꺼낸다.

"그럼 곧장 계약서에……."

서류 봉투에 담긴 내용물을 꺼내려던 찰나였다.

"실례합니다!"

카페 문을 열고 황급히 다가온 민철이 구 부장에게 빠르게 다가온다.

"민철이 아니냐? 여기엔 무슨 일로……."

"구 부장님께서 담배 사오라고 심부름 시키지 않으셨습니까? 잠깐 갔다 오겠다고 하셨는데 먼저 가시면 곤란합니다, 하하하."

"담배라니……."

물론 말도 안 되는 일이다.

구 부장은 민철과 방금 전, 사무실에서 처음 만났고 바깥에서 같이 행동한 적도 없다.

그런데 구 부장이 민철에게 담배 심부름을 시켰다고?

능숙하게 거짓말을 하는 민철. 표정 변화 하나 없이 정말로 구 부장이 담배 심부름을 시킨 듯 너무나도 물 흐르듯 연기를 한다.

미논의 한 팀장이 민철의 지금 이 연기를 본다면 한 수 접고 갈 정도로 전혀 어색하지 않은 연기 실력을 뽐낸다.

순간 민철이 들고 있는 또 다른 갈색 서류 봉투를 응시하기 시작하는 구 부장.

'설마······!'

구 부장도 눈치가 없는 편이 아니다.

오히려 황 부장과 비슷하다 할 정도로 빠른 눈치를 소유하고 있다.

'내용물이 다른 걸 가져왔군!'

민철이 헐레벌떡 뛰어온 점.

그리고 일부러 상대방에게 자연스럽게 서류 봉투를 건네기 위한 거짓말.

틀림없다.

자신이 들고 있는 서류 봉투에는 계약서가 없다.

다만, 이 점을 상대방에게 들켜서는 안 된다.

자신이 잘못된 서류 봉투를 가져와서 부하 직원이 다급하게 이 카페로 오게 되었다는 점 자체를 들키게 되면 이들의 실수는 두 번째라고 상대방에게 인식되기 때문이다.

두 번의 실수는 용납되지 않는다.

이미 첫 번째 실수만으로도 상대방에게 많은 민폐를 끼쳤는데, 이런 사소한 실수 하나가지고 기분을 상하게 하면 성사될 계약도 파기될 수 있다.

최대한 자연스럽게.

애초에 내용물을 착각해 잘못된 서류 봉투를 들고 왔다는 것을 알려서는 안 된다.

"그, 그랬었지! 미안하다, 민철아. 내가 잠시 깜빡 잊고 있었어."

민철이 자연스럽게 중년 남성에게 인사하며 자리에 앉는다.

그 순간 구 부장이 민철을 가리키며 소개에 임한다.

"이번에 저희 팀으로 입사한 막내, 이민철 사원입니다."

"반갑습니다. 이민철이라고 합니다."

"젊은 친구군요. 반갑습니다."

거래처 상대방이 서류 봉투에 시선을 고정시키지 않게끔 최대한 신경을 분산시킨다.

자연스럽게 민철이 건넨 서류 봉투를 대신 받은 구 부장이 내용물을 꺼내 테이블 위에 올려놓는다.

"여기 계약서에 사인만 하시면 됩니다."

"그렇군요."

"민철아, 볼펜은?"

"여기 있습니다."

상의 주머니에서 볼펜을 꺼내며 건네는 민철.

그때 구 부장은 최대한 어색하지 않게끔 자신이 처음 가져왔던 갈색 서류 봉투를 테이블 아래로 숨긴다.

민철의 거짓 상황 연출을 통해 계약서를 잘못 가지고 왔다는 실수의 흔적조차 없앤다.

'아슬아슬했어.'

구 부장과 민철이 서로를 바라보며 식은땀을 훔친다.

*   *   *

계약서에 사인을 받아낸 뒤, 구 부장과 민철은 한동안 중년 남성과 잡담을 나누며 서로의 근황, 그리고 민철의 회사 생활이라든지 이런 가벼운 소재로 이야기를 끌어가기 시작한다.

계약을 마친 뒤 이들에게는 사실 별다른 볼일이 없다.

오늘 만남의 핵심이기도 하며 주 이유라 할 수 있는 업무가 끝났기에 앞으로의 일정은 그저 후에도 잘 부탁드린다는 말을 담은 친목뿐.

그러나 홍보팀 내부적으로는 아직 커다란 문제가 남아 있었다.

"……."

가게 바깥을 나오자마자 구 부장의 인상이 팍 구겨지기 시작한다.

민철도 사전에 이건 예상하고 있었던 사실이다.

'화가 났군.'

그야 당연할 만도 하다.

계약서를 달라고 했는데 저번에 잊었던 참고 자료를 넘겨줬으니 말이다.

"강태봉 이 녀석……."

구 부장이 이를 잘근잘근 깨물기 시작한다.

사무실에 한바탕 피바람이 불 예정이다.

그 생각을 하니 민철은 절로 한숨을 내쉴 수밖에 없었다.

개인적으로 민철은 평화를 사랑하는 남자다. 만약 그가 평화주의가 아니었다면 달변가보다는 직접 검을 들고 싸우는 파이터로 전향을 했을 것이다.

물론 달변가=평화주의자라는 공식은 분명 어색하다 할 수 있다.

본래 손에 쥐고 있는 칼보다도 더 무서운 것이 바로 세 치 혀다.

말 한 마디에 사람의 목숨이 왔다 갔다 할 수 있을 정도로 말이 지니고 있는 힘은 굉장하다.

한참을 그렇게 씩씩거리던 구 부장.

민철이 구 부장의 분노를 조금 가라앉힐까 했는데, 갑자기 구 부장이 머리를 긁적인다.

"뭐, 어쩔 수 없지."

"어떤 게 말입니까?"

"괜히 이런 일로 사무실에 피바람을 불러일으키고 싶지 않으니까."

"설마… 모른 척하고 넘어가시려는 겁니까?"

"그럴 생각이다만?"

사실 이건 민철도 예상하지 못했다.

어째서? 라는 말을 무심코 내뱉을 뻔했을 정도로 구 부장의 태세 변환이 너무 빨랐다.

그리고 너무 극적이다.

직장 상사라면 충분히 화가 날 만한 상황이었다. 계약서라고 꺼낸 종이가 알고 보니 저번에 잊고 왔던 참고 자료였다고 생각을 해보라.

그 모습을 거래처 상대방이 봤다고 생각하면 더더욱 어이가 없을 노릇이다.

그럼에도 불구하고 이제 와서 태봉의 잘못을 눈감아준다?

그건 그거대로 비효율적이다.

잘못을 했으면 엄연히 혼이 나는 게 당연하다.

만약, 이런 식의 태도를 계속해서 반복한다면 치명적인 실수 또한 다시 모습을 드러낼 가능성이 농후하다.

차후를 위해서.

혼을 낸다는 건 물론 당사자들에게도 좋지 않은 행동일지 모른다. 하지만 그 안 좋은 행동을 감수하고도 굳이 혼이라는 걸 내는 이유는 다름이 아닌 차후를 위해서다.

상대방을 질책하고 따끔하게 혼을 낸다.

말 중에서도 가장 공격적인 수단이라 할 수 있지만, 효과는 탁월하다.

그러나 구 부장은 스스로 그 길을 포기한 것이다.

"유 실장님과는 다르시군요."

"뭐, 그 녀석은 성격 자체가 다혈질이니까 그러려니 해야지. 난 이렇게 보여도 냉정하고 침착한 남자거든."

"딱 봐도 그렇게 보입니다."

"하하하, 사탕발림인가?"

"아니요. 본 그대로를 이야기했을 뿐입니다만."

구 부장에게 냉정하고 침착하다는 단어는 사실 어울리지 않는다.

사무실 내에서도 늘어지게 하품만 하고, 덜 정리된 까칠한 수염을 긁어대면서 의욕 없어 보이는 모습이 태반이기 때문이다.

그러나 구 부장이 가지고 있는 가장 큰 장점이 있다.

바로 '눈치가 빠르다' 는 점이다.

눈치와 화술은 엄연히 다른 분야라 할 수 있다.

화술이 좀 더 포괄적인 의미를 지니고 있지만, 눈치가 빠르다는 것만으로도 충분히 상대방과의 대화 혹은 분위기를 좋게 이끌어갈 수 있다.

말 한마디를 꺼낸 순간, 그 화두를 상대방이 싫어한다는 걸 눈치로 파악하고 다른 화두로 전환할 수 있다.

이러한 점 때문에 기본적으로 말을 잘하려면 눈치가 빨라야 한다.

민철도 나름 한 눈치 한다고 생각하지만, 구 부장도 민철 못지않게 눈치가 빠른 편이다.

그가 홍보팀에 입사하기 전에 들었던 영업팀과 인사팀의 신경전 일화를 들어보면 구 부장의 눈치는 실로 대단하다 할 수 있다.

구 부장과 단판을 짓기 위해 매번 홍보팀을 찾아왔던 차 실장이었다.

그런 차 실장에게 단호한 태도로 '안 된다' 혹은 '민철은 우리 쪽으로 데려올 것이다' 라고 말할 수도 있었을 것이다.

왜냐하면 민철이 지원한 1지망은 홍보팀이었으니까 말이다.

그러나 구 부장은 절대적으로 유리한 위치를 차지한 상태에서 가장 현명한 방법을 택한 것이다.

바로 싸우지 않는 방법을.

게다가 민철이 태연스럽게 거짓말을 하면서 카페로 들어오는 모습을 그대로 잘 받아줬다.

만약 그 자리에서 아무것도 모른 채 구 부장이 '무슨 헛소리를 하는 거냐?'라는 말을 했다면, 상대방이 민철의 등장에 조금이라도 수상함을 느꼈을 것이다.

그렇다면 자연스럽게 민철이 들고 온 서류 봉투의 존재를 유감없이 눈여겨봤을 테고 말이다.

'눈치가 진짜 좋은 사람이군.'

괜히 대기업에서 부장의 자리까지 오른 게 아니다.

분명 살아남을 수 있는 방법이 있었기에 가능한 일일 터이다.

황 부장에게는 영업 능력.

그리고 구 부장에게는 바로 '눈치'가 그 포인트가 아닐까 싶다.

"이미 태봉이 녀석이 자신이 실수했다고 자각한 시점부터 내가 혼낼 틈은 없어진 거야. 스스로가 잘 반성하고 있겠지. 태봉이 녀석이 실수는 많이 저질러도 자기반성은 잘하거든."

"계속 반복되는 실수가 나오는데 자기반성이 잘된다고 보시는 겁니까?"

"실수가 나오는 것과 자기반성은 다른 의미야. 인간인 이상 실수는 반드시 하게 되어 있지. 그저 횟수 차이일 뿐이야. 민철이 너도 완벽해 보이긴 하지만 분명 실수 한두 번 정도는 했을 거 아니냐?"

"…예, 맞습니다."

"그런 이치야. 그저 횟수의 차이일 뿐, 실수는 누구나 할 수 있어. 이제 거기서 반성을 하느냐 못 하느냐의 차이점이지. 생각을 해봐. 어차피 실수를 저지르는 놈이 있어. 그럼 그 녀석에게 무작정 혼을 내겠나, 아니면 그냥 좋게 좋게 넘어가는 게 좋겠나?"

"어차피 실수를 많이 하는 것을 알기에 좋은 말로 넘어간다는 뜻이군요."

"물론 좋지 않은 대응이겠지. 그래서 유 실장이 그 혼내는 역할을 떠맡고 있는 거야. 거기서 나까지 뭐라고 하면, 태봉은 진짜 매번 출근할 때마다 죽을 인상을 하고 출근할걸?"

게을러 보이는 인상이었지만, 알게 모르게 부하 직원을 많이 생각하고 있던 것이다.

그렇다고 구 부장 스타일이 이상적인 직장 상사의 모습이라고는 할 수 없다.

결국 제각각 스타일이라는 게 있는 법이다.

그리고 그 스타일에 따라 각 팀의 분위기가 달라진다.

"자~ 기왕 모처럼 나왔으니 뭐 맛있는 거라도 먹고 갈까?"

"아직 저녁까지는 멀었습니다만."

"멍청아. 외근을 나왔는데 입가심이라도 해야지. 모처럼 지결로 올릴 수 있는 찬스인데 그냥 들어가면 섭하지 않겠냐?"

역시 눈치왕 구 부장.

자신이 이득을 챙길 때가 오면 확실하게 챙기고 넘어간다.

'이 점은 나쁘진 않군.'

민철도 마침 능청스럽게 거짓 연기를 하느라, 그리고 오랜만에 다수의 마법을 발동하느라 입이 심심하던 찰나였다.

보답으로 맛있는 거라도 먹지 않으면 조금 섭섭해질 정도였으니 말 다한 셈이다.

"죄송합니다, 구 부장님!"

태봉이 허리를 숙이며 구 부장에게 정식으로 사과한다.

자신이 계약서를 잘못 전달한 일.

그리고 그 일 덕분에 민철과 구 부장이 진땀을 뺐다는 일 또한 잘 알고 있기에 이렇게 먼저 나서서 사과를 하는 것이다.

태봉을 지그시 내려다보던 구 부장.

이윽고 태봉의 머리 위에 무언가를 툭 올려놓는다.

"이건……."

"아, 그대로 있어라. 손만 머리 위로 올리고 받아 드는 게 좋을 거야. 왜냐하면 네녀석 머리 위에 올린 게 고체가 아니라 액체가 담긴 컵이거든."

"……."

"커피로 세수를 하고 싶지 않으면 내 말에 따르는 게 좋을 거다."

그렇게 말하며 다시 제 자리로 돌아가는 구 부장이었다.

태봉은 손으로 자신의 머리 위에 올려진 테이크아웃 전용 커피 잔을 받아든다.

여름에 어울리는 시원한 커피가 담겨 있었다.

태봉을 지나치며 자신의 자리로 향하던 민철이 빙그레 웃으며 말한다.

"냉커피 마시고 정신 차리라는 의미가 아닐까요?"

"……."

"적어도 전 그렇게 생각합니다."

구 부장의 스타일은 태봉도 익히 잘 알고 있다.

유 실장과는 달라서 크게 뭐라고 목소리를 높이지 않는다.

대신, 이런 식으로 사소한 수단을 이용해 오히려 위로를 해준다.

분명 본인 때문에 피해를 봤음에도 불구하고 구 부장은 늘상 이래왔다.

서 대리가 실수를 했을 때에도.

그리고 강태봉이 실수를 했을 때에도.

뿐만 아니라 홍보팀 전원이 모든 실수를 한 번씩 저질러도 구 부장은 그저 말없이 이렇게 장난식으로 그들을 위로해 왔다.

눈치왕 구 부장.

하지만 그 이면에 담겨진 따스함을 알아차릴 수 있는 사람은 과연 몇이나 될까.

'신기한 사람이야.'

자신의 책상으로 돌아와 앉은 민철은 구 부장에게서 받은 고급스러운 냉커피 한 모금을 들이켠다.

그러는 와중에 눈치 없는 사람도 반드시 있게 마련이다.

"어? 제 거는 없습니까?"

대민의 눈치 없는 끼어듦.

그것 때문에 살짝 열이 받은 모양인지 서 대리가 목소리를 높이며 쓴소리를 내뱉는다.

"…대민 씨는 입 좀 다무세요."

"그치만 저도 커피 좋아하는데……."

"어휴, 정말."

서 대리가 자신의 관자놀이를 지그시 누르기 시작한다.

눈치가 없는 것인지, 아니면 멍청한 것인지.

서 대리의 입장에서는 오히려 구 부장을 대신해 대민에게 뭐라 큰소리를 내고 싶었지만, 그러지도 못하고 그저 참을 뿐이었다.

'하긴, 눈치 없는 사람도 한 명씩 꼭 있는 법이지.'

다양한 사람들이 있기에 회사라는 곳이 재미있다.

물론 충돌도 많이 일어나긴 하지만, 똑같은 인성과 인격을 지닌 사람이 모인 장소면 재미가 없을 것이다.

경영지원팀에 근무하고 있는 한예지.

그녀는 23살이라는 어린 나이에 청진그룹에서 특채로 입사해 민철의 동기들보다도 한두 달 빠른 경력을 지니고 있었다.

젊음과 동시에 아리따운 외모를 소유하고 있는 여성 직원.

그러나 때로는 이런 외형이 도움이 되지 않을 때가 있다.

"예지 씨, 오늘 혹시 시간 돼?"

남자 사원 한 명이 슬쩍 예지에게 다가와 한가한지에 대한 여부를 묻는다.

이 남자 사원 또한 예지에게 호감을 가지고 있는 남자 중 한 명이다.

그렇기 때문에 예지가 들려줄 수 있는 대답은 하나뿐.

"죄송해요. 오늘 친구랑 같이 영화 보러 가기로 해서……."

"그, 그렇다면 어쩔 수 없지. 어흠."

이런 식으로 다른 핑계를 대면서 남자들의 대쉬를 거절해 온 예지였다.

여자만 있는 부서로 옮겨가고 싶다는 생각도 가져 봤지만, 사실 그런 부서는 없다.

남자가 딱히 싫은 건 아니지만, 치근덕거리는 남자는 싫어할 수밖에 없지 않은가.

그럼에도 불구하고 최근 예지가 호감을 가지게 된 남자가 있었다.

'이민철 씨라…….'

한경배 회장에게서 입에 침이 마르도록 들었던 그 남자.

직접 만났을 때는 그저 술을 잘하는 남자라는 인상밖에 들지 않았다.

'분명 내가 모르는 능력이 숨겨져 있을 거야. 그렇지 않고선 할아버지가 그렇게 칭찬했을 리가 없어.'

그렇게 생각한 예지가 작은 결심을 품게 된다.

'내가 직접 알아보는 거야. 이민철이라는 사람에 대해서.'

제4장

아부의 정석

일요일 저녁.

카페 머메이드 대표의 딸, 이체린은 어느 한 스테이크 가게에서 민철을 보며 이렇게 말하게 된다.

"아버지가 어느 정도 흡족해하시는 눈치였어."

"무엇을?"

"민철 씨가 얼마 전에 아무런 수고도 없이 거의 공짜로 미논에 배너를 달아주게 해준 일에 대해서."

"흐음, 생각해 보니 그런 일도 있었지."

미디엄으로 익혀져 있는 스테이크를 자르던 민철이 예전에 미논과의 담판이 떠오른 모양인지 고개를 끄덕인다.

"설마 잊고 있었어?"

"나에게는 별로 중요한 일이 아니었으니까."

"웬만한 영업 사원도 하기 힘든 일을, 그것도 타 회사 사람이 아무렇지도 않게 해냈으면서 그게 별로 중요한 일도 아니라니… 우리 측 영업팀이 들었다면 엄청 화냈을 거야."

"미논이 머메이드는 싫어하기라도 했나 보군."

"싫어했다기보다는 우리 같은 신생 브랜드는 배너를 잘 안 걸어주려고 했던 시기였으니까. 생각해 봐. 그때 당시에 경쟁 기업이 어마어마했다고. 물론 포털 사이트 순위로 따지면 만년 2위지만, 까메오톡과의 합병 소문이 점점 일반인들에게 공식화가 되면서 그 홍보 효과는 어마어마했으니까."

"그렇구만."

이야기가 어떻게 흘러가게 되었는지 모르지만, 결국 미논은 까메오톡과 합병을 결정하게 되었다.

까메오톡도 아마 예상은 못 했을 것이다.

간보기로 포털 사이트 1위와의 눈치 게임을 하고 있었지만, 강경하게 나오는 상대방의 태도에 열이 받은 것인지는 몰라도 결국 미논과 손을 잡기로 했으니 말이다.

한쪽은 포털 사이트를 가지고 있고, 한쪽은 스마트폰 메신저를 가지고 있다.

분명 서로가 서로의 부족한 점을 완벽하게 채워주리라.

"미논은 말 그대로 축제 분위기겠군."

"그런 셈이겠지."

체린도 그거는 쉽게 예상할 수 있다는 듯이 스테이크 한 조각을 잘라 입안에 넣는다.

이들의 합병 소식이 거의 확정화되기 전에 민철은 한 팀장과의 담판을 통해서 청진전자 제품과 동시에 머메이드 이벤트 배너를 넣는 데에 성공했다.

만약 그 시기가 조금이라도 늦었다면?

'낭패를 보는 건 내 쪽이었겠지.'

제아무리 민철이 말을 잘한다 하더라도 결국은 타이밍 싸움이다.

주변에서 원하는 그대로 상황이 흘러가 줘야 그 상황을 역으로 이용하고 자신의 무기로 사용할 수 있다.

화술이라는 건 결국 그런 것이다.

단독 플레이가 아닌 멀티 플레이.

화술에 더해서 다수의 복합적인 상황을 어떻게든 자신의 장점으로 소화해야 더더욱 큰 위력을 발휘할 수 있는 법이다.

"어쨌든 수고했어. 실질적으로 이벤트가 배너에 오른 덕분에 매출도 크게 상승했고, 그보다 중요한 것은 우리 카페의 브랜드를 널리 알리는 데에 성공했다는 점이니까."

"축하해."

"민철 씨가 해낸 일이야. 우리는 아무것도 하지 않았어."

"다음에 아버님을 보면 유도로 대신 인사해 주시진 않겠군."

민철이 장난스럽게 웃으며 말하자 체린이 가볍게 한숨을 내쉰다.

"뭐, 그러겠지. 우리 아빠도 능력 있는 남자는 싫어하는 편도 아니니까. 그리고 무엇보다도 아빠는 나를 많이 아껴주는 남자를 좋아하거든."

"그 자격 요건이라면 좀 난감한데."

"…때릴 거야."

"하하하. 미안, 농담이야."

체린이 살짝 한쪽 눈썹을 추켜올리며 귀여운 협박을 던진다.

말로는 장난이라고 한 민철이지만, 체린은 앞으로 민철의 여자 관계를 더더욱 세심하게 체크할 필요가 있다고 다짐을 하게 된다.

아침에 일어나자마자 민철은 심하게 고민을 하게 되었다.

바로 출근길 방식을 놓고 어느 것을 선택할지 쉽사리 정하지를 못하게 된 것이다.

순간이동 방식과 지하철 방식.

물론 시간은 아직 충분하다.

그러나 민철은 지하철이라는 게 영 마음에 들지 않는다.

"좁은 공간에 인간들이 그렇게 빼곡하게 빈틈을 비집고 들어가서 출근을 한다는 건… 개인적으로 취향이 아니긴 한데."

그렇다고 너무 마법에 의존하게 되면 이 시대 문명에 적응하는 것도 오래 걸릴지 모른다.

지하철이라는 운송 수단 자체를 싫어하는 건 아니지만, 그렇다고 지하철 출근 하나만을 고집하는 것도 별로다.

바로 그때, 아침부터 민철에게 연락을 해오는 사람이 있었다.

"누구지?"

요란하게 울리는 스마트폰을 집어 들어 통화 버튼을 누른다.

"여보세……."

─민철 씨! 저 김대민입니다!

"대민 씨군요. 무슨 일이십니까?"

—혹시 오늘 민철 씨 차로 출근하면 안 될까요? 저희 집도 민철 씨 집에서 멀지 않으니까 금방 오실 수 있을 겁니다!

"저야 상관은 없지만… 무슨 일입니까?"

—그게 말이죠…….

대민이 우물쭈물하다가 머쓱하게 대답을 들려준다.

—동생들 운동회라고 해서 아침부터 김밥 말아주고 있거든요. 정신이 없는지라 거의 아슬아슬하게 출근하거나 재수 없으면 지각할 거 같아서요.

"그렇군요. 그런 이유에서라면 언제든지 협력해 드리겠습니다."

—정말 죄송합니다! 이 은혜는 나중에 술로 보답하겠습니다요!

알았다는 식으로 답변을 들려준 뒤 통화 종료 버튼을 누른 민철.

"어쩔 수 없군."

오늘은 자가 차량으로 출근한다.

타의에 의해서 결정된 감이 없지 않아 있지만, 그래도 둘 사이를 놓고 계속해서 고민하는 것보다는 나으리라.

그렇게 결정한 민철이 차 키를 챙기기 시작한다.

대민의 집에는 한 번도 가본 적이 없다.

문자 메시지로 보내준 주소를 네비게이터에 입력해서 찾아오긴 했지만, 민철은 자신의 눈을 의심할 수밖에 없었다.

'가난한 동네군.'

대민의 가정 사정이 어느 정도인지는 대략 들어서 알고 있다.

그러나 말로 접한 것과 직접 눈으로 확인해 보는 건 엄연히 많은 차이점을 깨닫게 해준다.

"자자, 후딱 가자!"

대민이 어린 동생들을 보내는 모습이 눈에 들어온다.

거대한 덩치에 어울리지 않는 앞치마 차림.

그러나 저렇게까지 가족을 위해 헌신하는 장남도 드물 것이다.

"대민 씨."

"어?! 민철 씨! 일찍 오셨네요."

대민이 순간 당황을 하지만, 이내 자신의 동생들에게 민철을 가리키며 말한다.

"자, 인사해야지. 민철이 삼촌이다."

"안녕하세요~"

꾸벅.

꼬마 아이들이 인사를 하자, 민철이 속으로 쓴웃음을 지으며 손을 흔들어준다.

삼촌이라니.

'아직 난 젊다고.'

동생들을 학교에 보낸 대민이 한숨을 쉬며 정장으로 옷을 갈아입고 나온다.

민철의 차에 탑승헌 대민을 바라보며 아까 문득 든 질문을 던진다.

"동생들치고는 나이가 꽤 어린 편이더군요."

"저희가 형제가 좀 많거든요. 그 애들은 거의 막내 급입니다."

"몇 명이나 되죠?"

"대략… 9명 정도 되나요."

"그렇군요."

가난할 만도 하다.

요즘 시대에 9명이나 되는 형제자매 집안은 찾아보기 매우 힘들다. 5명도 찾기 힘든 와중에 9명이라니.

"그래도 옹기종기 모여서 잘 살고 있습니다, 하하. 제가 돈을 많이 벌어야 부모님에게 조금이라도 보탬이 될 테니까요."

"좋군요, 그런 마인드. 요즘 시대 젊은이답지 않은 사상입니다."

"하하하. 민철 씨도 그 요즘 시대 젊은이에 포함되는 나이 대 아닙니까?"

"…그렇긴 하죠."

민철은 물론 포함되지만, 레이폰 더 데스사이드는 어떨까.

환갑을 넘긴 나이였다는 과거의 자신이 때로는 가끔 잊힐 정도로 현재 시대에 무서울 정도로 빠르게 적응되고 있었다.

더불어 20대라는 나이에도 이제는 별로 어려움 없이 행동하게 되었다.

가끔은 예전엔 나이에 맞지 않게 늙은이라는 소리를 주변에서, 특히나 혜진이가 많이 했지만 요즘은 그런 소리도 덜 듣는 편이다.

'인간이란 적응하는 생물이니까.'

그런 생각을 하며 차를 몰기 시작하는 민철이었다.

주차장에서 나온 이들.

지하 주차장에서 엘리베이터를 타기 위해 발걸음을 옮기던 중, 누군가가 이들에게 익숙하게 말을 걸어온다.

"민철 씨! 대민 씨!"

손을 흔들며 다가오는 한 남성.

이름은 서수준 주임, 경영지원 팀에서 일하고 있는 사람이다.

"오늘은 자가 차량으로 출근하셨군요."

"그렇게 되었습니다. 대민 씨가 개인적인 일 때문에 출근을 못 할 뻔했거든요."

아침 인사 겸 가벼운 조크로 던지는 민철의 말에 서 주임이 너털웃음을 터뜨린다.

"저런, 곤란한 상황이었군요. 그래도 동기 좋다는 게 뭐겠습니까? 이럴 때 서로 돕고 사는 게 좋죠."

"그러게 말입니다. 민철 씨 없었으면 큰일 날 뻔했다니까요."

"하하하, 그럼 오늘도 좋은 회사 생활 되시길."

기운찬 인사와 함께 계단으로 올라가는 서 주임이었다.

경영지원팀은 그리 높지 않은 곳에 위치해 있기에 저런 식으로 계단을 통해 올라가면 그만이다.

"아침부터 서 주임을 만나게 될 줄은 몰랐네요."

"그러게요."

그는 나쁜 사람은 아니다.

저런 식으로 말도 잘하고, 그리고 주변인들에게 활기찬 기운을 불어넣어 주는 사람이라는 평가가 자자하다.

신입 사원에 불과한 민철과 대민이 서 주임을 알게 된 것은 엘리베이터를 타면서 오가며 자주 얼굴을 보는 사이였기 때문이다.

물론 서 주임이 일하고 있는 경영지원팀은 고층에 위치한 게 아니라서 엘리베이터가 아닌 계단을 이용하는 게 대다수지만, 경영지원팀인지라 인사팀과 더불어 다른 팀에 찾아가 해결해야 할 용무가 비교적 많은 편이다.

다른 부서로 이동을 할 경우에는 경영지원팀도 엘리베이터를 이용해야 하기에 이렇게 민철과 대민도 오가며 안면 정도는 트고 있는 관계를 유지하게 되었다.

"도착했군요."

엘리베이터가 지하에 도착하자 자연스럽게 민철과 대민이 엘리베이터에 탑승한다.

점점 올라가는 층수.

1층에 도착하자, 또다시 익숙한 인물과 마주하게 되었다.

"아⋯⋯."

짧은 감탄사를 내뱉은 젊은 여성, 한예지가 민철과 마주하게 된 것이다.

"안녕하세요."

"아, 안녕하세요."

꾸벅.

머리를 숙이며 부자연스러운 모습을 엘리베이터에 탑승한 예지.

그녀도 경영지원팀이지만, 여성들은 남성들과 다르게 간혹 엘리베이터를 이용할 때가 있다.

아무래도 굽이 높은 구두를 착용한 경우에는 계단이 위험 요소가 될 수도 있었기 때문이다.

"출근하시는 길이신가요?"

"네. 민철 씨도요?"

"보시다시피요."

"일찍 오시네요."

"막내의 운명이죠."

민철이 서 주임과 마찬가지로 농담식으로 가볍게 말을 던진다.

그러나 예지는 민철의 하나하나를 꼼꼼하게 기억할 모양인지 고개를 끄덕이면서 혼잣말을 중얼거린다.

"막내의 마음가짐……."

"그렇게까지 신경 쓰지 않으셔도 됩니다. 막내라고 해도 다 같은 막내는 아니니까요."

"아니에요. 저도 빠르게 입사했다 하더라도 고작해야 한두 달 차이인걸요. 거기서 거기에요."

"그래도 선배는 선배니까요."

"선배라니… 괜찮아요. 동기라고 생각해 주세요. 실제로 동기 모임에도 초청받았는걸요."

"그럼 부담 없이 그렇게 생각하도록 하겠습니다."

민철은 예지의 정체를 알고 있다.

한경배 회장의 손녀딸.

그러나 짐짓 모르는 척 연기를 하면서 동시에 최대한 예지와 대화를 나눠본다.

회장의 손녀딸이라 한다면 민철로서는 서로 알아둬도 결코 손해는 아니었기 때문이다.

*　　*　　*

사무실로 돌아온 한예지.

업무 일지를 작성하고 있는 와중에, 서수준 주임이 들어와 아침부터 그의 특기를 시전한다.

"부장님, 여기 아메리카노 가져왔습니다."

"어이쿠, 뭘 이런 걸 다 사 왔어?"

아침부터 카페에서 사온 아메리카노 한 잔을 책상 위에 슬며시 놓으며 말하는 서수준 주임.

"제가 부장님을 위해서 특별히 준비한 겁니다. 신경 쓰지 마세요."

"하하, 이 친구가 참."

멀찌감치서 서 주임의 모습을 바라보던 예지가 나지막이 힌숨을 내쉰다.

서수준 주임.

그는 경영지원팀 내에서도 '아부의 왕' 이라고 불린다.

경영지원팀 부장뿐만 아니라 자신보다 직급이 높은 사람들이라면 타 부서를 가리지 않고 저렇게 눈에 확 드러나는 아부를 선보인다.

물론 그렇다고 저게 나쁘다는 의미는 아니다.

저 사람 나름의 사회생활이라는 의미니까 말이다.

"아, 민철 씨."

서미나 대리가 민철을 호출한다.

책상에서 업무를 보고 있던 민철이 자리에서 일어나 그녀에게 다가간다.

"무슨 일이십니까? 서 대리님."

"잠깐 경영지원팀에 다녀올 수 있어요?"

"경영지원팀 말입니까?"

"네. 사무 용품이 슬슬 바닥이 나서요. 민철 씨하고 대민 씨가 한꺼번에 들어와서 사무실 내에 있는 사무 용품은 최대한 끌어와서 두 분에게 드렸거든요. 공용 사무 용품이 슬슬 바닥을 보이는 거 같아서 그것 좀 확인하고 신청해 줬으면 해요."

물론 이런 업무는 전화상으로도 충분히 가능하다.

그러나 가급적이면 직접 경영지원팀에 가서 어떤 식으로 비품 신청을 하는지 등 몸으로 체험하는 편이 좋다고 생각한 서 대리의 신입 교육 방침이기도 하다.

"그렇군요. 알겠습니다."

"아, 그리고……."

뭔가 생각이 난 모양인지 이번에는 대민을 호출한다.

"대민 씨도 민철 씨랑 같이 갔다 오세요."

"명령을 받들겠습니다!!"

상당히 거창하게 대답하는 대민의 태도에 서 대리의 미간이 살짝 찡그려진다.

"괜히 오버하지 말고 후딱 갔다 오기나 하세요."

"네!"

기운찬 대답이 대민의 트레이드마크다.

아침부터 동생들의 김밥을 싸주던 상냥한 오빠, 형의 이미지와 어떤 의미로는 언밸런스하다고 볼 수 있다.

'역시 개성 있는 캐릭터란 말이야.'

민철은 그렇게 칭찬인지 아니면 욕인지 모를 미묘한 평가를 내리며 대민을 이끌고 사무실 바깥으로 나간다.

경영지원팀 앞.

경영지원팀 사무실은 처음 방문해 보는 두 사람에게 있어서 상당히 낯선 체험임에는 분명하다.

그러나 타 사무실에 오가는 일은 종종 있는 일이다.

게다가 직접 방문해야 하는 일은 중요한 업무 아니면 막내가 주로 담당하는 일 아니겠는가.

"경영지원팀 위치도 잘 알아두는 게 좋을 겁니다, 대민 씨."

"중요한 이유가 있나요?"

"타 부서를 오가는 그런 잡일은 막내가 많이 하는 일이니까요. 경영지원팀, 그리고 인사팀의 위치 정도는 알아두는 편이 괜찮겠죠. 그래야 나중에 헤매지 않고 곧장 찾을 수 있을 겁니다."

"흐음… 그렇군요."

역시 이민철이라고 해야 할까.

사소한 심부름 하나하나에 커다란 의미를 부여하고, 중요성을 강조한다.

띵동!

사무실 방문 시 누르는 벨을 터치하자, 사무실 문이 자동으로 열린다.

자연스럽게 안으로 들어서자, 그곳에는 역시 홍보팀과 다르지 않게 다수의 샐러리맨들이 넥타이를 휘날리면서 여기저기 뛰어다니고 있었다.

전쟁터.

현대 사회의 전쟁터라 불리는 회사의 사무실이 눈앞에 펼쳐지고 있었다.

"여기도 저희랑 별반 다를 게 없네요."

"뭐, 그렇죠."

어깨를 으쓱이며 대민의 말을 받아준 민철.

입구 가장 근처에 있던 예지가 이 둘을 발견한다.

"민철 씨?!"

"안녕하세요, 예지 씨. 비품 신청하려고 왔습니다."

"굳이 사무실까지 직접 찾아오지 않으셔도 되는데… 메신저라든지 전화로도 괜찮아요."

"나중에 혹시 몰라서 이렇게 안면이라도 익혀두려고요. 비품 신청은 어느 분한테 하면 됩니까?"

"잠시만요. 서 주임님!"

예지가 책상에서 손가락에 불이 나도록 키보드를 두드리고 있던 서수준을 부른다.

서 주임이 살짝 고개를 위로 추켜올리며 예지를 바라본다.

"무슨 일이야? 예지 씨."

"비품 신청하러 오신 분들이에요. 홍보팀의……."

"아, 민철 씨하고 대민 씨네. 이쪽으로 와요."

아침에도 만난 사이인지라 금방 누군지 알아보는 서 주임이었다.

서 주임이 앉아 있는 책상으로 다가가는 민철과 대민.

그러자 서 주임이 종이 한 장을 내민다.

"필요한 비품 목록과 수량을 적어주면 됩니다. 아, 신청인하고 부서도 적어주세요."

"예, 잠시만요."

민철이 신청서를 작성하는 와중에.

서 주임이 순간 경영지원팀 과장이 사무실로 뒤늦게 출근하는 장면을 목격한다.

"과장님! 오늘 머리 손 좀 보셨습니까?!"

"음? 자네 무슨 소리를 하는 겐가. 평소랑 똑같은데?"

한눈에 봐도 머리를 대충 감고 출근해 보인 것처럼 엉성한 더벅머리.

그러나 서 주임이 이제야 눈치챘다는 듯이 말한다.

"아, 죄송합니다. 과장님 머리스타일이 오늘 미용실 다녀온 것 같아서요. 전 순간 왁스로 머리 좀 다듬으신 줄 알았습니다. 과장님이 한 멋 좀 하시잖아요?"

"어허, 이 친구가 아침부터 사탕발림이 심하구만."

"정말입니다, 과장님. 놀랐다니까요."

"그만하라니까, 이 친구가 참."

그래도 기분은 썩 그리 나쁘진 않은 모양인지 책상으로 돌아간 과장이 자신의 머리를 한번 스윽 보기 시작한다.

나이가 좀 있지만 아직까지 노총각이기에 머리 스타일이라든지 이런 거에 한창 신경을 쓸 때다.

그런 심리를 자극하는 서 주임의 아부 능력을 보던 대민이 혀를 내두른다.

"빤히 보이는 사탕발림인데 저래도 되는 겁니까?"

"뭘 모르시는군요, 대민 씨."

구석에서 신청서를 작성하고 있던 민철이 슬쩍 서 주임을 바라본다.

그리고 다른 사람에게는 들리지 않게끔 작은 목소리를 유지하며 대민에게 친절하게 자신의 의견을 들려준다.

"칭찬이라는 건 말입니다, 보이는 사탕발림이든 아니든 일단 사람의 기분을 무조건 좋게 만들어주는 효과가 있어요. 생각을 해보세요. 대민 씨는 누군가에게 칭찬을 받으면 기분이 좋습니까? 아니면 나쁩니까?"

"그야 예 아니오로 대답한다면… 당연히 예 아니겠습니까?"

"그 말 그대로예요. 사탕발림이라는 말에 왜 사탕이라는 단어가 붙냐면, 말 그대로 달콤하기 때문입니다. 칭찬은 사람의 마음을 움직입니다. 비록 미약할지는 모르지만, 그 사탕발림이 점점 마음속에 쌓여가 나중에는 그 사람의 이미지를 좋게 만들죠."

"그런데 저건 아부잖아요. 빤히 보이는 아부라도 괜찮은 건가요?"

"사회생활일지도 모릅니다."

아부가 반드시 좋다고는 할 수 없다.

윗사람에게 잘 보이기 위해서 자기 자신을 낮추고 무작정 칭찬에 임하는 그 태도를 좋게 보는 사람은 별로 없기 때문이다.

그렇다 하더라도 효과는 있다.

제3자에게는 눈꼴시겠지만, 노리고자 하는 아부의 대상은 기분이 좋아진다.

그것 하나만으로도 아부의 가치는 충분하지 않을까.

"으음……."

대민은 사실 성격상, 그리고 말재간도 없기에 아부라는 걸 생각하지 못했다.

상급자에게 사탕발림과 아부를 떤다.

그런 자신의 모습이 상상이 안 되기 때문이었다.

"민철 씨도 충분히 할 수 있지 않습니까?"

"물론이죠. 그리고 전 서 주임님보다 더 잘할 수 있습니다."

"그런데 왜 굳이 하지 않나요?"

"말씀드렸죠? 아부는 장단점이 있다고. 제3자에게는 아니꼽게 보인다는 단점을 잊으셨습니까?"

"아……."

"눈에 보이지 않는 아부. 제가 평소에 어떤 걸 하는지 생각해 보세요."

민철은 출근하면 각자 사무실 직원들의 취향에 맞게끔 모닝 커피를 대접한다.

특정 누군가에게 홀로 커피를 대접하는 게 아니라 사무실 전원에게 커피를 돌리는 것이다.

"아부라는 건 대상자의 기분을 좋게 만드는 일입니다. 그렇다면 제3자까지 대상자로 만들면 되는 거 아니겠습니까?"

"과연 민철 씨……."

민철은 아부의 대상자뿐만이 아니라 제3자들 역시 아부의 대상으로 포함시키는 행동을 일삼는다.

적을 만들지 않는다.

그게 바로 민철의 생활 모토다.

"대민 씨도 나중에는 아부가 필요할 때가 올 겁니다. 상관에게 잘 보여야 하는 것은 부하 직원으로서의 운명이니까요."

"…제가 할 수 있을지 모르겠네요."

한숨을 쉬는 대민.

그때, 서 주임이 두 사람에게 다가온다.

"좋은 이야기를 하고 있군요."

두 사람의 대화를 어느 순간부터 듣고 있었던 서 주임.

민철은 중간에 서 주임이 자신들의 대화에 귀를 기울이고 있음을 눈치채고 있었다.

그러나 어차피 이들의 말소리가 들린다 해도 딱히 이들에게 피해가 가는 일은 없다.

그렇게 생각했기에 굳이 민철은 대화가 새어 나가는 걸 만류하지 않은 것이다.

"잠시 커피라도 한잔할까요?"

"네."

신청서를 건네받은 서 주임이 자신의 책상 위에 신청서를 내려놓고 이들과 같이 휴게실로 향한다.

"아부라… 사실 자존심도 상하고, 내가 왜 이 사람에게 이렇게까지 충성을 해야 하는지도 애매한 행동이죠."

서 주임의 말에 대민이 놀란 표정을 지어 보인다.

"그럼에도 불구하고 아부를 하는 이유가 무엇인가요? 전 서 주임님이 정말로 부장님이 좋아서 그러는 줄⋯⋯."

"아니요. 사실 전 부장님을 엄청 싫어합니다."

이것도 조금은 놀랄 만한 이야기였다.

과거 생각을 하듯 서 주임이 옛 기억을 떠올리기 시작한다.

"제가 신입 시절 때 엄청 갈구신 분이 바로 부장님이거든요. 저도 사람인지라 싫은 소리를 계속 듣게 되면 자연스럽게 그 사람을 싫어하게 됩니다. 그게 사람의 본성이니까요."

"하긴⋯⋯."

"그래도 전 어떻게 해서든 부장님에게 바보처럼 헤헤거리면서 아부하는 태도를 취해왔습니다. 부장님의 단점이면서도 싫어하는 점을 100가지 대보라고 한다면 다 말할 수 있을 정도로 싫은 사람이지만요."

"그렇다면 그렇게 필사적으로 사탕발림을 하는 이유가 뭔가요? 굳이 그렇게까지 할 이유는⋯⋯."

대민의 말에 서 주임이 단적으로 답변을 들려준다.

"잘리면 안 되니까요."

"⋯⋯."

"저는 말이죠, 결혼을 일찍 했습니다. 슬하에 자식이 벌써 2명이 있죠. 귀여운 내 새끼들이 집에서 먹을 거 달라고 하는데 어찌 회사에서 가만히 있겠습니까? 어떻게든 살아남고 싶습니다. 대기업인 청진그룹에 입사했는데, 젊은 나이에 꼴사납게 잘리고 싶진 않으니까요. 그래서 필사적으로 아부의 길을 택했습니다. 부장님도 처음에는 막 뭐라고 했지만, 그래도 아부 효과가 좀 있는 모양인지 주임 지위를 달게 되면서부터는 별말씀을 안 하시더라고요."

"……"

"결국 생존을 위해서입니다. 대민 씨도 동생들이 많다고 들었습니다만."

"…네……"

"결국 제가 책임져야 하는 소중한 사람이 있다면, 설령 자존심을 다 버리고서라도 알량한 아부를 부리게 됩니다. 먹고살아야 하니까요."

아부의 길.

생존의 방법.

잘리지 않기 위한 회사원의 비애.

그게 바로 현대 사회에서 살아남는 방법 중 하나일지도 모른다.

"암울한 이야기를 했네요. 두 분은 젊으시니까 부디 저처럼 살지 않기를 기원합니다."

그렇게 말하며 다시 사무실로 돌아가는 서 주임의 뒷모습은 그 어느 때보다도 약해 보였다.

제5장

을(乙)의 생존방식

청진그룹에서 일할 때 좋은 점이 있다면 우선 '월급이 많다'라는 점일 것이다.

그 덕분에 청진그룹 입사를 노리는 사람들이 많이 있긴 하지만, 사실 입사하기 어렵다는 점 때문에 사람들은 입사 경쟁에 시달리게 된다.

특히나 본사 입사는 말 그대로 엘리트 중에서도 엘리트만 입사할 수 있다 해도 과언이 아니다.

각종 언론에서 본사 입사에 대해 현장 중계를 할 정도면 말 다한 셈이다.

웬만한 고시 합격보다도 어렵다는 본사 합격.

그 본사 합격을 통해 민철은 예상외의 호강을 누리고 있었다.

"이쪽입니다."

"하하, 이거 참……."

유 실장을 따라 본의 아니게 거래처와의 미팅을 가지게 된 민철.

본래는 서 대리도 같이 와야 했으나, 서 대리는 실무적인 면으로 바쁜 업무가 생긴지라 같이 참석하지 못하게 되었다.

대민도 같이 오면 참 좋았을 터인데, 서 대리의 보조 역할을 맡아야 할 사람이 필요한지라 대민도 사무실에 남는 선택을 했다.

그 덕분에 민철만이 유 실장과 같이 하청 업체 대표와의 만남을 가지게 된 것이다.

판촉물 제작 의뢰를 따내기 위한 자리.

협상 테이블에서도 엄연히 갑과 을의 지위가 정해진다.

청진그룹 홍보팀에서 나온 유 실장과 민철은 갑의 지위를, 그리고 판촉물 제작 의뢰를 따내려는 상대방의 입장은 을의 지위를 자연스럽게 가지게 된다.

이 점은 외근 경험이 많은 유 실장도 잘 알고 있다.

그래서 딱히 거래처 대표의 호의를 거절하지 않고 2차를 오게 되었다.

"여기입니다. 어이, 정 마담!"

"지금 가요~"

미래산업을 대표해서 나온 최만수 이사가 정 마담을 부르자, 타이트한 원피스 차림의 중년 여성이 이들에게 다가온다.

"어머, 어서 오세요! 최 이사님, 오늘 중요한 거래 자리 있으신가 보네!"

"맞아. 그러니까 좋은 애들로 좀 데려와 봐. 우리 유 실장님 취향에 맞게 말이야."

"어떤 취향인데요? 애들 쫙 대기하고 있으니까 말씀만 해보세요."

도리어 질문을 받게 된 유 실장이 난감하다는 표정을 지어 보이다가 슬쩍 민철에게 말을 돌린다.

"민철아, 너는 어떤 여자가 좋냐?"

"저야 뭐……."

체린이 있어서 가급적이면 여자와 엮이는 문제는 거절하고 싶지만, 지금 이 자리에서 민철이 그런 태도를 취할 수는 없다.

괜히 분위기를 망치는 것도 그렇고, 은근히 여자를 좋아하는 유 실장에게 간접적으로 반기를 드는 거 같은 행동은 최대한 자제한다.

최 이사와 이민철, 그리고 유 실장.

이 3명을 놓고 보자면 갑 중에서도 갑은 바로 유 실장이다.

"따로 선호하는 취향은 없으니까요. 괜히 우리 최 이사님 부담스럽게. 하하."

유 실장이 멋쩍은 듯 웃으면서 말을 둘러대기 시작한다.

대놓고 바라는 티는 내지 않는다.

하지만 거부하지도 않는다.

최 이사가 살짝 눈치를 주자, 정 마담이 고개를 끄덕이며 발걸음을 재촉한다.

"안내하겠습니다."

젊은 여성이 이들을 다른 방으로 안내한다.

노래방 기기 시설이 갖춰져 있는 제법 큰 방.

위에 차례로 여직원들이 각종 고급스러운 술과 안주들을 올려놓기 시작한다.

"오늘 최 이사님, 무리하시는 거 아닙니까?"

"하하하! 아닙니다! 제가 유 실장님한테 잘 보여야 우리 회사 직원들이 먹고사는데요. 암, 그렇고말고요!"

"이거 참······."

난감하다는 듯이 말하는 유 실장이지만, 그의 외근 경력 중에서 이런 일은 비일비재(非一非再)했을 것이다.

적어도 민철은 그렇게 생각하고 있었다.

형식적인 거부.

하지만 그 진의는 그다지 이런 형태의 접대를 거부하지 않고 있었다.

한눈에 봐도 노출도가 제법 있는 여자 3명이 들어와 각각 남자들의 옆에 앉는다.

"처음 뵈어요. 김혜진이라고 해요."

"반갑습니다. 이민철입니다."

혜진이라 자신을 소개하는 여성이 민철의 곁에 자연스럽게 앉는다.

이름은 민철이 알고 있는 대학 후배, 류혜진과 동일하지만 몸매는 천차만별이었다.

술집에서 일하는 여자이다 보니 화장도 과하게 들어갔지만 몸매는 제법 볼만한 수준이었다.

들어갈 곳은 들어가고 나올 곳은 나오고.

무엇보다도 가슴을 강조하는 패션이다 보니 남자의 입장에서는 기뻐해야 좋을지 아니면 시선 처리를 어떻게 해야 좋을지 고민되는 순간이었다.

그래도 역시 류혜진과 이름이 비슷하다는 게 약간 미묘한 감정을 심어주고 있었다.

한편, 벌써부터 분위기를 타기 시작했는지 최 이사와 유 실장은 서로 마이크를 주고받으며 여성들과 노래를 부르기 시작한다.

1차 때부터 이미 적당한 취기가 올라왔기 때문에 초반부터 저렇게 달리기 시작하는 것이리라.

저들의 흥에 장단만 맞춰주는 식으로 적당히 처신하는 민철에게 혜진이 슬쩍 스킨십을 시도한다.

"민철 씨는 같이 안 노시나요?"

"저야 뭐, 이런 분위기는 사실 좋아하지 않거든요."

"어머, 보기와는 다르게 점잖으시네요."

"평소에도 그런 말 많이 듣습니다."

분위기를 흐리기 않게끔 최대한 그 분위기를 맞춰주는 정도만 처신하는 게 바로 민철의 처세술이기도 하다.

하지만 그와 동시에 최 이사의 기분도 이해가 된다.

그가 말했던 그대로 청진그룹 덕분에 하청 업체의 생계가 왔다 갔다 하게 되는 것이다.

이사와 실장.

계급 차이는 확실히 심하지만, 문제는 그들의 계급이 아니다.

바로 사회적인 지위다.

상대가 청진그룹에 있다는 이유만으로, 그리고 자신이 하청 업체에 있다는 이유만으로 사람은 비굴하게 변한다.

'씁쓸하군.'

알고는 있지만, 자존심 다 구기고 고개를 숙여야 함을 누가 좋아하겠는가.

그저 술을 기울일 뿐이었다.

유흥을 좋아하는 유 실장은 결국 술에 떡이 되어버린 탓에 민철이 대리 기사를 불러 그의 차와 함께 자택에로 데려다주도록 조치를 취하게 되었다.

가게 바깥으로 나온 민철.

최 이사도 살짝 취기가 올라와 있었지만, 그래도 유 실장보다는 주량이 강한 모양인지 객기를 부리진 않는다.

정 마담에게 계산을 마친 뒤 술집 바깥으로 올라온 최 이사.

"어이쿠, 민철 씨. 안 들어가셨습니까?"

"네. 방금 유 실장님 보내고 다시 오는 길이었습니다."

"이런. 택시라도 부를까요?"

"아닙니다. 저는 얼마 안 마셨으니까 제 차 타고 가겠습니다."

"허허… 그렇군요."

민철은 어차피 아무리 술을 마셔도 알코올 중화 마법을 걸면 체내에 있던 취기가 싹 사라진다.

그러나 최 이사는 다르다.

평범한 중년 남성이기에 현재 상태에서 운전을 하면 분명 위험한 상황에 돌입하게 될 것이다.

"전 조금 이따가 대리 기사가 오기로 해서……."

"그렇군요."

민철의 차도 어차피 이 주점 주차장에 주차되어 있다.

"그럼 대리 기사가 올 때까지 저도 기다렸다가 가겠습니다."

"어이쿠, 아닙니다! 빨리 들어가셔야죠. 내일도 출근하셔야될 터인데……."

"괜찮습니다. 내일은 주말이기도 하고, 저는 아직까지 별도로 많은 업무를 담당하고는 있지 않거든요."

"과연… 청진그룹은 역시 다르군요."

부러움에 가득한 시선으로 민철을 바라본다.

주 5일제를 시행하고 있는 회사는 사실 몇 안 된다.

게다가 주말까지 투자해 치열하게 살아가는 다른 중소기업에 비해 청진그룹은 훨씬 높은 연봉을 받고 대우도 좋다.

근무 환경은 말도 못 할 정도로 비할 바가 안 된다.

괜히 글로벌 대기업이라 불리는 게 아니다.

물론 그만큼 들어가는 게 어렵지만 말이다.

"저희는 내일도 출근입니다. 직원들에게는 정말 미안한 말이지만… 그래도 저희도 먹고살아야 하니까요."

"힘드시겠군요."

"그래도 어쩔 수 없죠. 저도 마음 같아서는 직원들 편하게 쉬게 하고 싶고, 그리고 돈도 많이 주고 싶습니다. 어려운 근무 환경에서도 그래도 살아보겠다는 의지 하나로 계속 회사에 충성하며 일하고 있는 사람들도 많으니까요. 제가 최대한 열심히 뛰면서 우리 직원들 먹여 살리는 수밖에 없죠."

"……."

"대기업에서 일거리 하나 떨어지면 우리 회사 직원들의 몇 개월 동안의 생계가 보장됩니다. 회사 기계가 돌아가야 돈이 나오니까요."

그래도 최 이사는 다른 중소기업 간부진들에 비해 그렇게까지 악덕은 아닌가 보다.

민철이 다른 중소기업에 취업한 적도, 그리고 직접 가서 일한 적도 없지만 심곡점에서 일할 때나 아니면 이런 식으로 하청 의뢰를 맡기러 자주 미팅 자리에 참석할 때를 보면 알 수 있었다.

사람에게서 풍기는 아우라.

그게 나쁜 아우라인지 아니면 좋은 아우라인지 민철은 어느 정도 구분이 가능하다.

달변가로서의 능력이라고 할까. 첫인상을 보는 순간 외형으로 그 사람의 성격까지 짐작하고 파악해야 한다.

그래야 원만한 대화를 이끌어갈 수 있다.

그 능력을 지니고 있는 민철이 지금까지 최 이사를 평가해 본 결과, 그렇게 나쁜 사람은 아니라는 결론이 나온다.

아니, 오히려 좋은 사람이라 할 수 있다.

"최 이사님도 고생이 많으십니다."

"하하하. 저야 뭐… 오히려 민철 씨가 고생이 많으시죠. 직장 상사 따라서 이리저리 다니면서 술자리에 참석해야 하니까요."

고생은 서로가 마찬가지로 하는 셈이다.

물론 그 입장 차이가 있을지도 모르지만 말이다.

"그럼 아무쪼록 민철 씨도 잘 부탁드리겠습니다. 유 실장님에게는 최대한 잘 보이고 있지만, 그래도 가급적이면 저희 쪽에 바람 좀 넣어주십사 하고 말이죠."

"아직까지는 그래도 영향력 없는 신인이기는 하지만, 저도 최대한 최 이사님에게 득이 될 수 있게끔 노력해 보겠습니다."

"그 말씀만으로도 감사합니다!"

최 이사가 연신 허리를 숙이면서 민철에게 고마움을 토로한다.

자신보다도 훨씬 젊은 직원에게도 이렇게 머리를 조아릴 수 있다.

자존심.

이미 그것은 생존 앞에 갖다 버린 지 오래다.

한편으로는 찡하기도 하지만, 한편으로는 공감도 된다.

민철도 만약 최 이사와 같은 지위에 있다면 똑같이 행동했을 것이다.

"…대리가 온 모양인가 봅니다. 그럼 전 먼저 들어가 보겠습니다."

"네, 수고 많으셨습니다."

최 이사를 떠나보낸 민철이 자신의 차량에 탑승하기 위해 터벅터벅 걸어가기 시작한다.

이사라는 직책이 결코 낮은 직책이 아니다.

최 이사도 자회사에 가면 그래도 나름 많은 직원들이 떠받들어 주는 그런 직책을 지니고 있다.

그러나 하청 업체라는 이유 하나만으로 청진그룹에게 잘 보여야 한다.

그게 숙명일지도 모른다.

지위가 사람을 만든다는 말도 있으니까.

"레디너스 대륙이나 이 세계나. 다를 바는 없군."

약소국은 언제나 강대국에게 머리를 조아린다.

국민들의 생존을 위해서.

국왕의 신분임에도 불구하고 강대국에게 머리를 조아리는 이유는 하나다.

살아남으려면 무슨 짓인들 못 할까.

부르르르릉!!

시동을 켜자, 차가 한 번 크게 진동을 하면서 엔진 소리를 내뿜는다.

체린이 선물한 차량은 아직까지 쌩쌩하게 자신의 위용을 뽐내고 있었다.

익숙하게 핸들을 돌리면서 주점 주차장을 빠져나가는 민철.

오늘은 집에 가서 푹 쉬어야지.

그런 생각만이 민철의 머릿속을 지배하고 있었다.

어차피 내일은 주말이니까 말이다.

아니, 하지만…….

'체린이 놀러 온다면 그럴 수도 없겠지.'

이렇게 본다면 민철도 체린에게 있어서는 '을(乙)'의 입장이 아닐까 조심스럽게 스스로 생각을 해본다.

*　　*　　*

월요일 아침.

회사에 출근하자마자 유 실장이 한숨을 토해내는 식으로 출근길에 임한다.

사무실로 들어오자마자 그가 의자에 몸을 묻으며 나지막이 한숨을 토해낸다.

"아, 죽겠다, 죽겠어."

"아직도 저번 주에 최 이사에게 대접받은 게 안 풀린 겁니까?"

민철이 슬쩍 웃으면서 유 실장의 입맛에 맞는 설탕 가득한 커피를 내놓는다.

커피를 받아 든 유 실장이 쓴웃음을 내지으며 말한다.

"이번에는 다른 쪽이야."

"다른 쪽이요?"

"우리 쪽에서 하청을 받기를 희망하는 중소기업이 한둘이 아니거든. 민철이, 너도 잘 알고 있을 거라고 생각했는데?"

물론 민철도 잘 알고 있다.

청진그룹에서 떨어지는 하청 의뢰 하나가 중소기업을 먹여 살린다는 거 정도는 말이다.

그래서 꽤나 많은 청탁이 들어올 거라고 생각은 했지만, 유 실장의 마음이 아직까지 고정되어 있지 않다는 건 그래도 꽤나 놀라운 일이었다.

이번 판촉물 관련 하청 업무가 유 실장 단독으로 결정되는 건 아니다.

그러나 유 실장과 자주 외근을 다니는 구 부장이기도 하고, 그리고 두 사람은 사적으로도 친한 사이였기에 꽤나 유 실장의 입김이 많이 들어가는 편이다.

그리고 홍보팀 내부에서 구 부장의 영향력이 크다는 건 모두가 인정하는 사실이다.

구 부장의 의견 하나가 홍보팀을 움직인다.

그 점을 생각한다면, 결코 유 실장의 의견을 무시할 수 없으리라.

"최 이사는 어떻게 하실 생각이십니까?"

"어떻게 하긴. 대충 간을 봐야지."

"……."

"사회라는 게 다 그런 거 아니겠냐? 좀 더 잘해주고 고급스러운 대접을 해주는 쪽에 마음이 가는 법이니까."

"그렇군요."

상당히 냉정하게 들릴지 모르겠지만, 유 실장의 말이 지극히 맞을지도 모른다.

친인척이 아닌 이상, 굳이 잘해줄 필요는 없다.

그게 바로 유 실장의 논리였다.

자신을 기준으로 얼마나 잘해주느냐에 따라 어느 기업에게 하청 의뢰를 넣느냐가 달라진다.

'냉정한 사람이로군.'

하지만 이런 마인드는 결코 나쁜 게 아니다.

최 이사에게는 미안한 말이 분명하다.

하나 이들도 기업이다.

영리를 좇아야 하는 게 기업 아니겠는가.

"일단 회의 시간에 한번 구 부장님에게 보고를 드려봐야지. 다른 하청 업체 후보들은 많으니까."

"예, 알겠습니다."

"그러니까 민철아, 너도 최 이사하고 좀 친해졌다고 너무 그쪽으로 편을 들어주려고 하진 마라. 어차피 이번 업무 아니면 얼굴도 안 볼 사람이야."

"예."

민철도 그렇게 생각한다.

그는 달변가이자 희대의 사기꾼.

사소한 정에 얽매이는 사람은 아니다.

하지만 그건 어디까지나 업무적인 면을 떠나서다.

'혹시 모르니까 일단 비교는 해볼까.'

회의가 진행되는 와중에 역시 유 실장은 쉽게 결정을 내릴 수 없다는 태도로 일관하고 있었다.

"조금 더 다른 업체를 알아보는 게 좋을 거 같은데요."

"그러냐."

구 부장이 펜을 굴리면서 유 실장을 스윽 바라본다.

그도 유 실장과 사적으로 잘 알고 지내는 관계다.

형, 동생같이 지내고는 있지만, 그렇다 하더라도 업무적인 관계에서 굳이 그런 사적인 관계를 들먹이고 싶지는 않다.

아니, 연관을 지어서는 안 된다.

만약 개인적인 관계를 이유로 유 실장의 업무 실수를 커버 쳐 주게 된다면 그건 구 부장으로서의 개인 책임이라 할 수 있다.

물론 인간인 이상 정에 끌리지 않는다고 말하면 거짓말일 것이다.

그러나 뭐든지 적당히.

세상은 그런 마음가짐으로 임해야 함을 구 부장도 잘 알고 있다.

"너, 괜히 여기저기 간보려고 하지 말고 후딱 정해라."

"물론 알고 있지요."

"진짜냐. 괜히 접대 더 받으면서 갑으로서 기분 좀 내보려고 하는 건 아니겠지?"

"하하하, 설마요. 저도 나름 신중하게 결정하고 있는 겁니다."

유 실장은 유흥을 즐기는 사람이기도 하다.

심곡점에 있던 지점장과는 어떤 의미로 다르게 유흥을 즐긴다.

갑으로서의 입장을 느끼고 싶을 뿐.

유 실장에게는 그런 아우라가 뿜어져 나오고 있었다.

권력이라 함은 한번 차지하게 되면 계속적으로 그 권력을 누리고 싶어지는 욕심이 들게끔 만드는 소위 욕망의 항아리와도 같은 느낌을 주게 된다.

그래서 한번 권력을 맛본 사람은 쉽사리 빠져나올 수 없게 된다.

유 실장도 실장이라는 지위에 이렇게 많은 갑질을 해보는 것은 아마 드물 것이다.

권력의 맛.

'벌써부터 그 늪에 빠지면 안 되거늘.'

민철이 속으로 혀를 차지만, 그의 말이 유 실장에게 닿을 리가 없을 것이다.

"여하튼 후딱 정해라. 광고 모델 계약도 슬슬 막바지에 접어들고 있는데 괜히 판촉물 제작이 늦춰지다가는 영업팀에게 바가지로 욕을 먹으니까."

"명심하겠습니다요."

유 실장이 빙그레 웃으면서 대답한다.

과연 정말 알고 있을까.

구 부장은 여전히 심기가 불편한 표정으로 유 실장을 응시하다가, 이내 다시 펜을 굴리며 다음 안건을 묻는다.

"그럼 홍보 모델에 관한 건수는?"

질문을 받은 서 대리가 고개를 살짝 끄덕이며 말한다.

"현재 소속사와 교섭 중이고, 큰 문제가 발생하지 않으면 원만하게 계약이 체결될 거 같습니다."

"그렇군."

현재 홍보팀이 접촉을 시도하고 있는 인물은 바로 요즘 한창 잘나가는 걸그룹 멤버 중 한 명인 아이돌 여가수, '헤이' 였다.

글래머러스한 몸매로 유명하며, 특히나 탄력적인 허벅지는 남심을 녹일 만한 파괴력을 지니고 있었다.

젊은 데다가 이미지도 좋고 요즘 한창 주가를 올리고 있는 연예인인지라 이들의 에어컨 제품 모델에 당첨이 된 것이다.

다른 곳도 아니고 청진그룹에서 홍보 제안이 들어왔기에 헤이가 소속되어 있는 연예 기획사 측에서도 매우 긍정적으로 검토하고 있다.

웬만한 중소기업의 홍보 모델보다 잘나가는 청진그룹의 의뢰를 받아들이는 쪽이 이들에게 훨씬 도움이 되기 때문이다.

연예인은 한마디로 이미지다.

이미지로 해당 연예인의 브랜드 가치를 높이는 게 바로 연예계 아니겠는가.

게다가 청진그룹의 홍보 모델로 계약을 해두면 세계적으로도 헤이의 모습을 간접 노출시키는 게 가능하다.

한국 여가수가 세계 곳곳에 모습을 비추는 것은 매우 어려운 일이다.

그 일을 가능하게 하는 기업은 실질적으로 몇 없다.

이 중에 하나가 바로 청진그룹.

"신인이면서도 이 정도로 높은 인기를 누리는 건 상당히 드물지. 몸값이 조금이라도 오르기 전에 계약을 맺어두도록 해."

"네, 알겠습니다."

서 대리가 가볍게 고개를 끄덕인다.

한편, 그런 서 대리의 모습을 지그시 바라보고 있는 대민.

아마도 대민의 마음속에서는 헤이보다도 서 대리가 더 아름답게 보일 것이다.

'콩깍지라는 말은 이럴 때 쓰는 거겠지.'

민철이 의미심장한 미소를 지으며 다음 안건에 귀를 기울인다.

회의가 끝나자마자 민철은 엘리베이터를 타고 지하 2층 버튼을 누른다.

　점점 엘리베이터가 밑층으로 내려가는 도중에, 갑자기 엘리베이터가 정지하면서 문이 열린다.

　"어머."

　민철을 발견한 예지가 살짝 놀란 얼굴로 그를 바라본다.

　설마 엘리베이터에서 그와 마주칠 거라고는 생각하지 못했던 것이다.

　엘리베이터에 탑승한 예지가 버튼을 누르려다, 이미 눌려 있는 지하 2층 버튼을 보더니 민철에게 질문한다.

　"혹시 창고에 가실 생각인가요?"

　"네, 예지 씨도?"

　"잠시 찾을 게 있어서요."

　"그렇군요."

　본의 아니게 목적지가 같아진 것이다.

　우연인지 아니면 필연인지.

　민철은 마이페이스를 유지하며 예지를 쭈욱 훑어본다.

　누가 봐도 정말 미인이라 할 수밖에 없는 외형을 지니고 있다.

　몸매도 좋고, 성격도 참하다.

　누가 이런 여자에게 어택을 하지 않을 것인가.

　경영지원팀의 남자들 심정을 잘 이해할 수 있을 법한 미인이다.

체린이 어른스럽고 침착한 분위기라면, 예지는 귀엽고 상큼한 느낌이라고 할 수 있었다.

반응 하나하나가 굉장히 귀엽다.

'이게 젊은 여성의 매력이지.'

고개를 끄덕이며 무의식적으로 예지를 바라보는 민철.

그의 시선을 느꼈는지, 예지가 살짝 붉어진 얼굴로 민철과 반대쪽 엘리베이터 벽에 좀 더 가까이 붙는다.

"아, 죄송합니다. 저도 모르게 그만……."

"괘, 괜찮아요."

예지가 신경 쓰지 말라는 듯이 손을 절레절레 흔든다.

제아무리 달변가라 하더라도 미인에게 시선이 가는 것은 남자로서의 본능 아니겠는가.

설령 여자친구가 있다 하더라도 말이다.

'신경 좀 써야겠군.'

자신의 무의식적인 반응을 한탄하는 동안, 엘리베이터가 지하 2층에 도달한다.

띵! 소리와 함께 엘리베이터에서 하차한 두 사람.

"민철 씨는 어느 창고로 가시나요?"

"저는… B─1이군요."

"아, 그럼 여기서 헤어지겠네요. 저는 A─2예요."

"예. 그럼 다음에 또 뵙도록 하죠."

가볍게 서로 인사를 나눈 뒤에 각자 향할 목적지로 발걸음을 옮긴다.

사전에 미리 경비로부터 양해를 구해온 민철은 창고 문을 개방하며 안으로 들어선다.

불을 켜자, 수북하게 쌓여 있는 다수의 물건들.

바로 그간 홍보팀이 만든 판촉물 샘플들과 더불어 재고들이었다.

"많이도 있구만."

판촉물들을 둘러보기 시작한 민철이 마력을 끌어 올리기 시작한다.

어차피 보는 사람도 아무도 없다.

혹시나 해서 창고 문을 잠가뒀고, 누가 온다 하더라도 곧장 마법을 해제할 수 있다.

그리고 파이어 볼이나 아이스 스피어같이 눈에 확 들어오는 공격 마법을 사용하는 것도 아니다.

저번에 미논 회사에서 잠시 시험으로 사용했던 천리안을 다시 한 번 시도해 보려는 민철.

"흐읍!"

짤막하게 외친 그의 기합소리와 함께 마나의 푸른 아우라가 두 눈에 어리기 시작한다.

최 이사가 일하고 있는 업체의 이름이 새겨진 판촉물을 찾는다.

"저기로군."

다른 판촉물들과 상자들이 겹겹이 쌓여 있음에도 불구하고 마치 물건들에게 투명화 마법이 걸린 듯한 현상으로 보이는 민철의 눈 상태였다.

"웃차."

상자 하나를 꺼낸 민철이 종이 상자 박스를 열자, 수북하게 쌓여 있는 전단지들이 민철의 시야를 자극한다.

"이거군."

별로 어렵지 않게 찾을 수 있었다.

혹시 몰라서 상자가 위치해 있는 곳을 찾아본다.

역시나 마찬가지로 같은 회사명이 적혀 있는 다른 전단지들도 눈에 들어온다.

"흐음."

종류별로 전단지는 총 5장.

년도별로 따지면 2년 전, 3년 전, 그리고 6개월 전 등 실로 매우 다양한 제작 연도를 자랑하고 있었다.

그만큼 청진그룹과 오랫동안 일해온 하청 업체라는 증거도 될 것이다.

전단지들을 살펴보기 시작하는 민철의 손이 빨라진다.

"으음……."

짧은 신음을 토해내며 전단지들을 바라보던 민철이 간단하게 평을 내린다.

"나쁘진 않군."

디자인도 괜찮을뿐더러 전단지의 질감도 싸구려 느낌이 나지 않는다.

확실히 실력적인 면에서는 최 이사의 말을 믿어도 될 듯하다.

민철도 디자인 센스가 그리 나쁜 편은 아니다. 홍보팀에서 일을 하게 되면 자연스럽게 다른 사람들과는 뭔가가 다른 특별한 시선을 가지고 있어야 한다.

그래서 민철도 나름 홍보팀에 들어오면서 많은 현대식 디자인 공부를 해왔다.

게다가 민철은 레디너스 대륙에 있을 때의 독특한 미적 감각도 가지고 있기에 그 감각이 홍보팀 내부에서는 도움이 된다는 점도 알고 있다.

그런 민철이 평가했을 때 좋은 평을 받았다면, 분명 나쁘지 않다는 것을 뜻한다.

*　　　*　　　*

최만수 이사가 일하고 있는 미래산업.

아직 중소기업에 불과하지만, 확실히 판촉물 제작 업체에 비해서는 퀄리티가 나쁜 편이 아니었다.

"다른 곳이랑 비교를 해볼까."

최근 제작한 전단지와 비교해 보기 시작하는 민철.

그가 직접 눈으로 봐도 미래산업 쪽의 결과물이 더 나아 보인다.

괜히 오랫동안 미래산업에게 하청을 맡긴 것이 아니다.

그만큼 일도 잘하고, 좋은 결과물을 내주는 하청 업체이기 때문에 일을 맡겨온 것일지도 모른다.

충분히 실력을 보유하고 있음에도 불구하고 접대와 아부를 떨어야만 의뢰를 따내는 게 현실이다.

진정으로 실력 있는 자들, 그리고 장인 정신을 가지고 있는 자들.

우직하게 일만 해서는 먹고살 수 없기 때문이다.

"음."

미래산업의 결과물을 직접 눈으로 확인한 민철이 고개를 끄덕인다.

한동안 그렇게 전단지들에게 둘러싸여 있던 그의 귀에 이질적인 소리가 들려온다.

딸칵!

창고의 문이 열리는 소리가 들려오면서 동시에 태봉이 얼굴을 들이민다.

"민철 씨, 원하는 건 찾았나요?"

"예. 마침 거의 다 끝나갈 무렵이었습니다."

"그나저나 그동안 제작해 온 판촉물들을 보고 싶어 하다니. 신입으로서는 괜찮은 자세라고 구 부장님께서 엄청 칭찬하시더라고요."

"아무래도 컴퓨터로 보는 것보다 이렇게 직접 손으로 만져 보고 눈으로 확인하는 편이 저한테는 아직까지 편하거든요."

"하하, 요즘 젊은 사람답지 않군요."

태봉의 말에 민철도 마주 웃어준다.

"그럼 다 보시고 관리인 아저씨에게 말씀해 주세요. 중요한 참고 자료들이니까 관리도 철저하게 해야 하거든요."

"예, 알겠습니다."

어딜 가든 흔하게 볼 수 있는 판촉물들이지만, 홍보팀에게는 귀중한 샘플들이라 할 수 있다.

홍보팀의 역사라 불러도 손색이 없을 정도니까 말이다.

홍보팀이 해온 결과물을 실제 형태로 만든 물건이기도 하다. 그래야 이렇게 민철처럼 직접 눈으로 보고 배우는 사람들이 커다란 깨달음을 얻을 수 있기 때문이다.

태봉이 모습을 감춘 지 대략 10분이 채 지났을까.

"슬슬 일어나 볼까."

지하에 있는 창고임에도 불구하고 제법 관리가 잘된 모양인지 수북하게 먼지가 쌓여 있거나 하진 않는다.

아마도 창고 관리인이 주기적으로 들르면서 청소를 하는 것이리라.

샘플 하나하나가 이들에게는 귀중한 자료가 될 수 있기에 관리에 소홀이 하는 건 용납할 수 없을 것이다.

사소한 거 하나하나에 신경을 쓰는 자세는 한경배 회장이 이끄는 청진그룹다운 태도였다.

창고 바깥을 나온 민철이 문을 닫으며 ID카드를 다시 한 번 확인한다.

창고 관리인에게 돌려줘야 하는 걸 잊지 않은 민철이 속주머니에 ID카드를 찔러 넣으며 자리를 뜨려던 찰나.

"음?"

어디선가 낑낑거리는 소리가 들려온다.

마치 무거운 물건을 애써 들며 발버둥 치는 소리라고 할까.

'설마.'

민철의 뇌리를 스치는 한 인물이 떠올라 엘리베이터로 향하던 발걸음을 선회한다.

그곳에는 민철의 예상대로 한 여성이 무거운 상자를 양손에 가득 들고 비틀비틀 걸어오고 있었다.

상자만 없었다면 좀비가 걸어온다 해도 이상하지 않을 법한 걸음걸이였다.

"도와드릴까요?"

"괘, 괜차… 어멋?!"

무거운 박스를 억지로 옮기던 여성, 예지가 작은 박스들을 바닥에 떨어뜨린다.

가볍게 한숨을 쉰 민철이 작은 박스를 포함해 예지가 들고 있던 큰 박스마저 자신이 들어버린다.

"무게가 제법 나가는데 어떻게 이걸 들고 갈 생각을 했습니까?"

"엘리베이터가 근처에 있어서 어떻게든 혼자 될 줄 알고……."

"하다못해 창고 관리인에게 끄는 수레라도 빌리시지 그랬어요. 그래도 둘이서 나눠서 들고 가면 될 거 같으니까 크게 문제는 안 될 거 같습니다."

"괜찮아요! 괜히 민철 씨에게 폐를 끼칠 수는 없어요!"

"오히려 낑낑거리는 모습을 보여주는 게 저에게는 폐입니다. 그러니까 부담 가지지 말고 얌전히 제 호의를 받아들이세요."

"……."

한경배 회장의 손녀딸이라는 지위 때문일까.

온실 속의 화초마냥 자라온 예지는 자신이 혼자서도 충분히 잘할 수 있다는 근거 없는 자립심을 가지고 있다.

여기서 포인트는 바로 '근거 없는' 이라는 문장일 것이다.

사실 예지는 사회 경험이 결코 풍부하지 않다.

청진그룹 경영지원팀 사원이라는 것도 첫 직장 생활에 얻은 타이틀인 것이다.

처음에는 다른 곳에서 일을 해보겠다고 말한 예지였지만, 자신의 하나밖에 없는 귀여운 손녀딸이 다른 곳에서 고생할 생각을 하니 한경배 회장은 도저히 예지의 말을 허락할 수 없었다.

일을 할 거면 차라리 한경배 회장의 밑에서 일을 하라는 식으로 타협을 봤기에 어쩔 수 없이 경영지원팀으로, 그것도 특채로 들어오게 된 것이다.

그래도 가급적이면 혼자서 해보고 싶다는 자립심 덕분에 최대한 남의 손 안 빌리려고 일을 하려는 습성을 지니고 있다.

그게 바로 한예지라는 여성이 지니고 있는 마인드였다.

"자립심도 좋지만, 그게 과하면 고집이 될 수 있습니다."

"……."

"의지할 수 있는 부분이 있다면, 그리고 주변에 도움을 줄 수 있는 의사를 충분히 가진 사람이 있다면 얌전히 호의를 받아들이는 것도 사회인으로서, 어른으로서 가져야 할 자세입니다. 그 점을 잊지 마시길."

"…네……."

잔뜩 주눅이 든 예지가 힘없이 고개를 끄덕인다.

확실히.

민철의 말을 부정할 수가 없었다.

자신이 무슨 수로 이 무거운 상자들을 혼자서 옮길 생각을 했을까.

운동을 한 적도 없고, 무거운 걸 들 자신도 없다.

그렇다고 남자사원들에게 도와달라고 하면 괜히 자신이 힘없는 연약한 여자 사원으로 인식될 거 같아 그게 싫었다.

게다가 사무실 내에는 안 좋은 소문도 돌고 있다.

특히나 여자 사원들 사이에서는 남자 사원들을 꼬시는 여우 같은 년이라는 소리까지 듣고 있다.

당연한 말이지만 직장 내에 친구도 없다.

그런 소문이 돌고 있는데 동성 친구가 생길 리가 없는 것이다.

그래서 예지는 가급적이면 혼자서, 특히나 남자의 손을 빌리지 않게끔 회사 생활에 임하고 싶었다.

물론 개인 욕심이 지나치다는 건 스스로도 인정하고 있었다.

인정한다는 건 용기가 필요한 행동이다.

자기 자신의 부족함을 인정할 줄 아는 용기.

"…어렵네요."

깊은 한숨을 내쉬는 예지였다.

그녀의 모습에 민철은 올라가는 엘리베이터 층수를 바라보며 잠시 옛날을 회상한다.

"제가 심곡점에서 일할 때, 거기 지점장님의 일화를 들은 적이 있습니다."

"심곡점이라면……."

"인턴 시기 때요."

민철은 직접 보질 못했지만, 체린을 통해서 들은 바가 있었다.

"계약 상대방에게 자신이 운영하는 지점의 직원들을 먹여 살릴 수 있게 해주셔서 감사하다고 머리를 숙였다 하더라고요."

"……."

"전 그런 사람이 진짜 어른이라고 생각합니다."

자신의 부족함을 인정하고 머리를 숙일 줄 아는 사람.

그건 비굴함이 아니다.

그리고 굴욕도 아니다.

오히려 체린보다도 머리를 숙인 지점장이 더 어른스러운 모습이었다고 민철은 생각한다.

"예지 씨도 그런 어른이 되어보는 게 어떻겠습니까?"

"…제가 될 수 있을까요?"

"스스로의 부족함을 인지하고 자신의 지위를 직접 파악해 보는 겁니다. 사내에서 어떤 지위를 가지고 있는지 말이죠. 그리고 남들에게 평가가 좋지 않으면 스스로 극복을 하면 되죠."

"민철 씨는 모를 거예요. 제 입장이 어떤지를……."

"물론 정확하게는 모릅니다. 하지만 대략적으로 들어 알고 있습니다. 예지 씨가 남자를 꼬시는 여우라고 불린다고요."

"벌써 그쪽 사무실까지 소문이 퍼졌나요?"

"소문이 퍼졌다기보다는, 서 주임님에게 들었습니다. 요즘 자주 만나곤 하거든요."

"아, 아하하……."

어색하게 웃어 보이는 예지의 얼굴이 살짝 달아오른다.

하필이면 다른 사람도 아니고 민철에게 자신의 그런 안 좋은 소문이 들어갈 줄이야.

쥐구멍에라도 숨고 싶은 심정이었지만, 민철은 계속해서 자신의 말을 이어간다.

"접근하는 남자들이 있다면 확실하게 자신의 의사를 밝히는 것도 좋습니다. 괜히 어물쩍한 관계를 유지하면 남자들도 승산 없는 기대감을 갖게 되니까요."

"저 때문에 상처 입거나 그러진 않을까요?"

"오히려 어중간한 관계가 상처를 더 입게 만듭니다. 그리고 그걸 알아두세요."

민철이 쓴웃음을 내지으며 말한다.

"남자란 생물은 아무리 나이를 먹어도 결국은 어린아이 같은 모습이 존재한다는 걸 말이죠."

"어린아이……."

"그래서 여성들이 같은 나이 또래라 하더라도 정신적으로 더 성숙하다는 말을 듣는 겁니다. 특히나 연애 관계에서는 말이죠."

경영지원팀이 있는 층수에 엘리베이터가 정지한다.

문이 열리자, 민철이 예지를 향해 눈웃음을 지어 보인다.

"자신의 의견을 확실하게 표출하세요. 그리고 안 좋은 소문이 있다면 스스로 불식시킬 수 있도록 노력하세요. 자신의 처지를 인정하고 받아들이는 용기가 있다면 예지 씨도 진정한 어른으로 거듭날 겁니다."

"민철 씨는……!"

잠시 말을 끊은 예지가 다시 한 번 결심한다.

자신의 의사를 충분히 밝혀라.

민철의 충고를 새겨들으며 그녀가 하고 싶은 말을 내뱉는다.

"민철 씨도 스스로 아직은 어린아이라고 생각하나요?"

천천히 닫히는 엘리베이터 문 사이로.

민철은 그저 이렇게 대답할 뿐이었다.

"저도 아직은 한참 배워야 할 아이에 불과합니다."

사무실로 도착하자마자 민철은 예상치 못한 부름을 받게 되었다.

"민철아, 잠깐 이쪽으로 와봐라."

"예."

유 실장이 자신의 책상으로 민철을 부른 것이다.

뭔가 고심하는 표정으로 미간을 찡그린 유 실장이 컴퓨터 화면을 응시하더니 민철에게 다시 시선을 돌린다.

"이번 계약 건은 네가 내 임시 부사수 역할을 맡게 되었으니 묻는다만."

유 실장이 슬쩍 민철의 의견을 떠보기 위해 묻기 시작한다.

"너는 지금까지 봐선 어떤 하청 업체가 좋을 거 같냐?"

"제 생각 말입니까?"

"그래. 아까 태봉이한테 들어보니까 판촉물 샘플 보러 일부러 창고까지 내려갔었다며?"

"예. 방금 갔다 올라오는 길입니다."

"직접 눈으로 확인하니까 어떻냐."

"제 생각으로는……."

물론 미래산업이다.

다수의 샘플들을 봤지만, 미래산업에서 맡긴 의뢰가 가장 나아 보인다.

하지만 곧장 대답을 내놓는 행위는 금물이다.

조금이나마 여지를 남겨두며, 고민하는 태도를 선보이는 게 좋다.

곧장 대답을 한다면 그건 생각 없이 내뱉는 말처럼 보일 수도 있기 때문이다.

이미 민철의 마음속으로는 대답이 나왔지만, 이런 행동 하나하나에 커다란 의미가 부여되는 것이 바로 사회생활이라는 것이다.

"전… 미래산업이 괜찮다고 생각합니다."

"흐음, 그렇군."

유 실장도 그 점은 예상을 했다는 듯이 고개를 끄덕인다.

신입인 민철이 괜찮다고 평가를 할 정도면 유 실장도 미래산업의 실력을 모를 리는 없을 것이다.

그리고 실제로 실력이 좋기에 지금까지 많은 하청 의뢰를 넣어준 게 아닌가.

하나 유 실장은 민철이 예상치 못한 발언을 내뱉는다.

"내 생각은 좀 다른데 말이야."

*   *   *

유 실장의 예상외의 발언에 민철이 살짝 긴장을 품게 된다.

"눈독 들이는 다른 업체가 있다는 말씀이십니까?"

"어찌 보면 그렇다고 볼 수 있지."

"어느 업체입니까?"

"음……."

말을 해줄까 말까 고민하던 유 실장이 머쓱한 표정으로 대답한다.

"오수산업."

"오수산업이라면……."

창고에서 샘플들을 봤던 기억을 되새겨 본다.

오수산업은 아마 10개의 하청 업체들 중에서도 하급의 실력을 보유하고 있는 업체라고 민철은 알고 있었다.

실제로 그의 두 눈으로 직접 확인을 해봤지만 그다지 좋은 내용의 작업물은 아니었기에 거의 확신할 수 있었다.

'그쪽에서 얻어먹은 게 꽤 컸나 보군. 아니면…….'

뒷돈.

그게 가장 큰 요인이 아닐까 생각한다.

접대 자리가 다는 아니다. 최 이사처럼 여자들을 대동한 접대 자리도 접대 자리지만, 분명 암묵적으로 뒤에서 오고 간 돈이 있을 것이다.

얼마나 받아 챙겼느냐에 따라 유 실장의 마음이 오고 갔을 터.

아마도 오수산업이 가장 돈을 세게 주지 않았을까라는 추측을 자연스럽게 하게 된다.

"그렇구만. 민철이, 너의 의견과 나의 의견이 다를 줄이야."

마치 유 실장은 민철도 오수산업을 선택할 거라고 생각한 모양인가 보다.

하지만 그건 누가 봐도 연기다.

민철은 뒷돈을 받은 적도 없고, 그리고 누가 봐도 오수산업보다 미래산업이 더 훌륭한 퀄리티를 지니고 있다.

그럼에도 불구하고 유 실장은 오수산업을 밀어주려 하고 있다.

'안 좋은 현상인데.'

물론 어느 기업에 하청을 맡기든 민철은 사실 별다른 관심이 없다.

그러나 이번 계약에서는 민철이 유 실장의 임시 부사수로 지명되었다.

기본적인 사무 업무를 지원해 주며 동시에 유 실장과 실제로 미팅 자리에 오가며 경험을 쌓는다는 명목으로 이번 업무를 동시에 처리하게 되었다.

만약 판촉물 결과가 좋지 않으면 구 부장으로부터 잔소리를 피할 수 없을 것이다.

민철은 빤히 보이는 결과를, 그것도 자신은 아무런 뒷돈도 받지 않았음에도 불구하고 멀쩡하게 유 실장과 동시에 같이 책임을 져야 한다는 사실이 말도 안 된다는 생각을 품게 된다.

"그래도 역시 오수산업이 나을 거라고 생각하지 않냐?"

유 실장의 이 발언은 계급으로 밀어붙이겠다는 강력한 의지를 뜻한다.

난감하게 되었다.

회사에서 직급이 괜히 있는 게 아니다. 직급이라는 건 영향력을 상징하기 때문이다.

만약 유 실장이 실장이라는 직책을 앞세우며 민철의 의견을 묵살해 버리려고 한다면, 민철은 사실 방법이 없다.

말 그대로 불도저 앞에서 멀쩡히 두 눈 뜬 채로 깔리기만을 기다리는 역할밖에 남지 않은 셈이다.

그러나 민철이 누구인가.

레디너스 대륙에서 달변가로 알려진 바로 그 레이폰 더 데스 사이드 아니겠는가.

"조금 생각해 볼 필요가 있을 거 같습니다."

"생각?"

"예. 아무래도 저도 배워야 하는 입장이다 보니 다시 한 번 두 기업의 판촉물을 놓고 비교해 볼 시간이 필요할 거 같습니다. 유 실장님이 저보다도 경력이 더 되시니까 분명 제가 캐치하지 못한 오수산업만의 장점이 있지 않겠습니까?"

"뭐… 그렇긴 하지."

"그럼 제가 한번 그 장점을 캐치해 보겠습니다. 곧바로 결정하는 사항은 아니라고 알고 있습니다만……."

"음, 그렇긴 하지. 지금 당장 결정할 필요는 없으니까. 하지만."

유 실장이 교묘하게 빠져나가려는 민철에게 살짝 압박을 가하려는 듯이 말한다.

"최대한 빠르게. 알겠냐."

"예, 알겠습니다."

민철이 고개를 끄덕이며 유 실장의 말을 받는다.

이번 판촉물 계약 건에서 민철이 부사수로 들어간 이유는 바로 민철의 안목을 기르기 위함이라는 교육적인 의미도 포함되어 있다.

그런데 민철이 자기 자신이 왜 오수산업에게 일을 맡겨야 하는지 파악하지 못한 상태로 일을 의뢰하게 된다면 그 교육적인 목적은 실패로 돌아간다.

그래서 민철은 간접적으로 그런 교육적인 의미를 강조하면서 동시에 유 실장에게 시간을 벌기 위한 협의를 시도했다.

아마도 유 실장도 알고 있을 것이다.

그러나 알면서도 일부러 유 실장은 민철에게 여유 시간을 부여한 것이다.

어차피 자신의 의견을 민철이 이길 수 없으리라고 알고 있기 때문이다.

이것은 이미 예고된 승리다.

유 실장은 오수산업으로부터 돈을 받았을 테고, 어떻게든 그쪽에 의뢰를 넘길 것이다.

일개 사원에 불과한 민철이 이 결과를 뒤집을 수 있는 방법은 없다.

자신의 자리로 돌아온 민철이 테이블 위에 놓인 커피를 한 모금 들이켠다.

난감하게 되었다.

계급으로 밀어붙이면 민철이 할 수 있는 행동에 제약이 걸려 버린다.

"흐음······."

여유 기간은 내일 모레까지.

그 이상 시간을 축내면 구 부장에게도 압박이 들어올지 모른다.

'어렵군.'

미래산업에게 하청 의뢰를 맡기는 것이 분명 도움이 될 테다.

실제로 판촉물을 접한 사람들의 반응과 호응도도 미래산업 쪽이 더 좋다.

사실은 고민할 이유가 없을지도 모른다. 하나 이놈의 뒷돈이라는 게 무엇인지, 민철의 상관은 이미 오수산업으로 마음이 기울었다.

물론 그렇다고 마냥 유 실장을 욕할 수도 없었다.

그도 그 나름의 생존 전략이 있기 때문이다.

회사에 충성하는 사원은 실제로 몇 되지 않는다. 청진그룹이 대우가 좋긴 하지만 그만큼 입사하기 위해 스펙을 쌓아온 엘리트들이다.

어찌 보면 청진그룹의 근무 환경은 이 엘리트들에게 있어서는 지극히 당연한 보상일지도 모른다.

그래서 충성도가 그리 높은 편도 아니며, 개인에게 이득이 되는 점이 있으면 그 유혹을 뿌리칠 수 있는 사람도 몇 없다.

유 실장의 태도에 나름 이유가 있다고 생각하는 민철.

그에게 때마침 구 부장이 다가온다.

"민철아."

"예."

"너, 한가하냐?"

"지금 당장 할 업무는 없습니다만…….."

"그럼 대민이랑 같이 미래산업에 좀 갔다 와라. 너, 개인 차량 가지고 있으니까."

"무슨 일이십니까?"

가는 목적은 그래도 알아야 하지 않겠는가.

민철의 물음에 구 부장이 머리를 긁적이며 말한다.

"저번에 의뢰했던 판촉물을 담은 종이 박스 재고가 비어서 말이야. 연락을 해보니까 우리 측에서 안 가져간 박스 2개가 아직 회사에 남아 있다고 하더라."

"그렇습니까?"

"괜히 박스 2개 때문에 별도로 부탁하는 것도 좀 그렇고 해서. 마침 할 일 없으면 너하고 대민이 시키려고 했지."

"예, 괜찮습니다. 마침 오늘 차도 가지고 왔습니다."

"다행이군. 여튼 잘 부탁한다. 경비는 나중에 지결로 올리면 되니까 영수증 잘 뽑아두고."

"네."

아직 법인카드를 받지 못한 민철이기에 따로 지출결의서를 통해서 경비를 청구해야 한다.

고개를 끄덕인 민철이 대민에게 다가가 구 부장으로부터 받은 임무를 들려준다.

"대민 씨도 들으셨죠?"

"마침 한가했는데 잘됐네요."

자신이 한가함을 어필하는 대민에게 서 대리가 살짝 미간을 찡그린다.

"일이 없으면 스스로 찾아서 하세요."

"죄송합니다!"

서 대리에게 혼나는 건 이제 대민한테는 일상생활의 일부가 되어버렸다.

한숨을 푹 내쉰 서 대리가 다시 모니터에 시선을 고정시키며 키보드를 두드리기 시작한다.

이 둘의 모습에 쓴웃음을 내비친 민철이 손짓한다.

"그럼 차 가지고 올 테니까 회사 로비에서 기다려 주세요."

"알겠습니다."

먼저 사무실을 나간 민철이 다시 한 번 지하로 향하는 엘리베이터에 몸을 싣게 된다.

대민을 태운 뒤 미래산업으로 향하는 민철.

차량을 통한 이동 시간을 따지면 대략 20분 정도가 걸리는 것으로 도출된다.

"꽤나 거리가 되네요."

"그러게 말입니다."

미래산업 생산 공장에 도착한 민철과 대민.

차량을 주차한 뒤에 공장 안으로 들어서자, 마침 연락을 받았는지 기다리고 있던 최 이사가 헐레벌떡 뛰어온다.

"아이고, 홍보팀에서 직접 오실 줄은 몰랐습니다."

"하하, 저희도 그렇게 생각했어요."

대민이 농담식으로 말을 받아준다.

둘을 바라보던 최 이사가 박스를 가리키며 말을 이어간다.

"저기 있습니다. 무거우니 저희 직원들 시켜서 옮기도록……."

"아닙니다. 저 정도는 저희 둘만으로도 충분해요. 그래서 일부러 두 명이 왔으니까요."

그렇게 말하며 최 이사가 차마 말릴 틈도 없이 민철이 먼저 박스를 들어 보인다.

확실히.

혼자서 들기에는 버거운 무게다.

그러나 민철은 다른 사람들이 모르게 살짝 스트렝스 버프 마법을 걸며 가볍게 상자를 들어 올린다.

"생각보다 가벼워 보이는 거 같은데요?"

대민이 정말 무거운 거 맞냐는 식으로 최 이사에게 간접적인 질문을 던진다.

그러나 최 이사는 혀를 내두르며 다시 한 번 상자의 무게를 강조한다.

"방금 저희도 장정 2명이 낑낑대며 옮겼던 상자인데… 그럴 리가 없을 텐데요."

"에이, 설마요."

대민은 자신의 눈으로 확인하기 전까지는 직접 믿지 않겠다는 듯이 남은 상자 하나를 힘 있게 들어 올린다.

"웃차!!!"

그러나 들어 올리는 순간!

'무, 무겁다?!'

대민도 나름 노가다 판을 전전하며 꽤나 근력이 좋은 편이라는 소리를 많이 들어왔다.

그러나 그런 그가 박스를 들어도 심하게 무거울 정도로 박스의 무게감은 상당했다.

이 무거운 상자를 아무렇지도 않게 드는 이민철이란 남자는 도대체…….

'아, 안 된다. 남자의 자존심이 있지!!'

"으라차차차!!!"

더더욱 기합소리를 내지르며 대민이 상자를 기어코 들어 올린다.

그 모습을 보던 민철이 미약한 쓴웃음을 내짓는다.

'고집하고는.'

민철은 마법으로 어찌 저찌 박스를 옮기기 때문에 큰 힘이 들지 않는다.

실제로 심곡점에서 근무할 때에도 등산을 할 때 무거운 물통을 짊어지고 정상까지 완주했으니까 말이다.

저러다가 허리가 나가는 게 아닐까 싶은 두 청년이 겨우겨우 박스를 민철의 차량 트렁크 뒤에 싣는다.

"헉… 헉……."

결코 긴 운송 거리가 아니었음에도 불구하고 대민의 숨이 턱까지 차오른다.

그러나 민철은 조금의 힘든 기색도 없이 그저 대민의 등을 쓸어내려 준다.

"무리하셨습니다, 대민 씨."

"민철 씨는… 헉헉… 어떻게 그렇게… 헥… 멀쩡합니까…?!"

"저야 뭐 평소에 운동을 많이 해서요."

물론 100퍼센트 거짓말이다.

운동보다는 마나 수련을 많이 한 탓이지만.

더운 날씨에도 불구하고 짐을 옮기느라 땀범벅이 된 대민이 손으로 부채질을 한다.

이들을 바라보던 최 이사가 목소리를 높여 말한다.

"괜찮으시면 안에 들어가셔서 시원한 음료 한 잔 마시고 가시는 편이 어떻습니까? 모처럼 오셨는데 그냥 보내 드리기도 미안해서요."

"그래도 됩니까?"

"예. 그리고 회사에서 빠져나왔는데 이럴 때 농땡이도 피우고 해야지요. 안 그렇습니까?"

"하하, 그 말이 맞네요."

민철이 최 이사의 호의를 얌전하게 받아들이기로 한다.

사실 민철은 지금 당장 출발해도 문제가 없지만, 대민이 쓸데없는 자존심 때문에 거의 기절 직전의 모습을 보이고 있는지라 그의 체력도 회복시킬 겸 휴식 제안을 받아들인 것이다.

남자의 자존심은 도움이 될 때가 있고 안 될 때가 있지만, 대민의 경우에는 그다지 도움이 안 되는 것처럼 보인다.

*　　　*　　　*

최 이사를 따라 들어간 작은 사무실.

안으로 들어가자마자 민철이 받은 인상은 실로 간단했다.

'심곡점 때보다도 작은 사무실이군.'

공장의 규모가 그리 크지 않다는 것만으로도 대충 미래산업의 규모를 눈짐작으로 알아차린 민철이었다.

직원 수도 그리 많지 않다. 당연한 말이겠지만 자본금 규모라든지 이런 면은 아마도 다른 강소 기업에 비해 밀릴 수밖에 없을 것이다.

"자자, 안으로 들어오시죠."

시원한 에어컨 바람을 쐬면서 사무실 소파에 앉은 민철과 대민.

이제야 겨우 좀 살겠다는 얼굴로 차가운 음료를 마시는 대민을 대신해 민철이 슬쩍 공장 안이 보이는 창가로 향한다.

"지금은 무슨 일을 하는 건지 여쭤봐도 될까요?"

"이번 달에 계약이 종료되는 청진그룹의 홍보 전단지를 뽑아내고 있습니다."

"아… 그렇군요."

최 이사가 씁쓸한 표정을 지으며 음료를 한 모금 들이켠다.

"이번 계약 만료되면 일거리도 없겠지만요."

"……."

"기계를 돌려야 수익이 나오고, 우리 직원들 월급도 주는 게 중소기업 아니겠습니까. 그래서 조금 걱정이 됩니다. 이 씨 아들이 이번에 대학교 합격했다고 등록금도 내야 한다고 하고, 그리고 최 씨 아버님이 최근에 건강 상태가 안 좋다고 하셔서 돈도 필요하다는 말도 있고… 여러모로 고심이 많습니다."

보통 간부급 되는 사람들은 이렇게까지 직원들 걱정을 하지 않는다.

오히려 밀린 월급도 안 주는 판국에 말이다.

그럼에도 불구하고 최 이사는 늘 직원들 생각뿐이다.

분명 참된 상관의 모토라 할 수 있을 것이다. 부하 직원을 걱정하고 그 신세를 들어주는 것만으로도 충분히 밑에 있는 사람들이 존경할 수 있는 인물이라 불려도 손색이 없기 때문이다.

그러나 세상은 나쁜 사람들이 오히려 성공하고 잘 먹고 잘사는 시대가 되어버렸다.

돈을 지배하려면 착한 마음가짐으로는 안 된다.

악독하게, 그리고 보다 독하게 마음먹은 자들이 세상을 지배하는 것이다.

최 이사처럼 착한 사람들을 등쳐 먹으면서 말이다.

"민철 씨는 샘플 자료 같은 거 봤을 때에는 미래산업이 훨씬 퀄리티가 좋다고 하지 않았나요?"

대민이 문득 얼마 전 민철이 창고에 가서 샘플 자료들을 비교 분석한 행동을 떠올리며 질문한다.

"네, 맞습니다."

"그럼 별걱정 없지 않나요? 다른 하청 업체에 비해서 퀄리티도, 그리고 가격 면에서도 괜찮다면 하청 의뢰는 미래산업에게 가잖아요?"

"보통은 그렇죠."

하지만 최 이사도 어렴풋이 알고 있었다.

오로지, 그리고 단순히 실력만으로 먹고살 수 있는 업계가 아닙을 말이다.

"유 실장님은 다른 쪽을 생각하고 있으신가 보군요."

눈치 빠른 최 이사의 말에 민철은 그저 말을 아낀다.

부정해 주고 싶지만, 현실은 그렇지 않기 때문이다.

아마 최 이사도 마음의 준비를 해두는 편이 좋지 않을까 싶은 마음에 민철은 일단 침묵으로 일관하기로 한다.

"하하, 뭐 어쩔 수 없죠. 제 접대가 부족함을 탓해야지요."

"…죄송합니다."

"괜찮습니다. 다른 쪽 일을 찾아보는 게 더 빠를지도 모르니까요. 그래도 그간 청진그룹 홍보팀 덕분에 우리 직원들이 먹고살 수 있게 되었습니다. 그 은혜는 절대로 잊지 않을 겁니다."

사람한테 배신당해도.

그리고 믿고 있던 사람에게 뒤통수를 맞아도.

최 이사는 그저 웃으며 이런 말을 할 것이다.

약육강식의 세계에서 육식동물에게 잡아먹히는 초식동물.

그러나 초식동물이라 하더라도 언제나 강자에게 잡아먹히라는 법은 없다.

"민철 씨가 어떻게 도와주시면 안 될까요?"

대민도 최 이사에게 마음이 기울게 되었는지 슬쩍 부탁을 해본다.

하나 신입에 불과한 그가 할 수 있는 일이라고는…….

"…어쩔 수 없군요."

가볍게 한숨을 쉰 민철이 슬쩍 최 이사를 바라본다.

"내일부터 일 받을 준비 하시면 될 겁니다."

"네……?!"

"제가 어떻게 해서든 미래산업에 이번 일거리를 물어다 드리겠습니다. 그러니까 불안해하는 직원분들에게는 그렇게 안심을 시켜주세요."

"하지만 민철 씨, 유 실장님은 이미 다른 곳에 마음이 가 있다고 하지 않으셨습니까?"

"그 정도야 제가 가볍게 해결할 수 있습니다."

그간 민철의 모든 인생을 통틀어본다 하더라도 이번 일은 그다지 어려운 일도 아니다.

이미 민철의 머릿속에는 하나의 시나리오가 그려지고 있었기 때문이다.

"그럼 살펴 가세요."

여전히 민철의 말을 믿지 못하는 최 이사였지만, 그래도 민철이 자신들을 위해 힘을 써준다는 말 한마디만이라도 커다란 힘이 된 모양인지 입가에 조금이나마 미소가 번지고 있었다.

한편, 차를 타고 가며 회사로 향하는 도중에 대민은 아무리 생각해도 민철의 그 발언은 그다지 신뢰가 안 갔다.

유 실장의 의견을 꺾을 수 있을까?

그것도 민철의 신분으로?

"마냥 최 이사님에게 기대감을 가지게 하면 오히려 더 민폐가 아닐까요."

슬쩍 민철에게 말해보는 대민.

그러나 민철은 대민의 말을 오히려 자신감으로 받아친다.

"기대감이 아니라 실제로 벌어질 일이니까 그렇게 말한 겁니다."

"실제로요?"

"네. 유 실장님은 결국 미래산업에게 의뢰를 맡기게 될 수밖에 없습니다. 보시면 아실 거예요."

"흐음……."

여전히 민철이 무슨 행동을 취하려는지 종잡을 수가 없다는 표정으로 그를 바라보는 대민.

그러나 지금까지 민철이 보여줬던 행동들은 평범한 이들이 생각할 수 있는 범주를 늘상 뛰어넘었다.

특히나 저번 미논 미팅 사건은 대민으로서는 그저 입을 쩍 벌릴 수밖에 없었다.

왜냐하면 거짓말을 거짓말로 응수할 생각을 했을 줄은 생각도 못 했기 때문이다.

거짓말은 걸리면 그 즉시 끝이다.

태연하게 거짓말을 늘어놓는 배짱까지 갖추고 있는 민철이 이번에는 어떤 식으로 미래산업을 도와줄까 하는 궁금증을 자아낸다.

사무실로 돌아오자마자 민철은 주변을 둘러본다.

그러면서 동시에 유 실장을 찾아온다.

"유 실장님."

"어, 민철이냐?"

인터넷 기사를 보고 있던 유 실장이 슬쩍 민철을 향해 시선을 돌린다.

"무슨 일이냐?"

"하청 의뢰에 관해서 회의를 할까 합니다."

"결정했나 보구나. 좋지. 그럼 회의실로 갈까?"

"먼저 들어가 계시기 바랍니다. 저는 참고 자료를 출력해서 들어가겠습니다."

"준비성이 좋은데? 참고 자료까지 프린트물로 만들 줄이야. 여튼 괜찮군. 일하는 업무 태도가 좋아."

유 실장이 싱긋 웃으면서 자리에서 일어선다.

어차피 아무리 샘플 자료를 만들어봤자 유 실장의 마음은 이미 다른 하청 업체로 기운 지 오래다.

그저 시간 낭비에 불과하다고 생각하는 유 실장이었지만 그래도 후임 신입 사원이 저렇게 자발적으로 알아서 열심히 하는데 굳이 태클을 걸 생각은 없다.

한편, 먼저 회의실로 돌려보낸 민철은 출력 자료를 뽑으면서 동시에 어느 한 인물에게로 다가간다.

이것으로 모든 준비를 마치게 되는 셈이었다.

회의실 내부로 들어서자마자 민철에 샘플 자료를 나눠 주며 자리에 앉는다.

대충 자료를 훑어보던 유 실장이 혀를 내두른다.

"꽤나 꼼꼼하게 조사했구만. 역시 직접 창고까지 내려가서 조사하는 모습이 범상치가 않더라니."

"감사합니다. 그래서 덕분에 좋은 하청 업체를 선정할 수 있었습니다."

"음, 그래?"

유 실장의 눈빛이 가늘어진다.

민철이 주장할 하청 업체가 과연 어디일까.

이미 그가 미래산업에 마음이 기울었다는 사실은 유 실장도 잘 알고 있다. 하나 그는 일부러 자신이 다른 하청 업체를 언급함으로 인해서 민철의 결심에 혼돈을 부여했다.

아무리 민철이 이런 철저한 자료 조사와 준비를 하더라도 어차피 유 실장의 한마디면 그도 굴하게 될 수밖에 없다.

뻔한 결과 아닌가.

하지만 그 결과를 뒤집기 위해서 민철은 필살의 카드를 뽑아 들었다.

끼리릭.

회의실 문이 열리면서 등장한 인물이 유 실장과 민철을 바라본다.

"오, 여기 있었구만."

"아, 구 부장님."

유 실장이 자리에서 일어서며 난감하다는 듯이 말한다.

"죄송합니다. 지금 저하고 민철이 회의실을 사용하려고 해서… 혹시 여기서 볼일이 있으십니까? 그럼 저희가 자리를 비켜 드릴……."

"무슨 소리를 하는 거냐?"

구 부장이 유 실장을 가리키며 똑바로 들으라는 듯이 대답한다.

"나도 이번 회의에 참가하기로 했다만."

"네……?!"

놀란 유 실장이 다시 한 번 구 부장을 바라본다.

그러나 구 부장은 무표정으로 유 실장을 응시할 뿐이었다.

"못 들었냐? 나도 이번 회의에 참가한다고."

"그치만 구 부장님. 이번 일은……."

"내가 너한테 전적으로 맡기긴 했지만, 결정 권한은 어디까지나 나에게 있다. 설마 그걸 모르는 건 아니겠지?"

"……."

그렇다.

업무적인 면에 있어서 이번 의뢰의 결정 권한은 구 부장에게 있다.

유 실장은 그래 봤자 실장.

구 부장에게는 이길 수 없는 관계에 놓여 있다.

한편, 구 부장을 이번 회의에 참가시킨 민철은 속으로 승리의 웃음을 내짓는다.

'구 부장이 눈치가 있는 사람이라 다행이군.'

회의실로 향하기 전에, 민철은 참고 자료를 만들면서 동시에 구 부장에게 다가갔다.

그러면서 이런 말을 한 것이다.

'구 부장님, 여기 참고 자료 있습니다.'

당연히 구 부장은 회의에 대해 들은 적이 없기에 민철에게 이렇게 질문했다.

'참고 자료? 이게 뭔데?'

'아, 구 부장님도 같이 회의하시는 거 아니었습니까? 지금 판촉물 제작 의뢰 업체 선정에 관해서 유 실장과 회의를 하려고 했습니다만…….'

'흠, 그랬나.'

마치 구 부장도 참가할 줄 알았다는 듯이 일부러 구 부장에게 참고 자료를 넘겨주면서 그에게 이런 질문을 들려준 것이다.

결정 권한을 가지고 있는 구 부장이 민철의 말을 곱게 흘릴 리가 없다.

게다가 마침 급한 업무도 없을뿐더러 유 실장의 태만한 근무 상태에 조금이라도 긴장감을 부여하기 위해 구 부장은 회의 참가를 결정하게 되었다.

이 모든 것이 민철의 설계였다는 것을 구 부장은 알고 있을지, 아니면 모르고 있을지.

어찌 되었든 결국 유 실장과 민철, 두 사람만이 했어야 할 회의에 구 부장이 참가하게 된 것이다.

'…일이 복잡하게 되었어…….'

유 실장이 욕지거리를 내뱉고 싶은 마음을 꾹 누른다.

설마 구 부장도 올 줄은 유 실장도 예상하지 못했기 때문이다.

반면, 민철은 마치 이들의 심적 상황을 전혀 모른다는 듯이 마이페이스를 유지하며 샘플 참고 자료 설명에 임하기 시작한다.

"우선 사진들을 보시면……."

샘플 자료들을 가리키며 드디어 민철의 장기인 '말'이 시작된다.

이미 구 부장을 참석시킴으로 인해서 유 실장의 '불도저식 계급 밀어붙이기 전법'은 무용지물이 되어버린 셈이다.

구 부장은 전적으로 업무를 기준으로 놓고 평가하는 사람이다.

아무리 사적으로 유 실장과 형, 동생 부르는 사이라 하더라도 업무에서 효율적인 결과물을 내놓지 못하면 구 부장도 언제든지 잘릴 수 있는 게 바로 대기업, 청진그룹이다.

그래서 철저하게 업무 평가의 기준을 놓고 보자면 구 부장도 여타 다른 부장급들과 동일하게 수익적인 면과 효과를 고려한다.

거기서 이미 민철이 활약할 무대가 만들어진 것이다.

협상의 기본, 바로 상대방과 동등한 지위가 갖춰지는 것!

'본 게임은 이제 시작입니다, 유 실장님.'

민철은 이미 승리자의 미소를 머금고 있었다.

*　　　*　　　*

본 게임은 지금부터다.

그렇게 생각하며 민철이 첫마디를 떼기 시작한다.

"참고 자료용으로 제가 드린 비교 샘플의 사진들을 봐주시기 바랍니다."

첫 장을 넘기자, 창고에서 직접 사진을 찍은 민철의 작업 결과물이 이미지로 드러난다.

"컴퓨터 파일로도 직접 확인할 수 있지만, 그래도 기왕 창고에 내려간 김에 제가 직접 찍은 파일로 올리기로 했습니다. 보시다시피……."

미래산업의 판촉물에 관한 장점 등을 어필하기 시작하는 민철.

사실 겉으로 보기에는 구 부장의 개입으로 인해 동등한 싸움이 될 거라는 생각을 할지도 모른다.

단순히 계급의 힘만을 믿고 있던 유 실장이었으나, 구 부장이라는 중재자가 나타난 순간 계급의 이점이고 뭐고 철저하게 사라진 것이다.

하나 그건 어디까지나 외부로 보여지는 모습에 의한 평가에서 나오는 단순한 의견일 뿐이다.

이 싸움.

실은 민철에게 압도적으로 유리하다.

왜냐하면 애초에 계급발로 밀어붙일 생각을 하던 유 실장이었기에 민철이처럼 참고 자료를 준비하거나 아니면 샘플을 준비하거나 하는 그런 준비성을 보여주지 않았다.

그러나 민철은 이와는 다르게 각양각색으로 시장에 대한 수요 조사, 판촉물에 대한 반응, 그리고 손님들의 평가 등등 어마어마하게 방대한 자료들을 참고 자료용이라는 하나의 결과물로 구 부장 앞에 보여줬다.

결정권자는 어쨌든 구 부장이다.

그가 마음이 가는 쪽이 어디인지를 가리기 위한 싸움이다.

그런데 유 실장은 단순히 말발로, 그리고 민철은 말발과 동시에 눈에 보이는 증거물을 대동했다.

우리나라는 증거재판주의를 취하고 있다.

추상적인 것이 아닌, 증거라는 하나의 물질적인 형태가 있어야 증거로 인정한다는 그런 제도라 할 수 있다.

결국 이 싸움도 똑같다.

민철은 직접 자신이 조사한 결과물을 구 부장에게 보여줌으로 인해 미래산업의 신뢰성을 조금씩 조금씩 높여가는 작업을 하고 있다.

그리고 실제로도 미래산업과 작업을 해서 모가 났던 적은 단한 번도 없다.

계속해서 홍보팀이 드문드문 미래산업에게 하청 의뢰를 넣은 것은 바로 이러한 점이 크게 작용했기 때문이다.

민철은 그것을 활용할 생각이었다.

미래산업이 스스로 다져 놓은 기반.

신뢰의 힘!

그리고 자신이 거기에 마침표만 찍어주면 된다.

"…이상입니다."

가장 기본이 되는 프레젠테이션을 마친 민철.

그가 내린 결론은 하나였다.

"제가 생각하는 바로는 미래산업에게 이번 판촉물 제작 의뢰를 넣는 것이 가장 효율적이라고 판단합니다."

"흐음……."

유 실장이 옅은 신음을 내뱉는다.

그의 입장에서도 객관적으로 봤을 때에는 오수보다 미래가 더 좋아 보였다.

하나 민철이 예상하고 있는 그대로 유 실장은 오수로부터 뒷돈을 받았다.

그것도 무시하기 힘든 금액을.

그렇기 때문에 계급발로 밀어붙여서라도 억지로 오수 쪽으로 의뢰를 넘기려고 했으나, 민철이라는 생각지도 못한 장애물이 나타난 것이다.

'이제 당신의 턴입니다.'

민철이 말을 아끼는 순간부터 이미 유 실장에게 다음 발언권이 자연스럽게 넘어간 셈이다.

그러나 그는 계속해서 말을 아끼고 있다.

말발로 밀린 것도 아니다.

말을 할 자격조차 없던 것이었다.

준비되지 않은 자가 함부로 나불거려 봤자 무슨 소용이겠는가.

"유 실장."

"…예, 구 부장님."

"너도 민철이의 생각이 옳다고 보냐?"

구 부장의 직접적인 질문이 들려온다.

유 실장은 민철이 프레젠테이션을 하는 동안 내내 침묵을 지키고 있었다.

아까 전까지만 하더라도 자신의 생각은 오수산업이라고 주장했던 그였으나, 아무런 근거 자료도 없이 무작정 오수산업이 좋다고 주장하기에는 구 부장의 시선이 너무나도 신경 쓰인다.

게다가 민철의 발표도 기가 막히게 좋았다.

역시 조사한 자료를 바탕으로 결과물을 도출한 것이다 보니 태클을 걸 만한 부분이 없던 것이다.

여기서 만약 유 실장이 태클을 걸게 된다면 누가 봐도 오수산업으로부터 뒷돈을 받고 일부러 하청 의뢰를 그쪽에 넘겨준다는 것으로밖에 보이지 않는다.

뒷돈에 관해서는 철저하게 유 실장 혼자만이 알고 있는 사실이다.

그렇기 때문에 민철을 따로 불러 '내가 오수산업한테 뒷돈을 받았으니 그냥 그쪽으로 넘기자' 라는 말을 하지 못한 것이다.

비밀이라는 건 세 사람 이상이 알고 있는 순간부터 이미 비밀이 아니게 되어버린다.

괜히 뒷돈에 관련해서 소문이라도 퍼지게 된다면 큰일이다.

이 소식을 감사팀이 듣고 곧장 조사에 들어가면 자신은 얄짤없이 이 직장에서 잘리게 될 테니까 말이다.

한경배 회장은 깨끗한 회사 운영으로도 널리 알려진 사람이다.

그래서 감사팀의 권한 역시 막강한 것이다.

괜히 뒷돈 때문에 회사에서 잘리느니, 차라리 여기서는 그저 민철이 주장한 그대로 미래산업에게 일을 맡기는 게 나을지도 모른다.

"…저도 미래산업 쪽이 좋다고 봅니다."

"그렇군."

구 부장도 납득했다는 듯이 고개를 끄덕인다.

유 실장.

그는 민철과 말로 싸울 자격조차 얻지 못하고 패배 선언을 하게 되었다.

미래산업에게 결국 이번 판촉물 의뢰가 떨어지기로 결정된 순간.

유 실장은 그저 한숨만 내쉴 수밖에 없었다.

모든 것이 잘 풀리고 있었다고 생각했지만, 결국 막판에 이런 결과가 발생할 줄이야.

'이민철……'

속으로 그의 이름을 되새기지만, 그렇다고 민철을 원망할 수도 없는 노릇이다.

녀석은 자신이 뒷돈을 받았다는 사실을 전혀 모를 것이다. 그리고 회사 생활은 이번이 처음인 데다가 민철의 입장에서는 지극히 당연한 일을 한 것뿐이다.

그래서 유 실장은 민철을 탓할 수가 없었던 것이다.

차라리 민철에게 뒷돈을 받았다고 솔직하게 말을 하면 좋았을까.

그러나 분명 감사팀에게 들킬 우려가 있다.

신입인 이민철을 어떻게 유 실장이 믿을 수 있겠는가.

여러모로 진퇴양난(進退兩難)의 상황에서 유 실장은 나름 최선의 결론을 내린 것이다.

"유 실장."

책상에서 한숨을 쉬던 유 실장에게 다가온 구 부장.

"잠깐 이야기 좀 하자."

"무슨 일이십니까?"

"별건 아니고. 담배 한 대나 피우자고."

"예……."

자주 이런 식으로 같이 담배 타임을 가지는 터라 별다른 의심 없이 구 부장을 따라간다.

흡연실에 도착한 두 사람.

담배를 입에 문 구 부장이 담배 연기를 내뿜으며 말한다.

"오수산업한테 뒷돈 받은 거, 그대로 돌려줘라."

"……!!"

놀란 표정으로 구 부장을 바라보는 유 실장이었다.

담배를 떨어뜨릴 뻔했지만, 필사적으로 평정심을 되찾으며 그를 지그시 응시한다.

"알고 계셨던 겁니까?"

"어느 정도는."

"언제부터……."

"니가 민철이에게 미래산업이 아닌 오수산업을 이야기했을 때부터지."

"듣고 계셨던 겁니까?"

"물론."

자리도 그리 멀리 떨어져 있지 않다.

그렇다면 구 부장이 충분히 들을 만한 가능성도 있다.

미래산업과 직접 컨택을 한 것은 다름이 아닌 구 부장이다.

미래산업의 실력을 인정하고, 작업에 대한 신뢰도를 믿었기에 그간 미래산업과의 협력 관계를 유지해온 것도 바로 구 부장이었다.

그만큼 미래산업의 판촉물 작업에 대한 결과물은 사실 누구보다도 잘 알고 있다.

그럼에도 불구하고 유 실장이 미래산업이 아닌 오수산업을 선택했다는 건 분명 뒷돈이 오고 갔다는 것을 뜻한다.

그리고 구 부장 역시 이 바닥에서 짧은 기간 동안 일해온 것이 아니다.

그에게도 수많은 뒷돈 거래의 유혹이 있었고, 그리고 실제로도 사례가 매우 빈번하게 발생했다.

더욱이 구 부장이 누구인가.

눈치의 왕이라 불리는 사내다.

유 실장의 행태를 보고 그간의 상황을 눈치채지 못했다면, 눈치의 왕이라 불릴 자격이 없을 것이다.

"얌전히 내가 하는 말대로 해. 괜히 뒷돈 받고 이상한 하청 업체에게 의뢰했다가는 피를 볼지도 모르니까."

"……."

"알겠냐?"

"네, 알겠습니다."

유 실장이 아무리 욕심이 많다 하더라도 이성적인 판단 정도는 내릴 수 있는 사람이다.

지금 당장 큰돈을 만질 수 있는 것은 좋다.

하나 그게 직장을 잃게 만드는 결과로 이어진다면, 그 돈은 그다지 욕심을 내서는 안 될 돈이다.

오히려 돈이 아니라 독이라고 할 수 있을지도 모른다.

그 독에 중독되지 않으려면 지금이라도 빨리 빠져나와야 한다.

"사회생활이라는 게 다 그렇지, 뭐."

구 부장의 말에 유 실장의 한숨도 더욱 깊어지기 시작한다.

─감사합니다, 정말 감사합니다!

수화기 건너편에서 연신 들려오는 최 이사의 목소리에 민철은 그저 어색한 웃음만을 지을 뿐이었다.

"전 제가 한 말에 책임을 진 것뿐입니다. 그리고 미래산업이 실제로 다른 기업들에 비해서 훨씬 괜찮은 결과물을 내준다는 것을 어필했을 뿐이지, 제가 한 일은 없습니다.

─그것만으로도 감지덕지합니다! 젊으신 분께 이리도 큰 은혜를 입을 줄이야… 아이고…….

"하하. 아닙니다. 그것보다 일만 열심히 해주시면 됩니다. 그러면 그만이에요.

─당연한 말이죠! 여하튼 정말 감사합니다. 이 은혜는 평생 잊지 않도록 하겠습니다!

연신 고맙다는 말과 함께 겨우겨우 연락을 끊은 민철이 가볍게 한숨을 내쉰다.

다행스럽게도 유 실장과 구 부장 둘 다 자리를 비운 틈에 민철의 자리로 전화가 와서 받을 수 있었다.

만약 이 대화를 유 실장이 들었다면 상당히 심기가 불편한 눈빛으로 민철을 바라봤을 것이다.

"최 이사님이에요?"

대민이 슬쩍 다가와 묻자 민철이 고개를 끄덕여 준다.

"예."

"다행이네요. 일이 잘 풀려서요."

"그러게 말입니다."

"그나저나 설마 구 부장님을 대동할 생각을 하다니. 진짜 민철 씨의 잔머리는 늘 제 위에 있다니까요?"

"잔머리라……."

사실 그렇게까지 머리를 굴리지 않아도 너무 쉽게 답이 나오는 해결안이었다.

결정권자가 구 부장이라는 점이 명확한 해답이었기 때문이다.

"그래도 유 실장님이 뭐라고 하지 않을까요? 가뜩이나 서 대리님도 민철 씨를 견제하는 거 같은데……."

"그건 별로 크게 상관없습니다."

유 실장은 대놓고 민철에게 뭐라고 하지 못할 것이다.

그는 그의 역할에 충실했을 뿐이니까.

서 대리 역시도 잠깐만 깐깐했을 뿐이지, 그 이후로는 딱히 민철에 대한 것들에 태클을 걸거나 그러진 않았다.

이들이 공통적으로 지니고 있는 감정은 결코 민철에 대한 '반감'이 아니다.

다들 민철이 너무 우수하다는 평가 때문에서 나온 자연스러운 반작용에 불과하다.

그런 반작용은 대놓고 드러나지 않을뿐더러, 민철에게는 행동에 대한 정당성도 부여되기 때문에 직장에서 안 좋은 평가를 받지는 않을 것이다.

그리고 어디까지나 실권자는 바로 구 부장이다.

권력이 있는 자의 눈에 벗어나지만 않으면 되는 일이다.

또한 민철 덕분에 홍보팀이 확실히 효과를 보고 있다면 이들도 별다른 말을 할 수가 없다.

그게 바로 민철의 보이지 않는 실드였다.

부하 직원이 유능한 걸로 태클을 걸 만한 사람은 찾아보기 힘들 것이다.

"회사 생활이라는 게 참으로 재미있군요."

"그런가요?"

"네, 적어도 저한테는 말이죠."

민철의 웃음이 지니고 있는 의미를 대민의 입장에서는 도통 이해할 수가 없었다.

제6장

성공 인생

남성진.

그는 청진그룹 내부에서도 가장 많은 지분을 차지하고 있는 청진전자의 부사장, 남우진의 아들이다.

말 그대로 성공한 인생, 엘리트 인생이라 불리며 고난과 역경 없이 청진그룹 신입 사원으로 채용된 인재 중에서도 인재다.

현재 총무과에서 일하고 있는 그의 신분은 신입 사원임에는 틀림이 없지만, 그가 지니고 있는 영향력으로 따지면 결코 신입 사원급이라 생각해서는 안 된다.

왜냐하면 그는 바로 부사장의 아들.

잘못 찍혔다가는 무슨 일을 당할지 모른다.

"…성진 씨?"

슬쩍 다가온 대리 한 명이 조심스럽게 프린트물을 건넨다.

"이거 자료 정리 좀 부탁해도… 될까?"

"네, 문제없습니다."

"바, 바쁘거나 그런 건 아니지?"

"마침 딱 업무가 끝난 공백 시간이었습니다. 일거리가 있으면 언제든지 맡겨주셔도 됩니다. 간단한 서류 업무를 포함해서 뭐든지 할 수 있으니까요."

"아… 그, 그렇지. 하하하!"

어색하게 웃으며 빠르게 자리를 뜨는 대리였다.

그가 취업을 하고 나서도 쭈욱 이런 상태였다.

심지어 부장급조차 성진의 눈치를 볼 정도니까 말이다.

'이래서 내가 아버지의 아들이라는 사실을 끝까지 숨겼건만……'

사실 면접을 보는 내내 성진은 우진의 아들이라는 점을 끝까지 숨기려 했었다.

하나 도중에 그가 예상치 못한 일이 발생하고 말았다.

바로 서진구의 참전.

그리고 민철의 예상치 못한 활약이었다.

가히 두 사람의 합작품이라고 해도 전혀 손색이 없을 정도였다.

남성진, 그가 부사장의 아들이라는 정체를 드러낸 것은 결국 본인 스스로의 입을 통해서였다.

타인의 입에서 자신의 정체가 밝혀지는 것을 성진의 입장에서는 상당히 껄끄러운 행동이었기 때문이다.

무엇을 하더라도.

그리고 어떠한 결과가 나오더라도.

성진은 스스로 모든 것을 해결했다.

그래서 엘리트라는 칭호를 붙잡을 수 있었던 것이다.

남우진이라는 남자의 그늘 뒤에서 묻혀 사는 건 이제 지긋지긋하다. 이제는 자신의 손으로, 스스로의 손으로 쟁취하는 일만 남은 셈이다.

하지만 그의 커다란 장애물이 너무나도 당당하게 등장하고 말았다.

바로 이민철이었다.

그는 홍보팀에서도 현재 종횡무진 활약상을 보이며 유명세를 떨치고 있었다.

미논과의 미팅, 그리고 항간에 들리는 소문에 의하면 판촉물 제작 하청 의뢰 선정에도 합리적인 판단으로 결정을 내려 미래산업을 선택했다는 일 역시.

미래산업에 일을 맡긴 덕분인지 이번 판촉물의 반응 역시 괜찮은 편이었다.

시장 조사를 마친 마케팅부의 결과에 따르면 다른 기업보다도 청진그룹 판촉물을 처음 접했을 때의 이미지가 압도적으로 좋다는 것이 증명되었기 때문이다.

물론 청진전자라는 절대로 무시 못 할 타이틀이 한몫을 했다는 것도 인정한다.

하나 대기업이라는 타이틀이 무작정 대중에게 좋은 이미지를 선사해 주는 것은 아니다.

최근에 SNS에서 유행하고 있는 이름하야 '갑(甲)질의 횡포'

사건도 빈번하게 발생하고 있다.

갑으로 따진다면 청진그룹만 한 갑도 없다.

그래서 알게 모르게 청진그룹에 반감을 가지는 사람들도 있을 것이다.

그런 단점이 있음에도 불구하고 시장 수요 조사에서 청진전자가 압도적인 1위라는 선호도를 차지했다는 것은 큰 의미를 지닌다.

홍보팀이 해낸 것이다.

그리고 그 홍보팀의 주축은 역시…….

'이민철이겠지.'

안 봐도 뻔하다.

의자에 잠시 몸을 기댄 성진이 자신의 미간을 매만진다.

그는 벌써부터 활약하기 시작했다.

하나 자신은 뭘 하고 있는 건가?

'짜증이 날 정도로군.'

회사 업무에 싫증을 느끼는 건 아니다. 하지만 민철에게 라이벌이라는 의식을 지니고 있어서 그런지 모르겠지만 최근 들어서 그의 승전보를 접할 때마다 알게 모르게 조바심이 느껴진다.

물론 남성진은 지금도 충분히 총무과에서 신인답지 않은 업무 처리 능력을 보여주고 있었다.

대리가 맡긴 서류 정리 업무도 사실은 간단해 보일지 모르지만, 이 많은 양을 단시간 내에 처리할 수 있는 건 총무과에선 아마도 남성진밖에 없을 것이다.

"후우."

가볍게 한숨을 내쉰 성진이 빠르게 종이 서류 파일들을 넘겨가기 시작한다.

한 손은 키보드를, 그리고 한 손은 종이들을.

시선은 종이와 모니터를 번갈아 보며 빠르게 업무 처리 속도를 높여간다.

후딱 처리하고 일단 쉬자.

그 생각이 성진을 지배하기 시작한다.

홍보팀 내에서도 민철의 평가는 점점 올라가기 시작한다.

신입 사원이면서도 신입 같지 않은 이력을 벌써부터 세워나가기 때문이었다.

유능한 부하 직원을 두고 있으면 상관도 편하다.

하나 마음이 불편해지는 건 사실이다.

"으음……."

유 실장이 일하고 있는 민철을 지그시 응시한다.

뒷돈도 결국은 그대로 오수산업에게 돌려주는 식으로 해서 마무리를 짓게 되었다.

오수산업 측에서는 어쩔 수 없는 일이었다며 웃으면서 괜찮다고 말을 했지만, 역시 유 실장의 입장에서는 아쉬운 일이었다.

자신의 개인적인 이득을 챙김과 동시에 무난하게 구 부장이 맡긴 업무를 해결할 수 있었다.

하지만 민철의 미래산업 지목 덕분에 전반적으로 시장 수요 조사에서 이번에 청진전자가 1위를 차지하게 되었다.

이것은 유 실장의 몫이 아니다.

민철의 몫이다.

'저 녀석이 확실히 유능하기는 한데… 과연 눈치가 없는 것인지, 아니면 오히려 내 행색을 보고 분명 뒤가 구리다는 사실을 알고 일부러 나와 반대되는 의견을 펼친 것인지 모르겠단 말이지.'

유 실장은 그렇게까지 눈치가 좋은 편이 아니다.

그래서 민철의 행태를 보고 그가 과연 어떤 심정으로 유 실장과 반대되는 의견을 내놓았는지 잘 모른다.

하지만 구 부장은 이미 알고 있었다.

민철의 모든 행동 연기를 말이다.

"부장님, 여기 커피입니다."

"아, 고마워."

여 사원의 커피 배달에 구 부장이 가볍게 고개를 끄덕인다.

마땅히 시킨 것은 아니지만, 민철이 아침마다 모닝커피를 대접하는 일과가 다른 사원들에게도 영향을 끼치기 시작했는지 이런 식으로 가끔씩 다른 사원들이 중간중간에 커피를 대접하는 일이 빈번하게 발생하고 있었다.

예전의 경우에는 여자 사원에게 커피 배달을 시킨다는 발언을 앞세워 성차별이니 뭐니 하는 그런 문제점이 제기될 수도 있었겠지만, 다른 사원들도 차별 없이 한 번씩 하고 있는 홍보팀 내부의 신설된 문화 아닌 문화였기에 그런 태클을 거는 사람도 없었다.

그리고 구 부장 본인도 다른 직원들에게 커피를 타주는 경우도 가끔 있었다.

호의, 그리고 배려.

상호 존중이라는 느낌이 나는 새로운 홍보팀의 문화에 구 부장은 매우 만족스러움을 느끼고 있었다.

사실 회사는 팀플레이다.

개인이 아무리 잘한다고 해도 돌아가는 기계 부품이 서로 삐거덕거리게 된다면 기계장치는 잘 돌아가지 않는다.

만약 개인이 혼자서 잘할 수 있다고 한다면, 그 사람은 회사원보다 자영업이 더 어울릴지도 모른다.

자영업은 회사라는 조직 생활에 비해서 철저하게 개인플레이니까 말이다.

게다가 민철의 모든 행태를 구 부장은 꿰뚫어 보고 있었다.

그가 일부러 자신을 꼬드겨 유 실장과의 단둘이 예정되어 있던 회의에 반강제적으로 참석을 시켰다는 것 말이다.

'잔머리도 좋고, 유능하고… 과연 차 실장과 황 부장이 탐낼 만한 녀석이로군.'

인사팀과 영업팀이 동시에 노릴 정도면 분명 뭔가가 있을 법한 녀석이라는 생각 정도는 구 부장도 하고 있었다.

그러나 이렇게까지 능력이 출중한 녀석일 줄은 사실 구 부장도 예상하지 못했다.

그게 바로 이민철이라는 남자의 이미지였다.

'그럼 우리 팀에서는 민철이를 추천해 볼까.'

인사팀 내부에서 내려온 공문을 바라보기 시작하는 구 부장.

청진그룹에서는 회사 내부적으로 어떠한 작은 이벤트를 진행하고 있었다.

바로 '올해의 신입 사원'이다.

전반기, 그리고 후반기에 한 명씩 추천을 해서 일 년에 총 2명의 엘리트 신입 사원을 선정한다.

신입 사원의 기준은 근무 기간 2년 내.

그중에서 엘리트 신입 사원으로 꼽히게 된 사원은 별도의 상금과 더불어 휴가까지 부여한다.

엘리트 신입 사원이라는 타이틀도 한몫을 하기에 다른 부서로 이동한다 하더라도 이 타이틀을 지니고 있으면 기본적인 능력을 인정받고 시작하는 것과 다름이 없다.

그래서 청진그룹 본사 내부 신입 사원 중에는 이 엘리트 신입 사원이라는 상을 타기 위해 부단히 노력을 하는 자들도 있다.

하나 수많은 신입 사원 중에서 엘리트 신입 사원에 선정되는 건 1년에 딱 2명뿐.

결코 쉬운 일이 아니다.

게다가 각 팀에서 부장급 이상으로 한 명만 추천을 할 수 있다.

그렇게 따진다면 이미 엘리트 신입 사원으로서의 길이 얼마나 험난한지 잘 알 수 있을 것이다.

참고로 구 부장은 엘리트 신입 사원이 아니었다.

엘리트 신입 사원 출신은 차 실장, 그리고 황 부장도 거쳐 간 코스였지만 구 부장은 그 자리를 차지하지 못했다.

아니, 사실상은 안 했다고 보는 게 더 적합할지도 모른다.

구 부장은 차 실장과 황 부장처럼 야심가가 아니다.

윗사람에게 잘 보여 위로 올라갈 생각보다는 자신의 장기인 눈치를 살려서 오랫동안 청진그룹에서 살아남는 게 가장 큰 목표다.

그래서 일부러 승진을 서두르지 않는다.

뭐든지 적당히.

그리고 남의 신경에 거슬리지 않게끔 하는 게 구 부장의 스타일이기 때문이다.

'조금 이따가 민철이 녀석에게 한번 의사를 물어봐야겠군.'

이미 구 부장의 마음속으로는 민철을 점찍어두고 있었다.

만약 이번 추천권이 민철에게로 넘어간다면 대민이는 그렇다 치더라도, 태봉이 걸리기는 한다.

그도 아직 2년 미만의 신입이기 때문이다.

'뭐, 그건 나중에 적당히 술 사주면서 기분만 달래주면 어떻게든 되겠지.'

별로 대수롭지 않게 넘기며 구 부장이 추천서를 서랍에 넣어두기 시작한다.

"엘리트 신입 사원 추천서… 말입니까?"

남성진이 부장에게 다가가 다시 한 번 그가 했던 말을 되새긴다.

"그래. 우리 팀에서는 자네를 추천할까 하네만."

"그렇군요."

남성진이 고개를 끄덕인다.

자기 말고 2년 미만의 사원은 8명 정도 있다.

그러나 남성진은 당연하다는 생각을 품게 된다.

이 추천서는 자신을 제외한 7명이 아닌 본인이 받는 게 당연하다.

남성진의 입장으로서는 실로 예상된 결과이기도 했으나, 그렇다고 겉으로 보이는 태도까지 그렇게 당당할 순 없었다.

"저 말고 다른 좋으신 선배님들도 계시는데 제가 받아도 될까요?"

형식적인 거절이었다.

한 번 정도는 이런 말을 해줘야 '나는 너희들을 배려하고 있다' 라는 인식이 들기 때문이다.

물론 당사자들이 어떻게 받아들이느냐에 따라 달라지겠지만 말이다.

"아니, 내가 생각하기에는 자네 말고는 그다지 눈에 안 들어오더군."

"그렇게 생각해 주신다면 저야 감사할 따름입니다만… 그래도 부담되긴 합니다."

"허허, 그냥 얌전히 받아 들게. 괜히 이도저도 안 되는 어중간한 녀석을 추천서로 올려 보내봤자 안 될 거 뻔하잖나. 그럴 바에는 차라리 자네를 올리는 게 좋지. 이번에는 우리 부서에서 엘리트 신입 사원이 배출될 수 있을 거야."

남성진이라면 가능하다.

부장은 그렇게 생각하며 일부러 성진을 고른 셈이다.

* * *

엘리트 신입 사원 추천 접수 기간.

총무과에서는 남성진을 추천했다는 소문이 들려옴과 동시에 다른 부서에서는 추천서를 내밀기 꺼려지는 상황이 발생하게 되었다.

남성진을 이길 만한 카드가 과연 존재할까?

남우진의 아들이라는 든든한 스펙을 지니고 있는 데다가 굳이 집안 배경의 이야기를 꺼내지 않아도 남성진이라는 인물 자체가 워낙 능력이 출중한 탓에 그를 이길 카드는 없다고 보인다는 게 회사 내부의 종합적인 이야기였다.

"뭐, 우리 팀에서도 사실상 그런 신입 사원이 없긴 하지만."

황 부장이 쓴웃음을 지으며 추천서를 바라본다.

옆에서 기지개를 펴고 있던 대리가 황 부장의 말을 들은 모양인지 슬쩍 다가와 넌지시 한마디를 던진다.

"그렇다고 추천서를 버리는 것도 아깝잖아요."

"누가 버린다는 말을 했냐. 물론 하긴 해야지. 되든 안 되든 추천을 받았다는 것 자체만으로도 의미가 있으니까."

굳이 선정되지 않아도 엘리트 신입 사원에서 추천서를 받았다는 건, 그만큼 부서 내에서 신입임에도 불구하고 열심히 노력했다는 증거가 된다.

추천을 받은 당사자에게는 어떤 의미로 인정을 받았다는 의미이기도 하다.

그래서 굳이 가능성이 없는 싸움이라 하더라도 다른 부서들은 신입 사원에게 추천서를 주게 마련이다.

혹은 이번에 힘내라는 의미로 추천서를 주는 쪽도 있다.

돌려 받기식으로 말이다.

"이번에는 남성진이 타겠네요."

대리도 살짝 입맛을 다시면서 아쉬움을 토로한다.

아무래도 팔은 안으로 굽는다고 했던가.

"우리 애들이 탈 거 같다고 생각했냐?"

"기왕이면 좋죠. 해당 부서에서 엘리트 신입 사원이 나왔다는 건, 그만큼 신입 교육을 잘 시켰다는 의미가 되니까요."

"그렇긴 하지."

그저 단순히 신입 사원에게 다수의 포상을 내리며 위로해 주는 제도처럼 보이지만, 이 사소한 제도 하나하나가 회사 내부에서는 많은 의미를 가진다.

특히나 대리가 말했던 것처럼 신입 교육을 제대로 시켰다는 증명도 된다.

여러모로 중요한 의미를 많이 담고 있는 표창이라 할 수 있다.

"홍보팀은 좋겠군."

"갑자기 왜 홍보팀을……?"

"남성진이라는 사람만이 엘리트로 인정받고 있는 게 아니잖냐."

황 부장이 누구를 가리키는지 대리도 이제야 눈치챘다는 식으로 대답한다.

"혹시 이민철입니까?"

"그래. 결국 심곡점에서 머메이드와 계약을 체결한 주 원동력이 바로 이민철이라고 밝혀졌더군."

"공식 내용입니까?"

"우리가 뒷조사를 했어. 영업팀이잖냐."

"하하, 과연……."

다른 부서에는 공적으로 발설된 내용이 아니다.

그러나 심증은 분명히 존재한다.

무능한 심곡점이 카페 머메이드를 상대로 대량의 계약을 체결할 수는 없다.

그리고 그 계약을 주도할 만한 인물도 없고 말이다.

서 과장이 뒤늦게 배치되었다고는 하지만, 심곡점 적응 기간도 있을뿐더러 유능한 인물로 평가를 받고 있다 하더라도 심곡점의 폐장 여부를 결정짓는 계약을 단기간 내에 따내는 것도 힘들다.

기존의 심곡점 멤버가 아닌 자가 해낸 것이다.

그것도 서 과장을 제외하면…….

이민철밖에 남지 않는다.

"그 친구가 우리 영업팀에 들어왔다면 정말 굉장했을 텐데."

황 부장은 아직도 이민철을 탐내고 있다.

물론 그뿐만이 아니라 인사팀의 차 실장 또한 마찬가지.

그리고 최근에 홍보팀에서의 활약상이 알게 모르게 퍼지면서 이민철을 바라는 부서들이 기하급수적으로 늘었다.

회사원은 평생 한 부서에서 충성을 다해 시간을 보내지 않는다.

부서 이동이라는 건 생각보다 빈번하게 일어나기 때문이다.

그 부서 이동을 위해서라도, 만약의 장래를 위해서라도 민철에게 러브콜을 보내오는 부서가 이미 상당수에 이르고 있다는 소문을 들은 적이 있다.

"나도 미리 점찍어둬야 하나."

"하하, 부장님도 노리고 계시는 겁니까?"

"말이 그렇다는 거지."

겉으로는 말하지 않았지만, 어차피 황 부장의 밑으로 이민철이 들어오는 건 시간문제다.

한경배 회장의 계획으로, 그리고 서진구의 주도로 창설될 독립 부서.

그 부서에 내정된다면 조만간 민철과 같이 일하게 될 것이다.

같은 대학교 출신이면서도 자신과 똑같이 회사 내에서 기적을 일궈내고 있는 엘리트 후배와 직접 일하게 될 시기를 기대하며 황 부장은 추천서를 작성하기 시작한다.

"우리 부서는 당연히 민철이지."

회의 자리에서 공연히 선언하는 구 부장.

그의 말은 '누구를 추천으로 올려 보낼 것인가?'에 대한 질문에서 나온 답변이라고 할 수 있다.

눈치왕이라 불리는 구 부장이라 해도 이번 일은 솔직히 눈치를 볼 일이 전혀 없다.

왜냐하면 사실 이민철밖에 없기 때문이다.

"실적으로 따져도 민철이밖에 없어. 대민이에게는 미안하지만 말이다."

"괜찮습니다. 저도 오히려 민철 씨가 올라가는 게 당연하다고 생각합니다."

대민도 힘차게 고개를 끄덕이며 구 부장에게 신경 쓰지 말라는 식으로 이야기를 해준다.

재작년에는 서 대리가, 작년에는 태봉이, 그리고 이번에는 민철이다.

"우리 부서는 그동안 엘리트 신입 사원이 없었지. 안타깝게도 말이야."

"서 대리님이 아니었습니까?"

대민이 놀란 표정으로 서 대리를 바라본다.

깐깐한 성격 탓에 업무적인 면에서는 거의 실수를 하지 않는 서 대리다.

그런 그녀조차 되기 힘든 게 바로 엘리트 신입 사원이라는 타이틀의 획득이었다.

그만큼 얼마나 되기 어려운지 그 사실을 잘 나타내는 기준이 되지 않을까 싶다.

"민철 씨가 이번에 됐으면 좋겠네요."

서 대리가 진심으로 기원하듯 말한다.

그녀도 자신의 부서에서 엘리트 신입 사원이 나오게 될 경우 생기는 메리트를 잘 알고 있다.

"여하튼 열심히 노력해 봐라."

구 부장의 말에 민철이 고개를 끄덕인다.

인사팀에 속속들이 접수되기 시작하는 엘리트 신입 사원 추천서.

차 실장의 눈앞에 드디어 모든 부서의 추천서가 도달한다.

"역시 총무과가 막강하구만."

혀를 차면서 남성진이라는 세 글자를 바라보는 차 실장의 한마디였다.

엘리트 신입 사원 선출 과정은 심플하다고 볼 수 있다.

전반적인 업무 실적을 평가하고, 실무진을 담당하고 있는 부장급들의 평가를 모아 선출되는 게 바로 엘리트 신입 사원이다.

부서 간의 관계의 중요성이 여기에서도 비쳐진다.

부서끼리 협력을 하게 되면 이런 점에서도 서로가 서로를 도울 수 있기 때문이다.

그래서 황 부장과 차 실장이 민철을 두고 경쟁할 때에도 가급적이면 서로가 좋게 좋게 해결을 하려고 노력했던 것이다.

"이번에는 누가 될까요?"

"글쎄다."

차 실장도 알 수가 없다.

왜냐하면 강력한 라이벌, 이민철이 버티고 있으니까.

평판 면에서는 남성진이 괜찮다.

그리고 업무적인 성과 면에서는 민철이 단연 압도적이다.

두 사람의 싸움.

여기서 갈리는 건 바로 남우진의 개입 여부일 것이다.

'부사장님이 과연 개입을 하실지 안 하실지 궁금하군.'

사실 남우진 부사장이 개입하면 곧장 이 게임은 끝나는 것과 다름이 없다.

하나 남우진이 대놓고 개입을 하지 못하는 이유가 하나 있다.

바로 서진구의 존재였다.

그를 회장 대리직에 앉혀놓은 것만으로도 서진구에게 행동제한을 걸어두는 것과 똑같은 효율을 자랑하고 있었다.

게다가 서진구는 청진그룹의 공동 창업자다.

남우진과도 오랫동안 알고 지내온 사이였기에 남우진을 누구보다도 잘 파악하고 있다.

그런 면으로 따지자면 절대로 남우진 독재 플레이가 성사되기 어려울 것이다.

"일단 걸러내 보자고."

"또 일거리가 늘었네요."

이런 거 하나하나가 회사원의 업무라고 할 수 있다.

이것이 인사팀의 고충이 아닐까 싶다.

얼마 뒤.

"엘리트 신입 사원 후보에 올라갔다며?"

카페 머메이드에서 커피 한 모금을 음미하고 있던 체린의 말이었다.

축하 메시지인지 아니면 그냥 확인 차원으로 민철에게 물어본 셈인지 도통 알 수가 없었다.

"그런 셈이지."

"총 몇 명이야?"

"5명."

"그중에 그 부사장의 아들이라는 사람도 껴 있겠지?"

"물론."

아무래도 여자친구인 탓에 남자친구의 직장 생활을 궁금하게 여기는 건 어쩔 수 없나 보다.

게다가 다른 평범한 직장도 아니고 청진그룹이다.

"엘리트 신입 사원으로 선출되면 보너스가 나온다고 하던데."

"……."

순간 민철의 말문이 막힌다.

그 보너스 이야기는 가급적이면 안 하려고 했건만.

"그걸로 여행이라도 가고 싶네."

"하, 하하……."

"왜, 싫어?"

"아니. 나도 마침 그렇게 생각하고 있었어."

거짓말은 능숙하다.

민철에게 거짓말이란 거의 생활의 일부와도 같기에 아무런 거리낌 없이 자연스럽게 거짓말을 할 수 있었다.

돈이 문제가 아니고 그냥 집에서 쉬면 좋으련만.

하나 체린은 민철을 가만히 놔둘 생각이 없나 보다.

어떻게 하면 체린의 마수(?)에서 벗어날 수 있을까 심대하게 고민하기 시작하는 민철이었으나.

"도망치면 알아서 해."

"……."

이미 그녀의 마수는 민철의 전신을 옭아매고 있었다.

구 부장 앞에 놓이게 된 엘리트 신입 사원 평가서.

후보는 총 5명이고, 그 후보 중에서 단연 민철과 성진의 이름이 돋보인다.

사실상 2파전이라고 할 수 있다.

남은 3명은 그저 인원수 채워 넣기 역할만 담당하고 있으니 말이다.

"여기서는 눈치를 볼 것도 없겠지."

당연하다는 듯이 구 부장은 민철에게 후한 점수를 주게 되었다. 자신의 부하 직원이니까 말이다.

물론 구 부장의 이름이 적혀 제출될 평가서지만, 그렇다고 그런 면까지 눈치를 볼 필요는 전혀 없다.

느낀 그대로를 평가하는 것이다.

구 부장은 확실히 성진보다 민철이 더 우수하다고 판단을 내렸기에 이런 평가를 내려주는 것이다.

그리고 무엇보다도.

"성공 인생이 비단길만으로 장식되어 있지 않다는 걸 남성진이라는 친구도 알고 있어야지. 암, 그렇고말고."

고개를 끄덕이면서 추천서를 작성한 구 부장이 의자에 몸을 기댄다.

자, 여기서부터가 문제다.

과연 다른 사람들은 누구에게 후한 평가를 내릴 것인가?

"결과가 기대되는군."

구 부장은 아무런 작업을 하지 않았다.

그가 천성적으로 말을 잘하는 타입도 아니고, 그리고 다른 부서에 가서 민철이 좀 잘 부탁한다는 이야기를 하고 싶지도 않았다.

이것은 그저 실력 싸움이다.

인맥 싸움도 있을 테지만, 만약 인맥 싸움으로 구 부장이 먼저 끌고 간다면 민철의 패배다.

왜냐하면 성진은 압도적인 인맥을 지니고 있기 때문이다.

그래서 구 부장은 일부러 자신이 먼저 투명한 추천서 작성을 시도한 것이다.

같은 홍보팀이라 하더라도 타 부서에게 가서 우리 민철이를 찍어달라는 그런 뒷이야기는 절대로 하지 않는다.

인맥 싸움으로 끌고 가지 않으려고 노력한 흔적이라 할 수 있을 것이다.

그리고 구 부장의 전략은 예상대로였다.

"축하한다."

"감사합니다, 여러분."

이민철.

그는 입사한 지 얼마 지나지 않아 상반기 엘리트 신입 사원이라는 타이틀을 달게 되었다.

남성진과의 각축전이 있었지만, 최근 들어 업무적인 성과를 많이 보인 탓에 승리할 수 있었던 것이다.

하나 민철도 알고 있었다.

이 작은 상 하나하나에도 회사 내부적으로 얼마나 많은 신경전이 오고 갔는지를.

제7장

명품연예인

"후우."

민철이 상반신을 일으키며 침대 바깥을 나온다.

제법 탄탄한 잔근육이 주를 이루는 남성의 몸이 실내 공기와 마주치는 순간, 옆자리에서 슬며시 눈을 뜬 체린이 긴 머리카락을 쓸어내리며 묻는다.

"…일찍 일어나네."

"습관이니까."

"……."

체린이 잔뜩 가라앉은 기분으로 시계를 다시 한 번 확인한다.

현재 시각, 새벽 5시.

"…너무 일찍 일어나."

체린 본인도 나름 일찍 일어난다고 생각하지만, 그래도 5시에는 일어나지 않는다.

게다가 민철이 현재 살고 있는 집이 회사에서 거리가 먼 것도 아니다.

지하철 출근으로 따져도 늦지 않을뿐더러 차량도 있으니 굳이 일찍 일어날 필요는 없다.

그럼에도 불구하고 새벽 5시라니.

"정말, 못살겠네."

저기압의 체린이 이불로 자신의 상반신을 가린다.

제법 탄력적인 가슴이 이불 아래로 가려지지만, 굴곡은 숨길 수 없었다.

"나 먼저 샤워할래."

"원하시는 대로."

민철이 슬쩍 웃으면서 샤워실을 가리킨다.

한동안 그를 흘기는 시선으로 바라보던 체린이 이윽고 흥 하는 소리를 내면서 샤워실 안으로 들어간다.

아무래도 일찍 일어난 민철 덕분에 자신의 잠을 방해받은 게 불만인 모양인가 보다.

반대로, 민철은 체린의 샤워하는 소리를 들으면서 침대 한가운데에 앉는다.

어제 남자와 여자가 밤새도록 불태운 흔적들이 침대 위 여기저기에 남아 있었지만, 민철은 신경 쓰지 않으며 천천히 정신을 집중시킨다.

우우웅.

푸른 마나의 기운이 민철의 주변으로 몰려오기 시작한다.

아침마다 매번 습관처럼 시행하는 마나 수련.

레디너스 대륙 시절보다는 분명 더딘 속도이기는 하지만 그래도 점차적으로 실력이 오르는 것은 확실하다.

마나 서클의 크기 역시 이 세계로 처음 왔을 때에 비해서는 비정상적으로 넓어졌으니 말이다.

"이 정도면 되려나."

본래대로라면 좀 더 걸릴 법한 명상 시간이지만, 체린이라는 여성의 존재가 있기에 그다지 오래 끌고 싶진 않았다.

침대 위에서 뭐하는 짓이냐는 잔소리를 아침부터 듣기 싫었기 때문이다.

체린과 같이 여행을 오기 얼마 전의 일이었다.

엘리트 신입 사원.

이 타이틀을 차지한 덕분에 민철에게는 추가 보너스와 더불어 4박 5일 휴가권이 수여되었다.

수여 당시, 회장 대리직을 맡고 있는 서진구가 직접 홍보팀을 방문해 부상을 수여하는 촬영을 하게 되었다.

"축하하네."

"감사합니다."

고개를 크게 숙이며 감사를 표하는 민철에게 진구가 흐뭇한 표정을 지어 보이며 말을 한다.

"구 부장에게 듣자 하니 신입답지 않은 업무 성과가 많다고 하더군. 아직 1년도 안 됐는데 벌써부터 이런 인정을 받다니. 말 그대로 엘리트 신입 사원에 어울리는 친구로군."

"과찬이십니다. 저는 아직 한참 멀었다고 생각합니다."

"허허, 겸손까지 갖추고 있군. 좋은 태도지."

진구가 고개를 끄덕이면서 민철의 어깨를 살며시 토닥여 준다.

여전히 찰칵 소리를 내며 두 사람의 투샷을 담고 있는 카메라.

기념 촬영이 이어지는 가운데에 진구가 작은 목소리로 민철에게 충고 아닌 충고를 들려준다.

"호랑이는 함부로 발톱을 드러내지 않는 법이지.·맹수는 자신이 확실히 위협을 주고자 할 때만 날카로운 발톱을 사용한다네. 왜인지 아나?"

"…잘 모르겠습니다."

"굶주린 하이에나들의 표적이 되고 싶지 않아서야. 제아무리 강대한 맹수라 하더라도 그는 늘상 고독하지. 힘은 호랑이라 불릴 만큼 강대한 이미지를 다른 사람들에게 심어주지만, 동시에 '경계'라는 위험 요소를 만들어내기도 한다네. 그 경계적인 태도를 취하는 게 바로 굶주린 하이에나들이지."

"……."

"조심하게. 능력이 있다는 건 좋지만, 그만큼 굶주린 하이에나들이 자네를 물어뜯을 기회를 엿보고 있지 않을까 나는 그게 두렵네."

"걱정해 주셔서 감사합니다. 새겨듣도록 하겠습니다."

좋은 말이다.

하나 서진구가 굳이 말해주지 않아도 이미 민철 스스로가 그런 경계를 취하고도 남을 만한 입장을 고수하고 있었다.

적을 만들지 않는다.

서 대리라든지, 유 실장이라든지.

분명 민철로 인해서 자신의 평판에 어느 정도 금이 간 것은 사실이다.

하지만 민철은 그것을 공연하게 떠들고 다니지 않았다.

오히려 서 대리 사건의 경우에는 서 대리가 기본 자료 같은 걸 철저하게 조사해 줬기에 그것을 밑바탕으로 미논과의 거짓말 대전에서 승리할 수 있었다는 말을 회의 시간 때 했던 적이 있다.

그리고 유 실장의 경우에는 유 실장의 그간의 자신에게 해줬던 기본 신입 교육이 나쁘지 않았기에 자신의 의사에 확신을 가지고 미래산업을 추천했다는 말을 늘상 하곤 한다.

분명 민철 본인의 공이지만, 그 공을 결코 독식하지 않는다.

다른 사람과 나눠 가지며, 혹은 그 사람의 덕분으로 돌린다.

전선에 나서는 순간, 민철은 다수의 굶주린 하이에나들에게 물어 뜯길 수 있기 때문이다.

맹수라 하더라도 혼자서 다수의 하이에나들을 상대할 수는 없으니까 말이다.

"이해해 준다면 고맙군."

고개를 끄덕인 서진구가 민철에게서 멀어진다.

기념이라는 목적으로 촬영한 사진도 이제 끝이 났고, 나머지는 이 휴가권을 쓸 차례만 남았다.

받은 휴가는 곧장 쓰기로 합의를 봤기에 조만간 인사팀으로 가서 일정을 잡아야 하는 게 현재 민철의 입장이었다.

"그래, 휴가 받으면 어디 놀러 갈 계획이라도 미리 세워뒀나?"

"장소는 합의를 못 봤지만, 같이 갈 사람은 있습니다."

"오, 여자친구가 있나 보군?"

"네. 아주 기가 센 여자친구가 있습니다."

"하하하, 벌써 공처가의 길을 걷는구만. 다른 사람들의 앞에서는 그렇게나 말을 잘하고 믿음직스러운 친구가 여자친구 앞에서는 한껏 작아진다는 게 상상이 안 된단 말이야."

"하하……."

어색하게 웃는 민철에게 진구가 여전히 호쾌하게 웃으며 말한다.

"그래, 남자는 어차피 여자에게는 힘도 못 쓰는 불쌍한 생물이지. 여하튼 휴가 받으면 여자친구한테 잘해주라고."

턱!

강하게 민철의 어깨를 움켜쥐는 서진구였으나, 민철은 그저 옅은 웃음소리만을 내뱉을 뿐이었다.

그리하여 그 결과가 바로 오늘 아침에 있었던 일이다.

서진구가 잘 알고 지내는 콘도 주인의 소개를 받아 근처 한적한 콘도로 놀러오게 된 민철과 체린.

근처 강가에서 산책을 하거나, 혹은 온천에 들어가는 등 한적한 시간을 보내며 휴가를 만끽한 두 젊은 남녀 커플이 다시 일상으로 돌아오기 위해 차에 탑승한다.

휴식도 휴식이지만, 이제 본격적으로 일을 해야 한다.

그러기 위해서 마지막으로 짐을 트렁크에 싣고 있던 와중이 었다.

"…어머."

체린이 슬쩍 고개를 돌려 주차장에 주차되어 있는 차량으로 시선을 돌린다.

연예인이 타고 다닐 법한 벤이 주차되어 있었기 때문이다.

"연예인이라도 온 걸까?"

"확신은 못 하겠군."

민철이 자신의 솔직한 의견을 표현한다.

굳이 연예인만 벤을 타고 다니라는 법은 없다.

짐이 좀 많거나 혹은 다수의 사람들이 단체로 이 콘도에 예약 을 하고 놀러 왔을 수도 있다.

그 경우를 따져 본다면 충분히 일반인 일행일 가능성도 있을 것이다.

그러나 이번에는 민철의 예상과는 다른 일이 벌어지고 있었 다.

드르륵.

차량의 문을 열고 모습을 드러낸 한 여성.

뒤이어 운전자석에서 남자가 한숨을 내쉬며 여성에게 말한 다.

"아무쪼록 사고 치지 마라."

"네, 알고 있어요."

"그리고 최대한 네가 누군지 모르게 행동하고."

"그것도 알고 있어요."

고개를 끄덕이면서 남자의 말에 기계적인 답변을 들려준다.

좀 떨어진 곳에서 저들의 모습을 지켜보고 있던 체린이 빙그레 웃어 보인다.

"연예인 맞네."

"단순히 예쁘다는 점 하나만으로 연예인이라고 단정 짓기에는 좀 이르지 않을까."

"민철 씨, 뭘 모르는구나. 저 여자, '헤이' 잖아."

"…뭐?"

사실 아이돌이라든지 그런 점에서는 커다란 관심이 없는 민철인지라 제법 놀랄 수밖에 없었다.

헤이라 함은, 청진그룹 홍보팀과 홍보 모델 계약 건을 놓고 현재 줄다리기를 펼치고 있는 그런 인물 아니겠는가.

"어떻게 알아본 거야?"

"어떻긴. 딱 봐도 알아보겠구만."

패션 잡지에 관심이 많은 체린인지라 주로 여성 모델에서 많은 인지도를 얻고 있는 헤이를 몰라볼 리가 없었다.

얼굴은 비록 선글라스로 가리고 있었지만, 그녀의 패션 스타일이 저 여성이 헤이라는 사실을 강하게 증명시켜 주고 있었다.

평소 그녀의 패션을 좋아하는 체린이었기에 어렵지 않게 눈치를 챌 수 있었던 것이다.

"저 사람이 민철 씨 직장 홍보 모델 후보라고 했었나?"

체린의 말에 민철이 무의식적으로 고개를 끄덕인다.

"그런 셈이지. 그보다 잘 알고 있군."

"여러모로 매체에서도 언급이 되었으니까. 그나저나 어때. 계약은 잘되어가고 있는 거 같아?"

"그건 잘 모르겠군. 내가 담당하고 있지 않으니까."

홍보 모델에 관한 계약 건은 서 대리와 태봉, 구 부장, 그리고 교육 겸 참가하게 된 대민이 진행하고 있었다.

사실 주로 구 부장이 핵심이 되어 계약 건을 진행하고 있다. 서 대리와 태봉은 보조 업무를 겸하고 있으니 사실상 유 실장을 제외하고 핵심 전력들이 홍보 모델 계약 건에 매달리고 있다 해도 과언이 아니다.

홍보 모델에 따라 제품의 이미지가 결정된다.

이 사실을 고려한다면 홍보 모델 계약을 결코 가볍게 다뤄서는 안 될 것임을 명심해야 한다.

"민철 씨는 왜 참가 안 하게 된 거야?"

"판촉 관련 업무가 있었으니까."

"흐음, 그랬었지."

최근 판촉물에 관한 일화를 접한 적이 있기에 체린도 아까 민철이 보여준 것과 마찬가지로 고개를 끄덕이는 걸로 대신한다.

그 성과 덕분에 지금 이렇게 휴가를 오게 될 수 있었으니까 말이다.

"잠시 말이라도 걸어볼까?"

무슨 바람이 불었는지 모르겠지만, 상당히 보기 드물게 체린 쪽에서 먼저 접근을 원한다는 발언을 하기 시작한다.

아무래도 자신이 자주 보는 패션 잡지의 메인 모델이라 그런 것일까.

"상관없지만, 과연 응수를 해줄까?"

가능성이 없어 보일 거라는 간접적인 발언을 하는 민철이었다.

그의 말이 맞다.

방금 매니저로 보이는 사람이 말했듯이, 자신의 정체를 알아차리고 말을 걸어오는 사람에게 헤이가 과연 친절하게 대할 수 있을지가 문제다.

그러나 체린은 그저 민철의 옆으로 다가서며 대뜸 팔짱을 낀다.

뒤에 이렇게 말할 뿐이었다.

"이럴 때야말로 민철 씨의 말솜씨가 필요한 법 아니겠어?"

"……"

"가서 잘 말하고 와봐. 식사라도 한 번 하게 된다면 내가 나중에 좋은 선물을 줄게."

"결국 나보고 알아서 설득해 오라는 뜻이군."

"휴가 때 내가 어울려 줬으니 이 정도 보답은 해줘야지."

"난 그래달라 한 적 없다만."

"어쨌든 빨리 하고 와."

체린이 민철의 넓찍한 등을 사정없이 밀기 시작한다.

그래 봤자 꿈쩍도 안 하던 민철이었지만, 어쩔 수 없다는 듯이 한숨을 내쉰다.

여자친구의 애교를 받아줘야 하는 건 남자친구로서의 역할이기도 하니까 말이다.

                    *   *   *

　민철이 천천히 헤이를 향해 걸어간다.

　어차피 밴은 헤이를 두고 떠난 지 오래다. 그녀 혼자서 선글라스를 착용한 채 옆에 작은 핸드백을 들고서 천천히 콘도 안으로 들어서려고 하는 순간이었다.

　"안녕하세요, 헤이 씨."

　"……"

　반사적으로 헤이가 경계를 하기 시작한다.

　그녀의 정체를 알고 접근해 오는 사람은 거의 99%가 팬임에 틀림이 없다.

　사인이라도 받으려고 접근한 것일까 생각한 헤이가 영업용 미소를 지어 보이며 말한다.

　"안녕하세요."

　어차피 자신이 헤이가 아니라는 사실을 부정하기에는 늦었다.

　그도 그럴 것이, 민철의 첫 마디가 '혹시 헤이 씨 아니에요?'도 아니었고 확신하듯 헤이의 이름을 불렀기 때문이다.

　이 와중에서 그녀가 자신의 존재를 부정해봤자 아무런 신빙성도 느껴지지 않기 때문이다.

　'매니저 오빠랑 하는 대화를 다 듣고 있었나 보네. 짜증 나.'

　속으로 솟구치는 짜증스러움을 억누르며 다시 인위적인 미소를 지어 보이는 헤이가 민철에게 무슨 볼일이냐는 식으로 묻는다.

"저한테 용무라도 있으신지······."

"아, 다름이 아니라."

민철이 품 안에서 무언가를 꺼내 든다.

작은 명함을 받아 든 헤이의 표정이 급격하게 변한다.

─청진그룹 홍보팀, 이민철 사원.

이 명함을 받자마자 헤이는 오만 가지 생각이 다 들기 시작한다.

단순히 사인을 받기 위해 접근한 사람이라고 생각했었는데, 설마 청진그룹 홍보팀 소속일 줄이야.

최근 들어서 어떻게든 청진그룹의 홍보 모델에 발탁되고자 소속사를 통해서 한창 줄다리기를 하고 있는 상황이었다.

물론 헤이의 마음으로도, 그리고 소속사의 속내도 대뜸 청진그룹의 홍보 모델 제안을 수락하고 싶었지만, 본래 계약이라는 건 대뜸 승낙해 봤자 좋을 게 없다.

우선 상대방의 요구를 관찰한다.

그리고 자신들에게 이득이 생길 요소가 있으면 그 점을 집중 공략한다.

어차피 홍보 모델 제안은 청진그룹 홍보팀에서 먼저 해왔다. 지금 당장 급한 것은 헤이 측이 아니라 청진그룹 홍보팀이라는 뜻이다.

"어머, 업계 쪽 분이셨군요! 몰라뵀었어요!"

헤이의 목소리의 목소리 톤이 급격하게 상승한다.

이것도 예상했던 일이다.

민철은 분명 헤이가 자신을 그저 사인이 목적인 사생팬으로 생각했을지도 모른다.

그래서 민철은 단숨에 자신의 신분을 승격시키기 위해 일부러 초면에 명함을 내민 것이다.

'설마 휴가 기간에 명함을 쓰게 될 줄이야.'

업무를 떠나 그저 쉬러 온 민철이었으나 이런 식으로 영업을 하게 될 줄은 꿈에도 몰랐다.

"워크숍이라도 오신 건가요? 이쪽이 전망이 좋아서 단체로 여행을 오기에는 괜찮은 장소이긴 해요."

"아, 다행스럽게도 업무적인 목적으로 온 게 아닙니다. 그저 저도 휴가를 받아서 쉬러 왔을 뿐이니까요."

"어머, 그러세요?"

선글라스를 착용하고 있는지라 헤이의 표정을 제대로 알 수가 없다.

얼굴이라 함은 상대방의 속내를 가장 잘 표시해 주는 신호와도 같은 역할을 한다.

민철은 주로 상대방의 얼굴을 보며 그의 속마음을 읽어내는 방식을 많이 사용해 왔다.

그렇다 하더라도 이렇게 선글라스로 얼굴을 가리며 대화하는 상대방을 지금까지 전혀 상대해 본 적이 없는 것도 아니다.

속내라 함은 얼굴 표정뿐만이 아니라 목소리, 그리고 몸짓 등 다양하게 표출된다.

이 사람은 반가운 척 연기를 하고 있는 것이다.

아니, 오히려 두려워하는 것일지도 모른다.

'어째서 혼자서 콘도에 온 거지?'

아무리 봐도 촬영 목적은 아니다.

촬영이 목적이었다면 굳이 선글라스를 착용하지 않아도 된다. 어차피 촬영 장소니까 타인에게 자신의 존재감을 드러내도 전혀 문제가 없으니까 말이다.

그래서 더욱 수상하게 느껴지는 것이다.

숨기는 게 있다.

그 생각이 들자 민철 특유의 말솜씨가 발휘되기 시작한다.

"혜이 씨도 여행 오셨나 보군요."

"그, 그렇죠. 이 근처에 촬영이 있어서… 제 숙소로 사용하려고요."

"과연, 그렇군요."

거짓말이다.

단박에 그녀가 거짓말을 함을 알 수 있었던 민철은 고개를 끄덕이며 그녀의 말에 속아 넘어가는 연기를 보여준다.

즉석으로 핑계를 둘러댔다는 티가 말투에서부터 너무 확연하게 느껴진다.

다른 사람의 앞에서도 아니고 민철의 앞에서 거짓말로 승부를 보다니.

'잘나가는 연예인이라 하더라도 역시 어린 여자에 불과하군.'

고작해야 21살밖에 되지 않는 여성이다. 그녀가 능숙하게 거짓말을 할 수 있다는 건 천성으로 타고난 재능이 아니고서야 불

가능한 일일지도 모른다.

"촬영 시간은 언제죠?"

"그게… 여, 여섯 시 정도예요."

"잘되었군요. 혹시 혼자 계시다면 저에게 식사를 대접할 기회를 주시지 않겠습니까? 마침 이 근처에 좋은 식당이 있더군요."

"그… 래요?"

못마땅한 표정의 헤이였지만, 어쩔 수 없다는 듯이 고개를 끄덕인다.

아무리 청진그룹이 먼저 홍보 모델 제안을 해왔다 하더라도 결코 헤이 측이 갑(甲)의 입장에 서 있는 건 아니다.

연예계에는 헤이보다도 잘나가는 연예인들도 즐비하다.

만약 한번 밉상을 보이게 된다면 이들이 노리고 있는 청진그룹 홍보 모델 계약 건은 그대로 공중분해가 되어버릴 가능성이 크다.

헤이의 잘못된 처사가 계약을 그르치게 만드는 결과로 이어진다면, 소속사 사장으로부터 엄청난 꾸지람을 들을지도 모른다.

그 생각이 압박으로 작용해 결국 민철의 제안을 승낙하게 된다.

"뒷조사?"

홍보팀 사무실에서 키보드를 두드리고 있던 구 부장이 슬쩍 고개를 올려다보며 서 대리를 바라본다.

"네. 뒷조사를 의뢰할까 생각합니다."

"누구에 대해서?"

"헤이라는 연예인이 대해서입니다."

"흐음……."

시기가 잘 맞아떨어지긴 했지만, 얼마 전 홍보팀에서 홍보 모델을 맡겼던 연예인이 홍보 모델 계약 기간이 끝난 뒤 마약 관련으로 크게 화두가 된 적이 있었다.

그때 당시 모델 계약 건이 종료되었기에 다행이지, 한창 홍보에 박차를 가하고 있었다면 분명 알게 모르게 청진그룹 제품의 이미지에도 타격을 줬을 게 분명하다.

"저번 일도 있고 해서 이번에는 한번 뒷조사를 하고 난 뒤에 계약 건을 체결하는 게 좋지 않을까 생각합니다."

깐깐한 성격의 서 대리다운 제안이었다.

분명 그 마약 사건은 치명적이었다.

물론 청진그룹과는 연관이 없는 일이라 하더라도 그 제품의 홍보 모델 아니었는가.

분명 악영향을 끼쳤을 게 틀림이 없을 것이다.

"나쁘진 않겠지."

"어떻습니까?"

"해두는 게 좋을 거야. 그럼 미디어 매체에 의뢰해야겠군. 이스펙트는 어떻지?"

"저도 그쪽에 의뢰를 해볼까 합니다."

이스펙트는 대한민국 최고의 파파라치 집단이라 불리는 언론 매체 중 하나다.

아무도 캐치하지 못한 특종도 아무렇지도 않게 보도로 뿌려 버리는 무서운 언론 집단이기도 하다.

틀림없이 제대로 된 뒷조사를 해줄 것이다.

"조금 의뢰비가 들더라도 확실하게 조사하는 쪽으로 방향을 잡아. 알겠지?"

"네, 알겠습니다."

"괜히 저번처럼 살 떨리는 사건 발생 안 하게 조심하고."

"그러려고 해요."

아직까지는 그다지 구린 소문이 없는 헤이지만, 아무래도 일을 맡기는 입장에서는 조심해도 전혀 손해가 없다.

아니, 오히려 조심하는 태도가 당연할지도 모른다.

"그나저나 민철이 이 녀석은 언제 휴가가 끝나는 거야."

구 부장이 분위기를 전환하기 위해 슬쩍 민철의 이름을 입에 올려본다.

그러자 대답은 반대쪽에 앉아 있던 대민에게서 흘러나왔다.

"내일이면 정상적으로 출근할 겁니다."

"내일이라고 해봤자 금요일이잖아. 휴가 뒤에 하루 출근하고 바로 주말에 쉬네. 완전 꿀 타이밍이구만."

그래도 어쩔 수 없다.

엘리트 신입 사원이라는 타이틀을 홍보팀에 가져다주었기에 구 부장 입장에서는 딱히 민철을 탓할 수 없었기 때문이다.

오히려 남성진이라는 우수한 엘리트를 누르고 홍보팀에게 그 영광을 가져왔다는 게 놀라운 사실이다.

"흐음……"

잠시 고민에 휩싸인 구 부장이 여전히 옆에서 대기 중이던 서 대리에게 넌지시 말을 걸어본다.

"이번 계약 건 말이야."

"네. 또 말씀해 주실 게 있나요?"

"민철이도 포함시키는 것이 어떨까."

"민철 씨를요?"

"그래. 어차피 대민이하고 같이 경험한다는 생각으로 배우는 입장이기도 하니까 말이야. 어때?"

"저야 뭐……."

서 대리로서도 딱히 거부를 할 생각은 없었다.

늘상 그렇듯 신입을 교육시키는 건 상관으로서 해야 할 업무 중 하나이기 때문이다.

게다가 사실은 대민 혼자로는 부족하다.

어쩌면…….

이번에도 민철이 뭔가를 해낼지도 모른다.

그런 생각은 서 대리에게 알게 모르게 기대감을 심어주고 있었다.

한편, 홍보팀 자체적으로 민철의 이번 홍보 모델 프로젝트 참가가 암묵적으로 결정되고 있는 와중에 정작 당사자인 민철은 두 여성을 태우고 근처 한식 가게로 향하게 되었다.

차량으로 오가는 도중에 체린은 헤이에게 많은 말을 걸어왔다.

"패션 잡지 정말 재미있게 보고 있어요. 헤이 씨의 패션 감각에 새삼 놀라고 있답니다."

"고마워요. 설마 여기서 그 잡지를 구독하는 분을 직접 뵙게 될 줄은 몰랐어요."

"요즘 여자들에게 인기 많은걸요? 그 잡지."

"어머, 그래요?"

여자들의 수다란.

혀를 차면서 가볍게 고개를 절레절레 흔드는 민철이었다.

말과 연관되어 있으면 대부분 민철의 분야라고 할 수 있지만, 유일하게 그가 꺼려하는 분야가 있다.

바로 저런 식으로 여자들끼리 깔깔거리거나 호호거리며 웃는 수다였다.

의미 없는 대화의 반복이며 괜히 입만 아프다.

아주 객관적인 시선으로 봤을 때, 민철의 입장에서는 정말 쓸모없는 대화 형태 중 하나가 아닐까 싶지만 그래도 저 수다라는 형태가 그녀들만의 친밀도를 높이는 방법이라는 생각을 하게 된다면 그리 나쁜 의미도 아닐 것이다.

친목이 주 목적이라는 걸 잊어서는 안 되듯이 말이다.

"다 왔어."

차량을 주차시킨 민철의 말에 체린이 고개를 끄덕인다.

"여기서 내려요."

"네."

체린과 헤이가 먼저 하차한 뒤, 민철이 가장 나중에 내리며 차 문을 잠근다.

이들이 도착한 곳은 콘도에서 차량으로 대략 10분 정도 거리에 위치한 한식 가게였다.

나름 유명세를 타고 있는 모양인지 굳이 이 주변 일대 콘도로 여행을 온 사람들이 아니더라도 자주 맛집을 찾기 위해 투어를 오는 사람들도 꽤나 많았다.

"어서 오세요!"

종업원이 기운차게 외치며 이들을 반긴다.

근처에 적당한 자리를 잡아 앉는다. 맞은편에 헤이가 혼자서 앉고, 그리고 민철의 옆에는 자연스럽게 체린이 앉게 된다.

어딜 가나 여자친구 포지션을 잊지 않는 내조의 여왕이었다.

"헤이 씨는 특별히 가리거나 그런 음식 있나요?"

"아니요, 그런 건 없어요."

"어머, 젊은데 편식도 안 하시고. 기특하네요."

"아하하……."

체린이 주도적으로 이렇게까지 말을 하는 건 사실 민철도 거의 처음 본다.

역시 패션이라는 공통분모가 있어서 그럴까.

가끔은 이렇게 친근한 말을 많이 주고받는 체린의 모습도 나쁘지 않다는 생각이 든 민철이었다.

*   *   *

"특별히 뭐 싫어하거나 그런 건 없나요?"

"네… 뭐……."

헤이가 어색하게 웃으면서 가리는 음식이 없음을 알린다.

"그럼 이 세트 메뉴로 시킬게요."

유독 말이 많아진 체린이 한층 기분이 업된 상태로 종업원을 부른다.

한편, 민철은 중간에 자신의 스마트폰이 울리기 시작함을 느끼게 된다.

'누구지?'

휴가 때 연락이 올 사람이라고 한다면…….

혹시나 하는 마음으로 액정 화면을 바라보자, 구 부장이라는 단어가 들어온다.

'회사원의 슬픔이군.'

휴가 때에도 이런 식으로 직장에서 걸려온 전화를 받아야 한다니.

물론 안 받아도 그만이긴 하지만, 그래도 구 부장이 직접 전화를 걸어올 정도면 필히 민철에게는 중요한 일이 될 것이리라 생각된다.

"체린아, 나 잠깐 나갔다 올게."

"전화?"

"어. 부장님한테 연락이 왔어."

부장이라는 말이 들리자마자 헤이가 대뜸 살짝 어깨를 움찔 거린다.

그러면서 동시에 민철에게 부탁하듯 말을 하기 시작한다.

"저, 저기! 제가 이곳에 있다는 건 가급적이면 비밀로……."

"알겠습니다. 그렇게 알고 있겠습니다."

"감사해요!"

헤이가 진심으로 살았다는 표정을 지어 보이며 민철에게 감사를 표한다.

촬영 일자로 근처 콘도에 머물게 되었다고 하는데 굳이 비밀로 할 이유가 있을까.

하나 민철은 그에 대한 의구심은 잠시 묻어두기로 한다.

어차피 그녀와 처음 만났을 때부터 계속해서 의심이 가기 시작했다. 매니저를 보낼 만큼, 그리고 일부러 혼자 남을 만큼 분명 남들에게 들키지 말아야 할 무언가가 있을 것이다.

가게 바깥으로 나온 민철이 통화 버튼을 누르자, 마치 오랜만에 듣는 듯한 구 부장의 목소리가 들려온다.

ㅡ여보세요. 민철이냐?

"예, 부장님. 접니다."

ㅡ휴가는 잘 보내고 있고?

진심으로 하는 말인가.

이미 회사에서 연락이 온 순간부터 그다지 좋은 휴가를 보낼 수 없게 되었는데 말이다.

"나름 잘 지내고 있습니다."

ㅡ하하. 여자친구분도 만족하겠지? 다름이 아닌 서진구 회장 대리님께서 직접 소개시켜 준 콘도니까 말이야.

"예, 전망도 좋고, 주변에 놀 만한 곳도 많더라고요."

아마 그 소문 덕분에 헤이도 이곳에 오지 않았을까 싶을 정도다.

ㅡ전화를 건 이유는 별거 아니고 말이다.

드디어 본론으로 들어가기 시작한 구 부장이 천천히 자신이 전화한 이유에 대해서 설명을 하기 시작한다.

―너, 이번에 우리 홍보 모델 계약 건에 같이 참가할 생각 없냐.

"제가 말입니까?"

―그래. 판촉물 관련 업무 때문에 너하고 유 실장은 참가를 안 했었잖냐. 너한테는 미안한 말이지만, 그래도 대민이도 같이 하고 있으니까. 가급적이면 최대한 신입 교육도 같이 하는 게 좋다는 말도 있었고.

"저야 상관없습니다. 일을 많이 하면서 배우면 배울수록 저에게도 도움이 많이 될 테니까요."

―역시 엘리트 신입 사원이구만. 알았다. 그럼 그렇게 알고 있으마.

"예, 알겠습니다."

말 그대로 별다른 이유 없었다.

홍보 모델 계약 건에 민철도 같이 일하게 되었다는 거 말이다.

아마 다음에 출근을 하게 되면 대략적인 진행 상황이라든지 그런 걸 대민을 통해 들으면 될 것이다.

하나 문제는 지금부터다.

'내가 참가하게 된 이상, 수상하게 보이는 점이 있는데 그냥 넘어갈 수는 없지.'

헤이가 이곳에 온 진짜 이유를 먼저 밝혀내야 한다.

괜히 홍보 모델 계약에 치명적인 실수가 발생해서는 안 된다.

연예인은 이미지로 먹고사는 직종이다.

더욱이 홍보 모델을 맡게 되면 그 연예인은 자신의 이미지만 책임지는 게 아니라 홍보 모델을 담당하게 된 제품 이미지도 같이 책임지게 되는 것이다.

그렇게 따진다면 헤이의 수상한 점은 분명 민철도 알고 있어야 한다.

"휴가를 나와서도 일이로군."

어쩔 수 없는 대한민국 샐러리맨의 신세를 한탄하며 민철이 가게 안으로 발걸음을 재촉하기 시작한다.

한편 체린과 이런저런 이야기를 나누기 시작하는 헤이는 놀라운 사실을 한 가지 알게 되었다.

체린이 보통 집안의 여성이 아니라는 점이다.

그녀가 카페 머메이드 대표의 딸이라는 것까지는 상세하게 모르고 있었지만, 이야기를 하는 어투라든지 머릿속에 알고 있는 지식 등은 일반 서민이라고 생각하기에는 무리가 있는 수준이었다.

헤이도 연예인 생활을 하기 시작하면서 점점 인지도가 상승하고 많은 상류층들과의 만남을 지속하다보니 확실히 기품이라는 걸 구분할 수 있게 되었다.

체린이라는 여자는 그 기품을 가지고 있다.

그럼에도 불구하고 왜 이런 여자가 이민철이라는 남자와 사귀고 있는지에 대해서는 미지수다.

분명 민철도 나쁜 조건의 남자는 아니다.

청진그룹 본사 홍보팀에서 일하고 있으면 일등 신랑감임에는 틀림이 없으니까 말이다.

하나 민철의 집안이 잘사는 집안도 아니고, 그리고 민철의 직책이 높은 것도 아니다.

고작해야 일반 사원에 불과한데 왜 굳이 체린은 민철과 관계를 유지하고 있는 것일까.

"남자친구분께서는 잘해주시나 보네요."

슬쩍 민철에 관한 이야기를 언급하자 체린이 부드러운 미소를 지어 보인다.

"그런 셈이죠."

"어떤 분이신가요?"

"업무상으로도 서로 만나본 적이 없으시나 보군요."

"네. 민철 씨가 통화하러 가신 그… 부장님이라는 분하고는 몇 번 만나 뵌 적이 있는데, 민철 씨는 사실 처음 보거든요."

"그렇네요."

홍보팀이라고 모든 업무를 떠맡고 있는 건 아니다.

체린도 나름 납득을 한 모양인지 고개를 끄덕인다.

"좋은 남자예요, 민철 씨는요."

"좋은 남자라……."

"분명 헤이 씨에게는 평범해 보이는 남자일지도 모르죠. 하지만 전 민철 씨가 결코 평범하다는 기준에서 머물 사람은 아니라고 생각해요. 민철 씨는 분명 저보다도 훨씬 더 뛰어난 지위까지 올라갈 거니까요."

"미래를 보는 건가요?"

"네. 여자가 남자를 선택하는 기준은 외모도, 몸매도 아닌 능력이잖아요?"

"……"

"지금 당장 가진 게 없어도, 저는 민철 씨가 좋아요. 분명 민철 씨는 크게 될 사람이니까요."

그 한마디가 헤이의 심경을 자극하기 시작한다.

남자를 보는 눈.

그리고 남자를 선택하는 여자.

"…다른 의미로 부럽네요."

"어머, 헤이 씨는 남자친구 없나요?"

"…없어요. 있으면 큰일 나니까요."

"연예인이란 힘든 직업이네요."

체린의 눈빛이 순간 가늘어진다.

그녀도 민철과 마찬가지로 사람을 대하는 방법을 알고 있다.

괜히 카페 머메이드 대표의 딸이 아니다.

그간 많은 미팅과 타 회사 간부들과의 협상을 통해 그녀 또한 사람을 보는 안목을 지니고 있다.

헤이의 방금 그 말은.

'거짓말이야.'

아무리 연예인이라 하더라도 고작해야 20대 초반의 젊은 여자에 불과하다.

아직까지는 자신의 감정 컨트롤이 제대로 되지 않을 터.

그간 많은 경험을 가지고 있는 체린에겐 제대로 걸린 셈이다.

조금 더 대화를 나눠볼까.

그렇게 생각하려던 찰나에, 실내의 문을 열고 들어온 민철이 미안하다는 표정을 지어 보이며 체린의 옆자리에 앉는다.

"통화가 조금 길어졌어."

"아니야. 그보다도 무슨 일 때문에?"

"별건 아니고."

자신이 이번 홍보 모델 계약 건에 참가하게 되었다는 건 비밀에 부치기로 한다.

괜히 헤이에게 부담을 줄 필요는 없었기 때문이다.

그렇게 한동안 이어지는 늦은 점심식사는 겉으로 보기에는 평화로운 식사에 불과했다.

하나 본게임은 그 이후부터 시작되었다.

"다 왔습니다, 회장님."

"음."

뒷좌석에 탄 중년의 남성이 운전자의 말에 고개를 끄덕인다.

몇 시간 전, 민철과 체린이 머물렀던 바로 그 콘도에 도착한 차량 한 대가 주차장에 들어선다.

차량에서 내린 중년 남성이 양복 차림으로 콘도의 바깥 풍경을 바라본다.

산 좋고 물 좋고 공기 좋고.

"괜찮은 장소로군."

휴가로 오기에는 딱 좋은 장소가 아닐까 싶다.

물론 휴가도 좋다.

오랜만에 잠시 휴식을 취하게 된 이 남자, 강호민이 운전수에게 말한다.

"신호 주면 바로 올 수 있게 대기하면 되네."

"예, 회장님."

고개를 끄덕인 남자가 트렁크에서 짐을 꺼낸다.

이윽고 콘도 안으로 향하는 운전수를 바라보던 강호민 회장이 스마트폰을 꺼내 보인다.

"아직 안 온 건가."

분명 메신저로는 도착했다는 말이 오고 갔었는데, 도중에 아는 사람과 마주친 탓에 잠깐 식사를 하고 온다는 말을 들었다.

"조금 있으면 오겠지."

가볍게 몸을 풀며 메신저 상대방의 이름을 다시 한 번 확인하는 강호민.

상대방의 이름, '혜이'라는 두 글자가 잠시 호민의 시야에 스쳐지나간다.

혜이를 데려다주기 위해 다시 콘도로 돌아온 민철은 주차장에 차를 주차시킨 뒤 체린과 나란히 차에서 하차한다.

"짧은 시간이었지만 즐거웠어요."

"네, 저도요."

체린과 혜이가 간략하게 이별 인사를 나눌 무렵, 민철은 콘도 주변을 둘러보기 시작한다.

'못 보던 차량이군.'

다른 차들과는 다르게 유독 비싼 티가 팍팍 나는 그런 차량이 한 대 보인다.

기억력이 그리 나쁜 편이 아닌 민철이기에 차량의 위치라든지 차종 등은 대략적으로 머릿속에 인지하고 있었다.

혼자만의 생각에 잠길 무렵, 헤이가 콘도로 들어가 모습을 감춘다.

그사이, 차량에 오르기 전에 체린이 넌지시 민철에게 한마디를 던진다.

"조사해 볼 거야?"

"···무슨 뜻이지?"

"알고 있으면서."

체린도 눈치가 없는 여자가 아니다.

헤이의 수상한 점은 이미 진작부터 눈치를 채고 있었다.

"좋아하는 아이돌인데 남자친구에게 뒷조사를 하게끔 허락해도 되나?"

"물론 헤이를 좋아하는 건 사실이지만, 그렇다고 민철 씨보다 더 좋아하지는 않아."

냉정한 말이었다.

헤이에게 수상한 점이 보이는 건 체린으로서도 결코 가볍게 넘어갈 일이 아니다.

왜냐하면 그녀는 청진그룹 홍보 모델 계약 건으로 인해 홍보팀과 협의를 보고 있었기 때문이다.

행여나 그녀에 관한 악성 기사라든지 소문이 퍼지게 된다면 그건 민철이 속해 있는 홍보팀에게 커다란 타격을 줄 것이 틀림이 없다.

남자친구의 업무에 지장을 줄 만큼 특별한 일이 아니었으면 하는 바람이지만, 체린의 여자로서의 감은 결코 사소한 일이 아님을 경고하고 있었다.

"난 잠시 여기서 기다려도 되니까 민철 씨는 몰래 조사하고 와도 돼."

"그렇군."

고개를 끄덕인 민철이 콘도로 향하기 전에 체린에게 다가가 그녀의 허리를 감싼다.

자연스럽게 눈을 감은 체린의 입술에 마주 키스를 해주며 달콤하게 속삭이듯 말하기 시작한다.

"역시 내조의 여왕이야, 너란 여자는 말이야."

"내조라는 단어가 어울리는지는 잘 모르겠지만, 난 민철 씨한테 올인한 여자니까."

"기억해 두지."

헤이의 뒷조사에 관해서는 눈감아주겠다.

이런 식으로 말하는 체린에게 다시 한 번 키스를 선사해 준 민철이 콘도 뒤편으로 돌아간다.

마나를 빠르게 순환시키면서 자신에게 투명화 마법을 건 뒤 콘도 입구로 향해 빠르게 발걸음을 재촉한다.

나름 오랫동안 헤이와 같은 식사 자리를 가졌기에 그녀가 풍기는 독특한 마나의 아우라는 쉽게 느낄 수 있다.

천천히.

투명화 마법이 걸려 있다 하더라도 다른 사람들이 눈치챌 우려가 있다.

신경을 쓰며 헤이가 있을 법한 방으로 향하는 민철.

그의 시야에 놀라운 장면이 목격된다.

"으음……."

방 안에 강호민과 헤이가 서로 끌어안은 채 사랑을 속삭이는 장면이 눈에 들어온 것이다.

*　　*　　*

강호민 회장.

대한민국 기업 중에서도 한창 주가를 올리고 있는 유명 무역 회사의 대표이며, 엄연하게 가정이 있는 사람이라고 할 수 있다.

하나 지금 그 강호민 회장은 현재 헤이와 불륜을 저지르고 있었다.

민철이 알고 있을 정도라면, 강호민이라는 남자가 세간에 전혀 영향력이 없는 사람은 아니라는 뜻이다.

그런 남자가 외간 여자와 불륜이라니.

게다가 상대도 보통이 아니다.

'저것도 능력이라면 능력이로군.'

민철이 어떤 반응을 보여줘야 좋을지 잠시 고민을 해본다.

우선 첫 번째로 자신이 이들의 불륜 현장을 목격했다는 흔적을 남겨서는 안 된다.

그렇다고 이들의 불륜을 못 본 척한 채 가기에는 여기까지 몰래 침투한 보람이 없다.

'어쩔 수 없지.'

작게 혀를 찬 민철이 호주머니에서 스마트폰을 꺼낸다.

현대 시대의 과학 산물 기능은 참으로 좋다.

레디너스 시절에서는 사진이라든지 이런 물질적인 형상을 증거로 남기기가 쉽지 않았다.

하나 현대 시대에는 스마트폰이라는 가히 만능 제품이 있어서 좋다고 생각한 민철이 가볍게 촬영을 한다.

'이게 그 유명한 파파라치라는 건가.'

만약 민철이 기자였다면 분명 다양한 특종을 생생하게 잡아냈을 게 틀림이 없다.

기왕 이렇게 된 김에 회사원을 때려치우고 기자의 길로 갈까라는 말도 안 되는 상상도 잠시 해본다.

'이 정도면 됐겠지.'

혹시 몰라서 촬영을 하는 동안 찰칵 소리가 나지 않게끔 사일런스 마법도 걸어뒀다.

천천히 콘도 바깥으로 나선 민철이 잠시 콘도의 건물을 올려다본다.

그가 향한 시선의 끝은 바로 헤이와 강호민 회장이 불륜을 저지르고 있는 현장이었다.

이 콘도 주인에게는 어떤 식으로 말해서 속였는지 모르겠지만, 여하튼 뒤가 구리면 언젠가는 잡히게 되는 법이다.

콘도 바깥으로 나올 무렵, 유독 민철을 주시하는 한 인물의 시선이 느껴진다.

"저기요."

남자가 민철을 주시하더니 이내 말을 걸어오기 시작한다.

본능적으로 이 사람이 강호민 회장의 측근임을 눈치챈 민철이 아무렇지도 않게 미소를 지으며 대답한다.

"네, 저한테 무슨 볼 일이라도……?"

"방금 혹시……."

순간적으로 민철이 남자의 머리 쪽을 향해 오른손을 뻗는다.

놀란 남자였지만, 그 뒤의 행동 반응을 할 수가 없었다.

"미안하지만 오늘 나를 본 건 잊어줘야겠어."

"……!"

후우웅!

민철의 오른손에서 급격하게 뻗어 나온 마나의 기운이 남자의 머리를 휘감는다.

한기를 느낌과 동시에 어지러움을 느낀 남자가 그대로 털썩 주저앉는다.

이윽고 대략 10초 정도가 지났을까.

"여보세요, 정신 차리세요."

정신을 잃은 남자를 민철이 도로 깨우기 시작한다.

어영부영 눈을 뜬 남자가 주변을 둘러보더니 상황 파악을 하기 시작한다.

"내가 왜 여기에 누워 있는지……."

"기억 안 나세요? 갑자기 쓰러졌다구요."

"그, 그런가요? 이거 참… 실례가 많았습니다. 도와주셔서 감사합니다."

남자가 민철을 은인으로 착각하며 오히려 감사를 표한다.

이렇게 만든 원인이 민철이라는 사실조차 기억하지 못하는 모양인가 보다.

"아닙니다. 그보다 병원에 한번 가보시는 게 좋을 듯하군요.

갑자기 쓰러지다니, 걱정입니다."

"네… 아무래도 그래야겠군요."

남자도 자신이 이유도 없이 쓰러졌다는 사실이 조금 두려운 것인지 고개를 끄덕인다.

기억 조작 마법이 제대로 통했음을 깨달은 민철.

다시 체린이 기다리고 있을 주차장에 도달하자, 운전석 옆에 앉아 있던 체린이 민철을 반긴다.

"잘하고 왔어?"

"대충."

"결과는 어때?"

"네 예상이 맞았어."

사실은 안 봐도 비디오였다.

분명 뒤가 켕기는 게 있으니까 구 부장한테서 전화가 왔을 때 헤이가 이곳에 자신이 왔다는 사실을 외부에 알리길 꺼려한 게 아닐까.

그리고 강호민 회장의 출연.

예상된 시나리오라고 할 수 있다.

"돈이라는 게 참으로 무섭군."

"그런 셈이지. 돈 때문에 안 좋은 형태의 이성 관계도 자주 발생하니까."

아마 그래서 헤이는 체린에게 민철과 사귀게 된 이유라든지 그런 것들을 상세하게 물어본 게 아닐까.

"강호민 회장과의 불륜이라는 정보를 어떻게 활용할지 고민해 봐야겠어."

"어머, 미디어에 퍼뜨리려고 생각했던 거 아니었어?"

"그건 좀 곤란하지."

민철이 쓴웃음을 지으며 시동을 건다.

"만약 여기서 불륜 관계 사실이 미디어에 퍼지게 된다면, 특히나 우리가 있던 콘도에서 두 사람의 밀회에 관한 소식이 퍼지게 된다면 분명 그 원인은 나라고 생각할지도 모르지."

"하지만 100퍼센트는 아니잖아. 헤이와 강호민 회장을 만난 건 민철 씨뿐만이 아니니까."

"그래도 내가 제보한 사람이라는 타이틀의 후보에 오르는 건 부정할 수 없어. 나는 가급적이면 그런 뒤끝 있는 일조차도 없애고 싶으니까."

"철저하네."

"하지만 나보다도 네가 더 대단하다는 생각이 드는군."

운전대를 돌리며 주차장을 빠져나가는 민철이 체린에게 말한다.

"팬심 때문에라도 불륜 사실은 외부로 밝히는 걸 꺼려할 줄 알았는데, 오히려 내가 미디어에 이 정보를 퍼뜨릴 거라고 생각할 줄이야."

"아까도 말했지만, 팬심과 업무는 별개야. 만약 내가 민철 씨처럼 홍보 모델을 맡겨야 하는 홍보팀의 입장에서 멋대로 불륜을 저질러 제품의 이미지를 깎아먹는 그런 연예인과 마주하게 된다면, 나는 과감하게 그 사람을 응징할 거니까."

"무서운 여자로군."

헤이도 그렇고, 체린도 그렇고.

여자란 정말 무섭다.

그 사실을 다시 한 번 깨달은 민철은 그저 쓴웃음을 지을 수밖에 없었다.

"여하튼 오늘 우리가 본 사실은 비밀로 하는 게 좋아."

"어쨌든 조만간 퍼질 사실인데도?"

세상에 3명 이상 알게 된 순간부터 비밀은 없다고 해도 무방하다.

이미 그들의 불륜사실을 민철과 체린, 그리고 당사자들과 강호민의 운전수까지 포함해 최소 5명이 알기 시작했다.

그렇다면 분명 이 사실은 언젠간 외부에 퍼질 것이다.

시간상의 문제에 불과하다.

"그전에 해결해야 할 문제가 있으니까."

"어떤 거?"

"강호민 회장과의 불륜 사실을 언급하지 않고 헤이와 홍보 모델 계약 건에 관해 무효로 만들 수 있는지에 대한 문제."

"그냥 외부로 밝히면 좋을 텐데."

"아까도 말했지만, 괜히 내가 파파라치 행동을 했다는 이상한 오해를 뒤집어쓰기는 싫으니까. 그리고 적을 만들어두면 분명 나에게도 보복이 들어올 거야."

"설령 그게 전혀 다른 분야에 종사하는 사람이라 하더라도?"

"그런 셈이지. 그리고 만약 이번 불륜 건으로 계약을 종료하겠다고 한다면, 홍보팀에 대한 이미지도 실추되겠지."

"어째서?"

"결국 해당 연예인의 뒷조사를 했다는 사실밖에 되지 않으니까."

뒷조사가 결코 나쁜 것은 아니다.

홍보팀으로서는 제품의 이미지를 실추시킬 수 있는 가능성을 지닌 연예인이 있다면 그 연예인을 골라내야 할 의무가 있다.

하나 뒷조사라는 단어 자체의 어감은 그다지 좋은 이미지를 심어주지 않는다.

홍보팀의 뒷조사.

이 단어만 들어도 연예인들은 홍보팀에 대해 약간의 거부감을 들게 될 것이다.

홍보 모델은 주로 연예인, 혹은 스포츠 스타들이 많이 맡게 되는 경우가 대다수다.

앞으로의 계약 건을 생각해서라도 지금 당장 홍보팀과 헤이의 직접적인 문제 때문에 계약을 종료하게 되었다는 소문이 조금이라도 퍼지면 안 된다.

명확하게는 헤이의 잘못을 알고 있다.

하지만 이 명확한 잘못의 정보를 언급하지 않고 헤이와의 홍보 모델 계약 건을 무효로 만들어야 한다.

상당히 어려운 문제다.

분명 상대방의 약점이 존재하는데 그걸 사용할 수 없다는 건 말이다.

"돌아가서 머리를 좀 굴려봐야겠어."

"우리 민철 씨, 휴가답지 않은 휴가를 보내게 된 셈이네."

"이게 다 누구 때문인데."

엄밀히 말하자면 헤이에게 관심을 보였던 체린이 가장 큰 원인 제공자인 셈이다.

그러나 체린은 커다란 눈망울을 깜빡이며 되려 묻는다.

"내 잘못인가?"

"……."

"응? 내 잘못이야?"

"…아니, 아무것도 아니야."

"후후, 고마워. 역시 내가 사랑하는 민철 씨야."

이렇게 여자라는 생물에게 한없이 약해지는 게 바로 남자다.

게다가 괜히 체린의 잘못으로 돌리기에도 난처한 입장이다.

체린은 엄밀히 말하자면 이번 일과는 전혀 관계가 없는 외부인이다.

그런 그녀 때문에 이런 잘못을 몰아가는 것도 미안하다.

그리고 엄밀히 말하자면 체린이 헤이와의 친분을 쌓고자 한 일 덕분에 헤이의 기행을 알게 되었다.

오히려 체린의 행동에 칭찬을 해줘야 할지도 모른다.

체린도 그 사실을 알고 있기에 일부러 민철에게 당당하게 태도로 군 것이다.

그 점이 오히려 더 귀엽게 보였지만 말이다.

출근의 아침이 밝아왔다.

지하철 출근이라는 지옥을 피하기 위해 최근 순간이동 마법진을 통한 출근길을 선호하게 된 민철은 오늘도 여지없이 고양이 아지트에 새겨져 있는 마법진을 통해 회사 근처로 순간이동을 하게 되었다.

"잘 잤냐."

민철의 말에 고양이들이 단체로 '야옹!' 소리를 낸다.

이 고양이들과도 친해진 탓에 민철은 아침에 출근할 때 바닥에 자주 고양이 간식거리들을 놓고 사라진다.

고양이들도 이런 민철에게 호감을 느끼기 시작한 모양인지 매번 순간이동 출근 방식을 택할 때마다 이렇게 민철을 반겨주곤 한다.

복잡한 인간관계보다는 이렇게 순수하게 인간을 따르는 동물들이 더 친근해 보이는 것은 당연하다.

그렇게 나름 고양이들에게 치유를 받고 난 뒤 출근길을 서두르는 민철에게 오늘도 여지없이 안내원 아가씨의 인사말이 이어진다.

"어머, 어서 오세요, 민철 씨! 오늘도 이른 출근이시네요."

"예. 그러는 아가씨도 상당히 이른 출근이시군요."

"로비 안내원의 업무니까요."

빙그레 웃으면서 민철에게 살짝 고개를 끄덕이는 것으로 인사를 대신한다.

저 사람은 도대체 출근 시간이 몇 시인 걸까.

그런 사소한 의구심을 품으며 사무실로 향하는 민철이었다.

출근하자마자 구 부장은 서 대리에게 이런 질문을 하게 되었다.

"저번에 내가 부탁했던 그거, 결과는 어떻게 나왔어?"

"죄송해요. 금방 자료 정리할게요."

"회의 시간 전까지 자료 만들어서 프린트물로 뽑아줘. 유 실 장 거 제외하고 나머지 애들 돌려다 볼 수 있게 충분히 부수 뽑 아두고."

"네, 알겠습니다."

서 대리가 고개를 끄덕이면서 구 부장의 말을 이해했다는 신 호를 보낸다.

이들뿐만이 아니라 태봉이와 대민도 한창 바쁘게 자료 정리 를 하고 있었다.

이게 바로 월요일 오전의 회사 풍경이다.

그간의 휴가를 마치고 오랜만에 이 기분을 느끼게 된 민철에 게 유 실장이 아침부터 초코 아이스크림을 음미하며 다가온다.

"휴가는 잘 다녀왔냐?"

"예, 잘 다녀왔습니다."

"회사에 오니까 적응 안 되지?"

"하하, 그렇다기보다는 왠지 정겨운 느낌도 드는데요."

"사무실 분위기가 정겹다니. 너도 참 이상한 녀석이다."

이번 프로젝트에 참가하지 않는 유 실장이기에 이렇게 여유 로운 태도를 보일 수 있는 것일지도 모른다.

*　　　*　　　*

오전 10시가 되어서야 구 부장이 자리에서 일어서며 사무실 직원들에게 외친다.

"슬슬 회의 시작하지."

"네, 알겠습니다."

자리에서 일어서는 사원들.

유 실장도 일단 프로젝트에 참가하는 건 아니지만, 그래도 프로젝트가 어떤 식으로 돌아가는지는 알고 있어야 하기 때문에 회의에 참석하기로 한다.

이번 회의의 주제는 간단하게 말해서 홍보 모델 계약 건이 주를 이루는 회의라 할 수 있다.

사실 기타 자잘한 업무들도 있지만, 홍보팀 내에서는 홍보 모델에 관한 업무만큼 중요한 요소를 차지하는 게 없었기에 이번 계약 건에 거의 총력을 기울인다 해도 과언이 아니었다.

"민철이는 우리가 회의하면서 어떤 식으로 진행되고 있는지 대략 알고 있으면 된다."

"예, 알겠습니다."

구 부장의 말에 민철이 고개를 끄덕인다.

사실 민철은 어떤 식으로 계약 건이 진행되고 있는지 대략적으로 알고 있다.

왜냐하면 주로 사적인 자리에서 많이 만나는 대민을 통해 업무적인 한탄을 많이 들었고, 그리고 태봉의 부사수이기 때문에 그를 도와 자잘한 잡무를 해왔기 때문에 간접적으로 이번 일에 대해서 알고 어렵지 않게 파악하고 있었다.

그렇다 하더라도 직접 회의에 참가해 듣는 것만큼 확실하게 아는 방법도 없을 것이다.

"우선 헤이의 소속사와 다시 한 번 미팅을 잡고, 구체적인 계약 조건을 조정해야 하지 않을까 싶다."

저번 회의 때에도 말했듯이, 헤이의 소속사 측에서도 청진그룹 홍보팀의 제안을 거절할 이유가 없었기에 무난하게 계약 건이 진행되고 있었다.

게다가 헤이가 한창 주가를 올리고 있는 여성 아이돌 연예인이라 하더라도 결국 연예인은 인지도 싸움이다.

기업적으로도 압도적인 이미지를 쌓아 올린 청진그룹의 홍보 모델을 차지하게 된다면, 분명 헤이의 주가는 더더욱 상승하게 될 것이다.

헤이의 이미지가 올라갈수록 입가에 미소를 짓는 것은 바로 소속사다.

이들도 적극적으로 홍보팀의 제안에 응수할 것이기에 계약 진행은 원만하게 풀리고 있었다.

"별다른 문제가 생기지 않는다면 계약은 성립될 거라고 생각합니다."

서 대리의 말에 모두가 수긍하듯 고개를 끄덕인다.

구 부장은 심지어 직접 소속사에 가서 자주 미팅을 하는 업무를 도맡고 있는지라 서 대리의 보고에 거짓이 없음을 알 수 있었다.

하나 문제는 지금부터다.

"죄송합니다만."

민철이 살짝 손을 든다.

무난하게 끝날 거라고 예상된 회의였지만, 이제부터 민철이 올릴 안건은 아마 이 평화로운 회의 시간을 전장으로 바꿀 것이다.

그럼에도 불구하고 말을 아낀다는 건 오히려 설득력이 없다.

홍보팀의 위기가 될 수 있는 중요한 안건인데, 분위기를 망치고 싶지 않다는 이유 하나만으로 언급하지 않는다는 건 조만간 민철에게도 간접적인 피해로 돌아올 확률이 크기 때문이다.

"제가 한 가지 말씀드려도 됩니까?"

"뭔데. 이번 계약 건에 대해서?"

"예, 그렇습니다."

구 부장이 오히려 의아함을 표시한다.

지금까지 구 부장이 알고 있는 이민철이란 남자는 회의 시간에 사적인 질문을 하지 않는다.

아니, 굳이 사적인 질문이라는 수위로 낮출 필요도 없이, 남들은 다 알고 있는데 혼자만 모르는 그런 궁금증 같은 경우에도 웬만해선 회의 시간에 잘 언급하지 않았다.

그런 그가 말할 게 있다면, 분명 평범한 질문 같은 것은 아닐 것이다.

"중요한 정보 같은 거라도 얻어 왔냐?"

혹시나 해서 묻는 구 부장.

역시 눈치의 왕이라는 호칭이 붙을 만큼 상당히 빠르게 눈치 챈 구 부장이었다.

"네, 맞습니다."

"어느 부분에 대해서?"

"혜이라는 연예인에 대해서입니다."

민철의 말에 순간 모두의 시선이 그에게로 향한다.

헤이는 현재 홍보팀 내에서 중요한 인물로 손꼽히고 있다.

그런데 그녀에 관한 정보라니?

"얼마 전에 제가 휴가를 갔었을 때, 콘도에서 헤이와 마주친 적이 있습니다."

"오호, 그건 좀 신기하구만."

구 부장이 흥미롭다는 시선으로 민철을 바라본다.

그의 말을 재촉하는 듯한 시선이었다.

구 부장의 의도를 알아차린 민철이 살짝 고개를 끄덕이며 모두에게 자신이 봤던 정보를 공유한다.

"강호민 회장을 알고 계십니까?"

"최근 무역 분야에서 큰손이라 불릴 만큼 세력을 부풀리고 있는 젊은 사장으로 알고 있어요. 그 사람이 왜 이 자리에서 언급되는 건가요?"

서 대리도 궁금증을 참지 못하고 민철의 말을 재촉한다.

그러나 그때, 구 부장의 미간이 살짝 찡그려진다.

헤이와 강호민.

전혀 이질적인 두 사람이지만, 한 가지 간과해서는 안 될 요소가 있다.

바로 '남자와 여자' 라는 점이다.

이성관계라는 단어가 떠오르자마자 구 부장이 자신의 가설을 입에 올린다.

"설마 '불륜' 관계라는 거냐?"

구 부장의 한마디에 순간 사원들이 헛숨을 들이켠다.

말도 안 된다.

헤이와 강호민 회장이?

전혀 접점이 없을 줄 알았던 두 사람이… 그것도 가장이 멀쩡하게 있는 강호민 회장이 헤이와 불륜을 저지른다고?

말 그대로 대사건이다.

이 정보가 미디어에 퍼지는 순간…….

헤이의 연예인 생활은 가히 끝난다 해도 과언이 아닐 것이다.

"네, 맞습니다."

홍보팀 내부적으로는 헤이의 불륜 사실을 알고 있어도 무관하다.

왜냐하면 중요한 것은 헤이 측에서 '불륜 사실을 이유로' 계약을 해지하게 되었다는 점만 모르게 하면 되기 때문이다.

즉, 여기에 있는 사람들만 입단속을 하면 된다는 뜻이다.

그래서 민철은 회의 시간 내에 사원들에게 일부러 이 사실을 언급했다.

자신이 혼자서 이번 계약 건을 주도했다면, 굳이 이들에게 불륜 사실을 알려줄 이유도 없이 민철이 혼자서 미팅을 통해 다른 이유를 들어 계약을 해지했을 것이다.

그러나 중요한 것은 민철이 막내라는 점, 그리고 이 프로젝트에 합류한 지 얼마 안 되었다는 점이다.

만약 민철이 무턱대고 '헤이는 안 됩니다'라고 주장을 한다면, 아무도 그의 말을 믿어주지 않을 것이다.

계약 해지를 위해서는 우선 아군을 만들 필요성이 있다.

그 아군을 확보하기 위한 사전 작업이 바로 회의 때 자신이 알고 있는 헤이의 불륜 정보를 공유하는 것이었다.

그러나 아군이라는 게 쉽사리 확보되리라는 법도 없다.

"증거는?"

곧장 증거를 요구하는 구 부장.

역시 업무적인 면에서는 칼과도 같았다.

인간은 직접 자신의 눈으로 확인하지 않는 이상 다른 사람의 말을 믿지 않는 경향이 있다.

특히나 이번 프로젝트를 총괄하는 구 부장의 입장에서는 민철의 말을 무턱대고 믿을 수 없다.

그가 단순히 소문만 듣고 헤이를 안 좋게 봤을 수도 있다.

아니면 개인적인 악감정을 이유로 들 수도 있다.

여지는 충분히 많다.

왜냐하면 구 부장은 아직 이민철이라는 남자와 오랫동안 일하지 않았기 때문이다.

아무리 같은 사무실에서 일하고 있다 하더라도 체 1년을 알고 지낸 적이 없는 타인이다.

타인을 쉽사리 신뢰할 수 있는 건 현대 사회인으로서 불가능에 가까운 일이라 할 수 있다.

혈육끼리도 믿지 못하는 이 냉정한 사회에서 과연 구 부장이 쉽사리 민철의 말을 믿어줄까?

천만에.

설득이라는 과정에 봉착한 민철이 타인에게 신뢰감을 얻기 위해 선택한 것은 바로 '증거'다.

백 마디 말보다 한 번의 실천이 더 효과적인 때가 있는 법이다.

"여기 있습니다."

스마트폰을 매만지던 민철이 콘도에 몰래 잠입해 찍었던 사진을 증거로 제출한다.

누가 봐도 헤이와 강호민 회장의 불륜 장면이었다.

필요 이상으로 끌어안고 있다는 것만으로도 이미 이들의 불륜 사실을 쉽사리 눈치채고도 남을 만한 일이다.

"으으음……."

구 부장의 머릿속이 복잡해지기 시작한다.

그만이 복잡해진 게 아니다.

"마, 말도 안 돼…!"

서 대리를 비롯해 태봉, 그리고 대민과 유 실장까지.

말 그대로 '멘붕'이라는 단어가 절로 떠올려지는 순간이었다.

"혹시… 인터넷에서 떠도는 합성사진 같은 거 아닙니까?"

대민이 설마 하는 심정으로 묻지만, 민철은 고개를 절레절레 흔들어주며 그 사실을 부정한다.

"제가 직접 찍었습니다."

"파파라치 뺨치는 실력이구만……."

유 실장이 무의식적으로 혼잣말을 내뱉는다.

확실히 파파라치도 울고 갈 법한 각도다.

두 사람의 얼굴이 구분 가능하게 확실히 나와 있었다.

민철이 파파라치 사진 촬영에 대해 배운 적은 없어도, 그래도 증거로 활용하려면 두 사람의 신원이 정확하게 구분될 정도로 사진 각도를 고려해야 한다는 기본적인 사실 정도는 숙지하고 있었다.

그 결과가 더없이 완벽한 증거라는 결과물로 도출된 것이다.

"아니, 민철에게 들킬 정도라면… 얼마나 조심성이 없다는 겁니까, 도대체."

약간의 불만을 토로하는 태봉이었다.

사실 민철이 용의주도하게 촬영을 한 감도 없지 않아 있지만, 그래도 확실히 남들이 다 오고 가는 콘도에 약속을 잡은 건 문제가 있다.

"걸리는 건 시간문제일 겁니다."

다시 한 번 민철이 두 사람의 관계에 대한 중요도를 강조한다.

그의 말을 들은 구 부장이 나지막이 한숨을 내쉰다.

"계약은 해지해야겠어."

"……."

다른 사원들도 두 사람의 불륜 관계가 제품의 이미지를 손상시킬 법한 요소라는 걸 잘 알고 있다.

젊은 여성 아이돌과 이미 가정이 있는 유명 회사 중역 간의 불륜.

세간을 떠들썩하게 만들 법한 그런 대사건이다.

"문제가 있다면 바로 지금부터겠군."

모두의 시선을 다시 한 번 모은 구 부장이 헛기침을 하면서 회의의 안건을 돌린다.

이미 계약은 해지되는 쪽으로 이야기의 방향성이 틀어졌다.

이제부터 중요한 것은 바로 사후 대책이다.

"어떻게 이 불륜 정보를 밝히지 않고서 좋은 쪽으로 흘러가던 계약을 해지시킬 수 있는지가 문제야."

역시 구 부장다웠다.

민철이 생각하고 있는 문제점을 그대로 일목요연하게 정리해서 사원들에게 들려준 것이다.

"이 정보를 공개하면 안 되나요?"

민철과 구 부장이 생각하고 있는 의도를 눈치채지 못한 대민의 질문에 구 부장이 대신 설명을 해준다.

"불륜 관계는 민철이 직접 얻어 온 거야. 우리가 뒷조사 비스무리한 것을 했다는 것이 연예계에 알려지게 된다면 나중에 홍보 모델 계약 건을 추진할 때 미약하게나마 반감을 살 가능성이 커. 그 점을 고려한다면 이 정보는 공개하지 않는 편이 좋겠지."

"그, 그런 깊은 뜻이……!"

대민이 놀랍다는 시선으로 구 부장을 바라본다.

사소하지만 하나하나에 많은 의미가 부여된다.

사회생활이라는 건 바로 그런 것이다.

"어렵겠어."

회의라는 이름의 거대한 범선은 점점 좋지 않은 쪽으로 뱃머리를 돌리고 있었다.

그래도 계약을 맺어서 결과적으로 제품 이미지에 손해를 입히는 것보다는 나은 편이다.

구 부장의 입장에서는 민철에게 크게 한 턱 쏘고 싶을 만큼 대견스러운 기분이었지만, 해결해야 할 문제가 많았기에 그건 잠시 뒤로 미루도록 한다.

"자, 안건은 많이 틀어졌지만, 이제부터 머리싸움을 해보자고."

장난스러운 말투가 묻어 나오는 구 부장의 태도 전환이었지만, 그의 미간도 잔뜩 찡그러져 있는 상태였다.

골치 아픈 회의 시간은 점심시간까지 한동안 계속 이어지게 되었다.

『회사원 마스터』 4권에 계속…

FUSION FANTASTIC STORY
미더라 장편 소설

ODD LAWER

Devil's Balance

괴짜 변호사
악마의 저울

『즐거운 인생』미더라 작가의
2015년 대작!

현직 변호사, 형사, 프로파일러, 범죄심리학 전문가 자문으로
현장의 생생함을 그대로 담아낸 현대 판타지!

『괴짜 변호사 : 악마의 저울』

"제가 왜 한 번도 패소한 적이 없는 줄 아십니까?"

"……."

"저는 법으로만 싸우지 않거든요."

법의 칼날 위에서 춤추는 자들과의
치열한 공방이 펼쳐진다!

Book Publishing CHUNGEORAM

유행이 아닌 자유추구 -
WWW. chungeoram.com

독고진 장편 소설

FUSION FANTASTIC STORY

100마일

100MILE

160.9344km.
투수라면 누구나 던지고 싶은 공.

『100마일』

"넌 야구가 왜 좋아?"

야구가 왜 좋냐고?
나에게 있어 야구는 그냥 나 자신이었다.

가혹할 정도의 연습도,
빛나는 청춘도 바쳤다.
그리고 소년은 마운드에 섰다.

이건 역사상 최고의 투수를 꿈꾸는
어떤 남자의 이야기이다.

Book Publishing CHUNGEORAM